视野中的时代

20 世纪中国美术史考察

王嘉 著

黑龙江美术出版社

目 录

序

序

　　弟子王嘉是一位大有作为的青年美术史论家，特别是对近现代美术史的研究颇有建树，成就显著。二十世纪中国美术史的发展波澜壮阔，其中既有中国传统文脉的继承与发扬，也有中西方美术的融合与碰撞。对有关现象和有关作品进行美术史的分析，探寻其中的规律，去粗取精，去伪存真，并为当下的美术创作提供可资借鉴的参考意见，这对于美术史学者来说有着责无旁贷的意义。王嘉这本书的出版，就是他的相关研究成果的结晶。

　　本书对二十世纪中国美术史的研究主要有两个特点，其一是历史与现实相结合。尽管书中内容多样，作者在研究历史的过程中，能兼顾并最终回到当下的现实，把对历史现象的研究跟对当下现状的思考结合在一起。书中在研究中国历史画的源流与发展时，提出了当代中国历史画创作的"出路在室外"的观点。在研究新中国美术史的"崇高"现象的时候，也阐述了"崇高"在当下的现实意义。尤其是对九十年代以来中国美术现象的研究，既是在论历史，又是在谈现实，有着"以史为鉴"、"史为今鉴"的精神内涵，对当前中国美术创作的发展有一定的启示。其二是史料与理论相结合。作者一方面把对美术理论的探索植入美术史的范畴，另一方面也把对美术史的考察放到美术理论的前提下。书中以现实主义为线索对当代中国美术创作的有关研究，以生产和传播为主题的关于中国当代艺术的社会学转向的研究，关于都市文化、"70后"艺术、公共艺术和城市雕塑的研究，关于岭南画派绘画思想的研究，史中有论，论中有史，表现出作者的思维深度和理论水平。

此外，本书还坚持了实事求是、雅俗共赏的写作风格，用大量的实例说话，既有宏观展望，也有微观分析，体现了学术意义的开放性和开拓性。

天道酬勤，永不驻足，期待王嘉在今后取得更多的成果。

是为序。

南京艺术学院美术学院教授、博士生导师　周积寅

2006年12月31日于金陵苦乐斋

第一章　历史与现实

第一章 历史与现实

第一节 中国历史画及其发展
——兼论当代中国历史画的创作

[**本节导读**] 本节在对历史画加以界定的前提下，分析了中国历史画的三大功能和五个发展阶段。并且结合当代中国历史画的创作现状，对当代中国历史画的创作出路加以考察。本节内容，成稿于2005年11月，见载《美术研究》2006年第3期。

一个值得注意的现象是，中国的历史画创作和研究始终没有达到其最可能的高度。尽管在中国历史的不同阶段乃至在当代，历史画走过这样或那样的辉煌，特别是近年来，尽管已经有了不少优秀的历史画作品，但是，不管是作品的数量、质量还是理论界对作品的相关研究，终究都还存在着非常宽舒的余地。基于这样的原因，不管是艺术家还是理论家，似乎都有必要思考并共同解决好这样的双重课题：一是如何认识中国历史画的传统；二是如何创作具有当代精神的中国历史画。之所以说它是"双重课题"，因为它不是各自独立的两个问题，而是同一问题的两个方面。前者是后者的基础，后者是前者的延伸。其中，认识传统是为了开拓创新；也只有认识传统，才能够更好地开拓创新。笔者认为，当代的中国历史画创作，还需要大力提倡，还具有蔚为深远的发展前景。

一、历史画的界定及功能

历史画在中国，不是独立的画科。古代的分科方式，不管是北宋画院将画学分为佛道、人物、山川、鸟兽、竹花、屋木等六科；还是明代陶宗仪《辍耕录》将画家分为宿世人物、全境山水、花竹翎毛等十三科的分法，都没有把"历史画"作为单独分科。20世纪以来一般把中国画分成山水、花鸟、人物三大类，而把"历史画"当成"历史题材"的"人物画"。事实上，情况并不尽然。因为有些山水画作品，比如李昭道《明皇幸蜀图》、石鲁《转战陕北》等，尽管不能算作"人物画"，但它们确实仍是典型的历史画。

历史画不同于"历史的画"。一般来说，有一定年份的绘画作品，只要在视觉方式、审美习惯和笔墨技巧等方面包含了一定的历史因素，那么，它就是"历史的画"；但是，它未必就是"历史画"。笔者认为，"历史画"包含了"情节"、"事件"和"生活"等三种基本元素。其中，"情节"指的是有历史意义的情节；"事件"指的是有历史价值的事件；"生活"指的是有历史特色的生活。三种元素共同构成历史画的基本条件，缺一不可。历史上的不少绘画作品，比如崔白《双喜图》、李嵩《货郎图》、黄公望《富春山居图》、徐渭《杂花图》等，其中固然有"生活"、有"情节"，但是因为其中缺少"事件"，所以它们只能算是"历史的画"，而不是"历史画"。

此外，"历史画"并不局限于"历史的画"，它可以是对当代事件的反映。比如，郭朝祚《雍正平准战图》等在清代初期大量出现的"纪功图"，原则上说它们是属于社会重大题材的新闻记述类的绘画，因为其中包含了"历史画"的三个基本因素，所以这类作品也应该算是历史画。

历史画的功能，可以表述为这样的等式关系，即"历史画＝历史＋绘画"。其中，历史和绘画的叠加，不是简单的累积总和，而是互相吸收、互取所长。因为历史画首先必须是"绘画"，同时还要关乎"历史"，所以"历史画"具备"历史"和"绘画"的双重特征：它既是对历史事件的描述；也包含着作为绘画的视觉审美的要求。笔者认为，历史画主要包含三个功能，即叙事功能、教育功能和审美功能。

历史画的叙事功能，受到主客观条件的双重制约。它不仅取决于作品本身所包含的"情节"、"事件"和"生活"的因素，同时也跟艺术家的思想状态有关。比如，李唐《采薇图》叙述了西周时期伯夷、叔齐的历史故事，作品中包含着情节（隐居首阳山）、事件（武王伐纣）和生活（"义不食周粟"），是典型的历史画。由于这件作品创作于两宋之交，特殊的时代背景决定了它同时也表达了李唐对当时不与金人妥协者的认同之情。类似的情况，也见于萧照《中兴瑞应图》，画面第六段叙述了磁州百姓痛打议和副使王云的场面，其中不仅包含着情节（围殴）、事件（宋金议和）和生活（宋代磁州街头的真实场景），而且也表达了萧照跟其老师李唐同样的状态和心情。简单地说，历史画的叙事功能，就是通过绘画的形式讲述一个有"情节"、有"生活"的历史事件。在这个意义上，宗教绘画中的不少作品，如敦煌第254窟的北魏壁画《萨埵那太子本生故事》，因为其中包含了情节（舍身饲虎）、事件（太子之死）和生活（太子出游），所以这类作品也是历史画。

历史画的教育功能，主要体现为劝诫或褒扬。历史画有着直观清晰、一目了然的视觉方式，因此它比其他方式的教育，有着更为便捷的优势。惟其如此，在很早的古代，历史画就承担着特殊的教育功能。据文献记载，"孔子观乎明堂，睹四门墉有尧舜之容，桀纣之象，而各有善恶之状，兴废之诫焉。"[1] 这段史实说明，至少在周代已经开始注意到历史画的教育功能。魏晋时期，历史画的教育功能得到更多的重视，比如顾恺之《女史箴图》从创作动机到画面形式，都更像是一个教育专用的图文本。作品分段描绘，每段之间都用文字题注了张华《女史箴》的原文，"人咸知修其容，莫知饰其性"、"出其言善，千里应之。苟违斯义，同衾以疑"等。这些原文的初衷是张华对皇后贾南风的劝诫，不过其中的道德审美，同时包含了更为广义也更为深远的教育功能。类似的情况，还见于其600年后的顾闳中《韩熙载夜宴图》，这是在皇帝与画家的共谋行为底下诞生的教育图本，本意是劝诫韩熙载不要沉湎歌舞酒色，而要全心全意为朝廷鞠躬尽瘁。尽管在教育的意义上，《韩熙载夜宴图》是一个"无效"的图本，最终没有使韩熙载回心转意，没有达到预计的教育效果。但是，其中毕竟包含了从曹植所谓"存乎借鉴者图画也"到米芾所谓"古人图画，无非劝诫"等的在中国绘画史上普遍存在的现象，这些现象表明历史画有着无可替代的教育功能。

历史画的审美功能，主要是道德审美和艺术审美。张彦远《历代名画记》谈到"夫画者，成教化，助人伦，穷神变，测幽微，与六籍同功"，强调的正是历史画的道德审美功能。山东嘉祥武梁祠的汉代画像石中的历史画，如：季礼挂剑、周公辅成王、荆轲刺秦王、闵子骞失棰、老莱子娱亲

---

[1] 《孔子家语·观周》，引自周积寅《中国画论辑要》，第4页，江苏美术出版社1985年8月出版。

等，其中就包含着忠君、孝悌、诚信等道德审美的因素，展示了历史画特有的道德审美特征。类似的作品还有很多，如：展子虔《朱买臣覆水图》、阎立本《凌烟阁功臣二十四人图》、龚开《宋江三十六赞》等，也分别包含了深刻的道德审美内涵。历史画的艺术审美功能，主要指的是历史画具有区别于文学等其他形式的艺术审美规律，它是历史的，同时也是视觉的。邓椿《画继》中记载，北宋画院以"蝴蝶梦中家万里"为考题，画家战德淳就依题创作了历史画《苏武牧羊》获得好评，画面构思了"苏武假寐"的特殊情节，以表达"家在万里之意"。这说明，历史画不仅要描绘历史，同时也要发挥绘画艺术的表现技巧，它不是对历史事件的生搬硬套，而是具有视觉上的艺术审美精神和审美功能。

二、中国历史画的发展

中国历史画的起源和发展，伴随着中国绘画史的脉络而延伸。它并不局限于媒材和表现方式，从新石器时代的彩陶绘画、岩画和地画，到后来的青铜器图画、陶瓷绘画、漆画、木版画、木简画、壁画乃至卷轴画，只要它是绘画，并且符合历史画的"情节"、"事件"和"生活"等三个基本因素，那么我们就把它认定为"历史画"。沿着这样的线索，可以看到尽管影响中国历史画的因素很多，总不外乎两类因素，一类跟绘画有关，一类跟历史有关。笔者将中国历史画的发展，分成萌芽、成长、鼎盛、转换和新生等五个阶段。

萌芽阶段从原始社会到春秋战国（公元前5000年—公元前221年），历时数千年。在这个阶段，中国历史画处在早期的萌芽状态，大致体现为四个特点：（1）尽管已经开始逐步注意到作品中的"情节"和"生活"因素，但是对"事件"因素的强调还比较模糊。比如青海大通孙家寨出土的新石器时代的彩陶盆，内壁绘画包含了五人一组的舞蹈图样。根据画面所描绘的情节（集体舞蹈）和生活（原始饰物）判断，这组绘画可能是当时带有喜庆色彩的庆典场面。在这个场面的背后，也许隐藏着不为我们所知的某些"事件"，不管它是现实的转述，还是带有理想成分的巫术，总之它跟部落中的"事件"有关，而恰恰是关于"事件"的来龙去脉，因为各种原因而"遮蔽"或"失落"了。（2）注重大场面的描绘。如果说陕西西安半坡村出土的彩陶盆所绘画的人面鱼纹，还局限在对个人形象的塑造，那么在新石器时代，内蒙古、新疆、云南、贵州、宁夏以至江苏等地的岩画中所包含的各种人群和各种场面，则主要倾向于大场面的描绘。在数量上，后者占有绝对的优势，这说明在萌芽阶段的中国历史画已经注意到表现较为复杂的大场面。（3）战争题材的绘画最多，而且画面内容各不相同，人物的群组关系和应对关系也千差万别。这些记录了部落战争的画面，在当年也许各自针对了不同的"事件"，各自构成完整的历史叙事，只是由于文献缺乏，我们已经无从考证而已。（4）"以史为鉴"的观念逐步走向成熟，特别是到了春秋战国时期，比如孔子所见到的周代明堂上的壁画，就反映了这种情况。

成长阶段从秦汉至魏晋南北朝（公元前221年—公元581年），历时800年。中国历史画在这个阶段的主要特点是：（1）以宣扬"忠孝节义勇"等思想为主要内容，在山东、四川、河南等地保存的汉代画像石的历史画当中，类似的思想非常普及。其中有伏羲、女娲、神农、祝融、帝尧、帝舜、夏禹的刻像；也有曾参、丁兰及代赵夫人、梁节姑姐、京师节女等跟孝子节女有关的绘画；也有对荆轲刺秦王、专诸刺王僚等侠客义举的描画。魏晋时期，卫协《卞庄刺虎》、张僧繇《吴主格虎图》和《汉武射蛟图》等，表现了人物的勇敢精神。（2）政治题材在历史画中占有一定的比重，这类作品比如洛阳烧沟汉墓壁画《鸿门宴》、洛阳老城汉墓壁画《二桃杀三士》；山东嘉祥武氏祠画像石《周公辅成王》；以及顾恺之《中朝名士图》、谢赫《晋明帝步辇图》等，说明在这个阶段，历史画跟社会政治的主流已经有了更为紧密的联系。（3）宗教题材的历史画开始出现，比如新疆克孜尔千佛洞早期壁画中的本生故事，《尸毗王本生》、《须阇提太子本生》等，在绘画上采用平涂填充，强调色彩的对比关系，而人物的轮廓是以比较粗的线条进行勾勒，有着浓厚的龟兹画风，这些作品中的对"情节"、"事件"和"生活"的表现，反映出宗教题材的历史画在这个时期的有关情况。

鼎盛阶段从隋至宋（公元581年—1234年），历时650多年。这个阶段，中国历史画走向第一次高峰，作品的数量和质量都达到了前所未有的高度。不少作品力求把现实与审美相结合，在历史和绘画两方面都体现出相当成熟的面貌。中国历史画在这个阶段的特点是：（1）道德审美进入全盛发展的时期。此时历史画对道德审美的要求和体现，都远远超过前代。这一方面基于历史画的自身发展，另一方面跟当时社会政治经济的繁荣也有着密切的关系。对"忠孝节义勇"等道德品质的颂扬和追求，跟政权体制的需要以及国家意识形态的若干因素结合在一起。郑法士《阿育王像》、阎立本《历代帝王图》、《凌烟阁功臣二十四人图》、《秦府十八学士图》、《职贡图》、《步辇图》、吴道子《金桥图》、顾闳中《韩熙载夜宴图》、李公麟《免胄图》、刘松年《中兴四将》、陈居中《文姬归汉图》等作品，有着更为明确的政治倾向和政治态度。值得注意的是，在这类作品中还包含了民族关系和国际政治文化交流的内容。（2）艺术审美的高度发展，相关原因很多，最主要是得益于这一时期中国人物画的高度繁荣，比如被称为人物画的"十八描"技巧，除了高古游丝描、铁线描、曹衣描等传统技巧之外，这个阶段还新产生了马蝗描（马和之）、撅头描（马远）、折芦描（梁楷）、减笔描（梁楷）、钉头鼠尾描（武洞清）等技巧，丰富了绘画的语言元素。当时有不少顶尖级的艺术家，如展子虔、阎立本、郑法士、吴道子、顾闳中、李唐、李公麟等人参与历史画的创作，也为这一阶段的历史画再添新高。此外，历史画的创作题材也较前代更加拓宽，展子虔《朱买臣覆水图》、孙位《高逸图》、郑虔《陶潜像》、韩滉《文苑图》、梁楷《太白行吟图》、李嵩《宋江三十六人像》、李公麟《西园雅集图》以及敦煌壁画《张议潮出行图》、新疆壁画《蚕种流传图》、长冶安昌金墓壁画《二十四孝图》等，其中不少是新产生的题材，即便那些汉魏时期已经有过的题材，在表现形式上也有突破和创新。（3）宗教题材在自身发展的同时，伴随着世俗化的倾向更好地融入历史生活。宗教题材世俗化是这个时期的重要现象，敦煌壁画《西方净土变》、《化城喻品》、《法华经变》等，在内容和技巧方面都更多地接近甚至取材于现实生活，其中既包含了宗教范畴的"情节"、"事件"和"生活"，也可以窥见世俗生活家喻户晓的种种情态。这就给这类题材的历史画带来了新的面貌。

　　转换阶段包括元明清时期（公元1234年—1911年），历时670多年。这个阶段中国历史画的主要特点是：（1）围绕政权核心而刻意创作的历史画。清代宫廷设如意馆并使用专职画家[1]，由于政治统治的需要，由皇室

---

[1]　《清史稿·唐岱传》，引自王伯敏《中国绘画通史》（下册），第290页，生活·读书·新知三联书店2000年12月出版。

组织的宫廷绘画活动往往围绕着政权需要而刻意创作了大量的历史画作品，特别是在顺治、康熙、乾隆年间，蔚为大观。比如由王翚执笔的12卷《康熙南巡图》，草稿由康熙钦定，历时三年始告完成。而康熙年间的另一件作品《万寿盛典图》由王原祁主持，冷枚等14人合作完成，规模甚大。乾隆也十分重视类似的活动，每次出巡都以画士随驾而行。乾隆年间的作品如《平定伊犁受降图》、《格登鄂拉斫营图》、《平定准噶尔图》以及徐扬《南巡盛典图》等，都较为忠实地反映了特定的历史事件，以及产生作品的特定动机。（2）历史画的文学化和文人化。这一时期文人画的发展和文人的生活状态，给历史画创作造成一定影响，体现为逐渐风行开来的历史画的"文人化"和"文学化"现象。这类作品如戴进《谢太傅游东山图》、沈周《园池文会图》、朱朗《赤壁赋图》、杜冀龙《后赤壁赋图》、仇英《春夜宴桃李园图》、杜堇《古贤诗意图》、陈洪绶《屈子行吟图》、崔子忠《洛神图》、石涛《西园雅集图》等，内容来自文学题材，或是来自文人集会的经典故事，体现了历史画的文人性和文学性。也有一些作品，如文征明《真赏斋图》、八大山人《大涤草堂图》、袁江《东园图》等，直接反映文人的生活状况。尽管其中包含的"事件"跟政治话题相距较远，但是这些反映着文人生活状态的"事件"，毕竟也是这段历史中的常见话题。（3）外籍画家对中国历史画的介入，比如郎世宁、艾启蒙参与完成《乾隆帝阅马伎图》和《万树园赐宴图》、贺清泰参与跟徐扬共同起草《乾隆平定全川得胜图》、安德义参与《乾隆平定西域战图》等。（4）历史画的程式化。最典型的是"二十四孝"，尽管至少起源于汉代，但是在元明清时期的流传更加广泛，董永卖身、王祥卧冰、孟宗哭竹、曹娥救父等，尤其是在民间绘画中渐渐形成程式化的套路。其他题材，如：苏武牧羊、文姬归汉、昭君出塞、右军书扇、李白醉酒、竹林七贤等，同类题材的不少作品往往互相借鉴，出现了大同小异的构思，乃至走向程式化的创作局面。

新生阶段主要指的是20世纪以来中国历史画创作中的新发展，这是中国历史画的第二个高峰。这个阶段，从事中国历史画创作的画家人数激增，而且在中国画、油画、版画等多种领域都有令人瞩目的成就。在传统题材之外，以新的历史方式和新的历史视野描绘民族精神的历史画作品尤其引人注目。20世纪以来中国历史画的主要特点是：（1）体现了"天下兴亡、匹夫有责"的精神。20世纪以来的中国历史画，以救国救民、振兴中华的作品为主体，特别是革命历史题材的作品得到比较充分的发展，深刻表现出艺术家对社会革命和社会现实的责任心。有关作品如高剑父《东战场的烈焰》、关山月《三灶岛外所见》、蒋兆和《流民图》、梁鼎铭《沙基血迹图》、赵望云《鲁西水灾忆写》、黄镇《长征画集》、蔡亮《三大主力会师陕北》、靳尚谊《长征》、闻立鹏《国际歌》、詹建俊《狼牙山五壮士》、吴作人《红军过雪山》、沈尧伊《地球的红飘带》、石鲁《转战陕北》、石齐《风雪大别山》、王迎春、杨力舟《太行铁壁》等，这些作品以强烈的时代精神为历史写照，其中包含的有些"事件"甚至就是跟作品同时发生，这些作品一扫此前中国历史画作品中的某些方式，以尖锐的直面态度反映了艺术家对"当下"历史的敏感与责任。（2）艺术表现方式的多样化。最有代表性的是以傅抱石为代表的文学浪漫精神和以徐悲鸿等为代表的革命现实精神。傅抱石的历史画，诸如《山鬼》、《云中君和大司命》、《九歌人物稿》、《竹林七贤》、《兰亭图》、《九老图》、《二湘图》、《丽人行》等，在中国画技法的基础上，结合西方水彩和日本南画的技巧，在画面上营造富有文学浪漫的精神。而徐悲鸿的相关作品，如《愚公移山》、《田横五百士》、《奚我后》、《九方皋》、《放下你的鞭子》等，尽管作品中包含着不同的历史内容，但是这些作品的共同之处在于它们跟20世纪中国历史的大潮流和中华民族的内在精神结合在一起。类似的作品还有油画如罗工柳《地道战》、《前仆后继》、胡一川《开镣》、陈逸飞《占领总统府》、李自健《南京大屠杀》、陈坚《公元1945年9月9日9时·南京》等，版画如胡一川《到前线去》、蔡迪支《桂林紧急疏散》、彦涵《抬担架》、李桦《怒吼吧，中国》、古元《选民登记》等，这些作品体现了中国历史画内在的壮美精神。（3）对新中国历史和领袖题材的表现。这类作品有我们熟知的董希文《开国大典》、叶浅予《中国人民大团结》、《北平解放》、王式廓《参军》、孙滋溪《天安门前》、梁永泰《从前没有人到过的地方》等，表现了新中国的新气象。此外，杨之光《一辈子第一回》、《雪夜送饭》、汤文选《说什么我也要入社》、赵志田《石油工人无冬天》、汤小铭《女委员》、潘嘉俊《我是海燕》、蒋悦《大地织锦》等，抓住新中国人民当家作主后的平凡而又不平凡的"事件"，表现新中国的政治面貌、社会面貌和生产面貌的崭新一页。领袖题材的作品也很多，比如刘春华《毛主席去安源》、孙国成《向毛主席汇报》、唐小禾、程犁《在大风大浪中成长》、靳尚谊《伟大的领袖

图1　徐悲鸿《田横五百士》，布面油画，149×197cm，1928—1930年作。

图2　董希文《开国大典》，布面油画，230×400cm，1952年作。

和导师毛主席》、林墉《延安精神永放光芒》等，这也是20世纪以来中国历史画创作的又一个重要特点。

三、当代中国历史画创作的现状和出路

近年来，中国历史画创作的现状有喜有忧。基本现状是在被称为中国美术"双楫"的学院和画院之间，始终拥有一批数量众多、实力雄厚、状态稳定的创作队伍。在每五年一次的全国美展以及由中国美术家协会等主持的各种正规展览上，历史画创作终究占据着一席之地。而各级博物馆、美术馆和文化收藏单位对历史画收藏的不同程度的坚持，客观上也为历史画创作提供了坚实的后盾。还有随着城市发展和文化公共设施的建设，以公共壁画等方式的对历史画创作的需求，也在逐年增加。出版业的繁荣，对历史画创作也起到促进作用。作为创作主体的艺术家，在对历史的理解和对历史画的理解方面，也呈现出多种姿态。这些情况对于当代中国的历史画创作，有着积极的意义。此外，以政府行为或艺术家自行组织等方式的若干活动，也起到重要的作用。比如2004年12月由400位天津美术家集体参与的《画说天津600年》的创作活动，开创了天津以中国画形式、集中重大历史题材的创作先河，以历史画的方式展示了城市文化的历史。而近年来以"长征"为主题的艺术家自行组织的各种展示和研讨活动，对历史画的创作和研究也起到推波助澜的作用。新近启动的"国家重大历史题材美术创作工程"，总投资1.3亿元，将组织征集专题创作1840年以来重大历史事件为题材的作品，这些措施对于促进当代中国历史画的创作，有着非常重要也非常积极的意义。

不过，在当代社会和文化氛围中，中国历史画创作也遇到若干阻力。比如，随着绘画生态环境的变化，平面形态的绘画艺术，受到装置等其他新艺术方式的冲击。即便同样是平面艺术，来自平面设计、摄影以及来自当代媒体如当代影视艺术的冲击，对于包括历史画在内的绘画艺术，都造成一定的压力和挑战。视觉表现方式和视觉审美方式的转移，在一定程度上给绘画艺术造成了"相对缩水"的错觉。而来自市场的诱惑，往往导致不少艺术家对历史画的市场出路产生困惑和误读。与当代文化的繁荣相伴生而存在的某些领域和某种程度上的浮躁心态，对历史画创作也具有负面影响。各级博物馆和美术馆，乃至私人收藏机构在历史画收藏方面的资金局限，客观上也不利

于历史画创作的更好展开。问题并非仅仅归咎于艺术家对历史画主体创作意识这个单方面的原因，事实上，作为社会的种种公共平台和公共渠道在推动历史画创作方面，往往有着重要的决定作用。

当代中国历史画的创作，出路在哪里？撇开各种纷繁和具体因素的困扰，或许可以借用潘鹤在20多年前谈到当代雕塑的出路时提出的观点，"出路在室外"[1]。对当代中国历史画的创作来说，我在此借用"出路在室外"的说法，其中的"室"并非泛指一般意义的"室"，而是特指画家的"画室"。而历史画创作走出画室、走向社会公共空间，在这个过程中"出路在室外"包含着三方面的内容：（1）作为创作主体的艺术家，一定要走出画室，力求避免因为某种原因而造成的"闭门造车"的现象，把历史画创作跟对社会历史的实地考察结合起来。比如2005年9月广州画院组织画家开展"重走长征路"的活动，方土、叶献民、吴海鹰、苏华、梁照堂等艺术家把文献考证和实地写生相结合，把个人对社会、历史、文化的思考和亲身感受糅合在作品中，建立新时期关于历史画的视觉文本。（2）作为文化平台的政府部门和博物馆、美术馆等文博单位，在展览策划和收藏策划中，要以开放的心态和开放的方式，对历史画创作进行有意识的引导和鼓励。历史画不仅是艺术家的个人作品，它一经产生就属于社会、属于文化、属于历史，它是关于历史和文化的图像方式的记忆。在这个意义上，当代中国历史画的创作远远超越于个人行为的意义而存在。2005年八九月间，广东美术馆举办的以"魂魄·历史"为主题的《广东中青年艺术家大型历史画创作展》，邀请广东画院、广州美术学院、广州画院和广州军区等的中青年专业画家，组成四个艺术家创作小组，分别创作四幅各长14米、高3米的巨型画作。在创作过程中，组织画家采取考察、考证和研讨等方式的活动，展出前后都得到来自媒体等多方的关注，获得了预计的社会和文化效果。（3）当代中国的历史画作品，作为社会公共话语的一部分，理所当然也要走向公共空间。博物馆、美术馆和其他文化展示场所，是公共空间；同样，城市建设中新出现的公共设施和公共建筑，也是公共空间。以壁画形式而存在的历史画，在历史画的发展史上，一直占有非常重要的比重。从古代的岩画，到孔子所见到

---

[1]　潘鹤《雕塑的主要出路在室外》，见载《美术》1981年第2期。

的周代的明堂壁画，到汉代的崇庙祠堂的画像石，以至于唐代的凌烟阁壁画等，历史画从来都不是隔绝于公共空间之外的存在，它不仅需要在画室的清赏过程中静思历史，更需要在社会公共空间以公共话语的方式发挥其叙事、教育和审美功能。对历史画的宣传和再认识，以及对历史的研究和再认识，并不应该因为当代社会的信息化、都市化和国际化的发展而削弱，它是一个永恒的话题。而对这个话题的把握，理所当然要建立在当代公共文化语境的前提底下。所以，当代中国历史画的出路在"室"外，它意味着艺术家、绘画作品乃至相关文化机构对公共文化语境的共同营造。对历史画而言，首先是要忠实于历史，但是历史画不是历史的代名词，只有历史也不是历史画。正如本文开头谈到的，它遵从于"历史画 = 历史 + 绘画"的等式关系，历史画不是对历史的生搬硬套，它还要表达艺术的审美。而不管是对"历史"，还是对"绘画"，将历史画放置到"室"外，放置到公共文化语境当中探求其发展的最佳状态，才是当代中国历史画的最佳出路。

第二节　论崇高
——新中国美术史研究之一（1949—1966年）

[本节导读]　本节通过研究1949年至1966年的中国美术史，探讨了"崇高"作为重要现象在美术作品的生产、消费和传播环节中的体现，阐述了其在革命历史题材、英雄主义题材、现实生活题材等不同作品中的特点，以及它在美术批评标准中的具体运用。本节认为，尤其是在当下美术创作的多样化并存的局面下，对"崇高"的研究和强调是当今时代的必要。本节内容，成稿于2006年9月。应邀参加广东省美术家协会等主办的"新中国美术与广东现象论坛"研讨会，2006年12月在广州举办，入编研讨会集，岭南美术出版社即将出版。

　　在理论层面上回望每一阶段的美术史，我们都能看到一些清晰的线索贯穿在不同形式的美术作品中，它们成为阐述这个阶段美术史的依据和标志。这一点，在关于1949年至1966年的新中国美术史研究中也不例外。比如，艾中信把这段美术史称为"是我国社会主义新文艺全面开展的时期"、"突出现象是美术的大普及……开创了我国美术史上前所未见的新局面。"[1]
陈履生认为这段美术史的特殊性在于"没有哪个时代这么看重美术的济世功
能，也没有哪个时代这么大张旗鼓地要求美术为社会服务。运动式、全民性
是这个时代的一个极其显著的特征。"[2] 邹跃进认为，这是毛泽东时代美
术的"一个重要发展阶段"，"是在一个新的历史条件下进一步向前推进和
发展毛泽东时代的美术的时期。"[3] 邹跃进还更具体地用中国画的政治
化、油画的民族化、版画的抒情时代、雕塑的史诗与群像等来概括这个阶段
美术史的特征。也有一些研究者从其他角度阐述这段美术史的发展历程。这
些阐述，分别从不同角度对1949年至1966年的新中国美术史加以解读，其中
涉及到的关键词，不管是"普及"、"济世"、"运动式"、"全民性"，
还是"社会主义新文艺"、"毛泽东时代美术"等，对于认识这个阶段美术
作品的时代特征都有着重要的解说作用。在诸家的论述之外，笔者认为还有
一个不可回避且同样重要的关键词是"崇高"，它作为这个阶段的社会需
要，贯穿在美术作品的从生产、传播到消费的整个过程。或许可以说，1949
年至1966年的新中国美术史，其实就是"崇高"作为美术作品的核心元素，
在艺术生产者和艺术消费者之间双向流通的过程。本文试以此为线索，阐述
这段美术史中的特征和规律。

一

　　1949年至1966年的新中国美术史上充满了崇高的激情，特别是艺术的
生产者，普遍具有发自内心的、为中国历史新时代而欢呼和自豪。1951年4
月1日，徐悲鸿在致中央美术学院的献词中谈到"以无限兴奋和愉快的心情
庆贺中央美术学院成立"并寄语要"创造出大众的、科学的、民族的新中国
美术"，这一观点不仅代表了中央美术学院作为美术人才培养基地的共同愿

---

[1]　艾中信《导言》，见载《中国新文艺大系（1949—1966）美术集》，中国文联出版公司
　　　1993年1月出版。
[2]　陈履生《新中国美术图史（1949—1966）》，第2页，中国青年出版社2000年10月出版。
[3]　邹跃进《新中国美术史（1949—2000）》，第9页，湖南美术出版社2002年11月出版。

望，同时也代表了美术界为新社会的新生活而创作的激动心情。与此同时，不少从"旧社会"走来的艺术家则自觉地反思自我，力求以新的艺术方式投入新的创作。比如，叶浅予在1950年的《人民美术》创刊号上发表《从漫画到国画——叶浅予自我批判》，谈到放弃"迎合市民趣味需要的"漫画，转而从事符合新社会需要的、有政治性和思想性的中国画创作。叶浅予的《中华民族大团结》（1953年）、《北平和平解放》（1959年）等作品，就是在这样的思想背景下产生的。这些作品中包含着的对新中国的激情和对新社会的颂扬，成为新中国初期美术作品中的时代精神的真实写照。

从某种程度而言，1949年至1966年新中国美术作品中的"崇高"，最直接的原因是由艺术生产者的主观创作因素决定的。正是他们对新社会和新生活的主体精神自觉，导致他们所生产出来的美术作品自然流露出跟他们所生活着的新时代之间互相融合的关系。人民政权的确立和新历史的开篇，并不是决定着在美术作品中自然产生出相应的"崇高"的全部因素；而这个时期的美术作品比任何时候都更加对"崇高"有着身临其境的激情感受，其中的关键就是艺术生产者自身的状态和精神。从今天的角度往回看，许多在今天也许已经司空见惯的现象，在当年却是史无前例的新事物。艺术生产者正是带着讴歌新事物的激情投入相关的美术创作，比如杨之光的《一辈子第一回》（1954年）就是这样产生的。画面中的老太太作为普通百姓的化身，神情专注地打量着手中的"选民证"，满心欢喜地露出笑容。"选民证"在当时就是一种新事物，是代表了新中国政治生活的标志之一。杨之光在四十年后回顾这件作品的时候这样谈到："不了解旧社会，新社会就无从谈起……比如大选，如果你只看到大家都有大选，这就完了。虽说美国有大选，我们也有大选。我们的大选是在几千年封建压迫底下开始的……建国初的大选现在看来还处在萌芽状态，尽管直到现在我们还有很多不健全的因素，还要往民主化方面继续发展，但是当时这的确是我们的一个新的开端。"[1] 从一般人物形象的角度来说，《一辈子第一回》描绘的是一个在其他场合中同样适用的老太太的形象。但是，在《一辈子第一回》的具体情节和特定语境

---

[1]　王嘉《一辈子第一回——杨之光创作访谈录之一》，1999年9月16日采访，见载《杨之光——生活与创作》画集，广东美术馆编，2000年1月出版。

中，这个形象则被赋予了经典的代表意义，它成为一种代表了老百姓形象的生动的符号。尤其是这个老太太手中的"选民证"使这件作品跟新中国的政治话语紧密地联系到了一起，从而产生出人民翻身做主人的"崇高"内涵。可以这样说，如果没有艺术生产者对新中国的激情，以及他们对新社会和新生活的主体精神自觉，那么新中国的新事物中的"崇高"就未必能够自然而然地转化到艺术生产的过程，它们跟艺术生产者的主观创作因素有着密不可分的联系。

对历史尤其是新中国的革命历史的激情，是这一时期美术作品走向"崇高"的又一个重要原因。对革命历史的弘扬，不仅是艺术生产者以视觉方式对过去历史的客观叙述，更为重要的是在对过去历史的认知过程中体现了艺术生产者在当下的态度与观点。一切历史都是当代史，在1949年至1966年的新中国美术的相关作品中，体现为当代视野下的对历史和人民英雄的颂扬与缅怀。比如，《人民英雄纪念碑》就是在崇高激情的前提下的关于中国革命历史的一项集体创作。它以高达37.94米的雄伟形式，以及台座上的高2米、总长40.68米包含了虎门销烟、金田起义、武昌起义、五四运动、五卅

图3　杨之光《一辈子第一回》，纸本设色，
101×63cm，1954年作。

运动、南昌起义、抗日游击战争和渡江战役等八个革命历史主题以及两幅以"支援前线"、"欢迎人民解放军"为题的装饰浮雕，共约170个浮雕的人物形象，叙述了近百年来惊天动地的中国革命史实。不管是从政治话语还是从艺术创作的角度来看，《人民英雄纪念碑》都是体现了新中国革命历史崇高精神的经典之作。而在这件作品的生产过程中，不管是作为创作形式的从最初240多种创作方案中加以精选综合取舍，还是作为浮雕史料题材的八个革命历史主题以及两幅装饰浮雕，都体现了艺术家的集体智慧，体现了艺术家对革命历史的崇高激情。如果说所有的艺术都包含着艺术形式和思想内容的两种不同范畴，那么这两种范畴只有通过艺术家的创作劳动才能获得实质的统一。具体到1949年至1966年的新中国美术作品，我们所看到的崇高的革命激情，与其说是隐含在作品当中的客观存在的思想内容，不如说是艺术生产者所意欲表达以及他们所表达出来的思想内容。作品的思想不是自发产生的，而是在生产过程中，在被赋予一定艺术形式的过程中，被注入了艺术生产者的思想内容。当我们读到这一时期的革命历史题材的作品，比如胡一川的《开镣》（1950年）、罗工柳的《地道战》（1952年）、恽圻苍的《洪湖黎明》（1956年）、莫朴的《南昌起义》（1957年）、詹建俊的《狼牙山五壮士》（1959年）、艾中信的《夜渡黄河》（1961年）等的时候，我们所看到的其实也是这些艺术家们发自内心的历史观，以及他们对崇高的理解与追求。

回顾1949年至1966年的新中国美术史，不难发现对"崇高"的追求并非艺术生产者的一厢情愿，它也是艺术消费者的共同需要。这个阶段的艺术消费者，其实就是以工农兵为主体的人民大众。他们通过对艺术作品的消费而反作用于艺术生产的环节，使得艺术生产者不能不考虑到他们的愿望和需要。1949年5月，蔡若虹就预见性地提出："北平解放后，由于一个巨大的社会变革所影响，由于许多新事物的呈现所鼓舞，很多从事国画创作的画家们，深切地感到国画有急需改革的必要，使国画也和其他艺术一样适应于广大人民的要求，从而达到为人民服务的目的。"[1] 那么，什么是"适应于

---

[1] 蔡若虹《关于国画改革问题——看了新国画预展之后》，见载《人民日报》1949年5月22日。

广大人民的要求"？怎样才能够"达到为人民服务的目的"呢？说到底就是以新的艺术形式表现新社会的新生活，表达人民大众对美好事物的需要和崇高精神的追求。在1949年至1966年的新中国美术史上，我们看到表现社会主义新农村的山水画、毛泽东诗意山水和革命圣地山水等作品的出现，以及在1960年前后关于花鸟画的阶级性的讨论……这些现象和相关讨论，与其说是艺术生产环节的自我完善，毋宁说是面向艺术消费而自我改造的必然结果。从这个角度来说，也正是艺术消费者对"崇高"的客观需要，决定了艺术生产者在生产中的基本定位。这种由艺术生产和艺术消费之间自然构成的"生产——消费"关系，既互相制约，又互相促进，实现了在"崇高"前提下的双赢局面：一方面它有利于艺术生产者更多地思考和领会"古为今用、洋为中用"、"为人民大众、为工农兵服务"的文艺路线，另一方面也使得艺术消费者在欣赏美术作品的过程中得到思想的净化和觉悟的提高。

在"生产——消费"的关系中，除了生产者和消费者，还有一个不可忽视的重要因素是传播。传播是联系生产和消费的必要通道，具体到1949年至1966年的新中国美术史，其中构成"传播"的主要路径有两种，即展览和出版。以展览为例，我们可以看到在计划体制下的关于展览的发展脉络。不管是综合性的展览，比如全国美展第一届（1949年7月）、第二届（1955年3月）、第三届（1962年5月）、第四届（1964年9月）；或者是专项式的展览，比如全国国画展览第一届（1954年9月）、第二届（1956年7月）；全国版画展第一届（1954年9月）、第二届（1956年10月）、第三届（1958年2月）、第四届（1959年10月）；等等，在展览的组织形式、作品的表现形式乃至思想内容等方面，都有着周密而具体的要求。其中特别强调发挥美术作品的社会教育功能，强调"艺术作为一种社会的思想教育工具，宣传与一定的阶级利益相符合的政治、道德、哲学、美学等思想。"[1] 在这段美术史中，有资格通过展览和出版等传播渠道而进入艺术消费者视野的美术作品，其实正是符合要求的作品。这一点，正如至今在全国性的"官方"的展览所依旧看到的那样，与社会意识形态发生错位的作品不可能在类似这样的展览

---

[1] 《马克思列宁主义美学概论》第三编第一章"艺术的社会作用"，人民美术出版社1962年出版。

活动中获得"入场券"。也就是说,在传播渠道上的指导思想和具体要求,也是制约美术作品"生产——消费"的重要环节。尤其是在1949年至1966年的特定历史阶段,展览和出版都服务和服从于计划体制的前提,能否进入这些展览,以及能否被出版,意味着美术作品是否获得社会的认可。展览和出版,作为美术作品的重要传播渠道,决定着美术作品在"生产——消费"的关系中是否通畅。它以艺术作品为依托,一头联系着艺术生产者,另一头联系着艺术消费者,既为艺术生产者提供发表作品的机会,又服务和满足艺术消费者的文化需求。从这个角度来说,不管是艺术生产者对"崇高"的激情,还是艺术消费者对"崇高"的需要,往往是在展览、出版等这样的艺术传播渠道中实现的。

二

通过从生产、传播到消费的"生产——消费"关系来研究1949年至1966年的新中国美术史上的关于"崇高"的话题,我们不能离开具体的美术作品。也就是说,我们所讨论的"崇高"是艺术生产者寄寓在具体的美术作品中、经过一定的传播渠道而最终被艺术消费者所接受;艺术消费者对"崇高"的需要,反过来促进艺术生产者更多地生产相关的美术作品;作为社会传播渠道的展览和出版活动,在发挥其自身功能的过程中,也不能离开美术作品而独立存在。惟其如此,我们对"崇高"的研究最终还是要落实到具体的美术作品上来。

"崇高"是一个源远流长的话题。《周易·系辞》就有"崇高莫大于富贵"的说法。在西方美学史上,最早论述这一话题的是古罗马文论家郎吉弩斯,他在《论崇高》中谈到"崇高的风格是一颗伟大心灵的回声",认为真正的崇高能够引起普遍持久的激昂慷慨的喜悦。18世纪,英国经验派美学家柏克在《崇高与美》中奠定了近代美学范畴的"崇高"概念;跟他同时期的康德从浪漫主义的主体论美学出发,认为"真正的崇高只能在评判者的心情里去寻找"。在中国近现代学术史上,王国维、蔡元培、李大钊、鲁迅等对"崇高"也有过相关的阐释。结合到1949年至1966年的新中国美术史研究上,关于"崇高"的最贴近的叙述是李泽厚的《批判哲学的批判》中的一段话:"崇高的基础不在自然,也不在心灵,而是在社会斗争的伟大实践中。

所以，伟大的艺术作品经常以崇高为美学表征，即以伟大复杂激烈的社会斗争为基础和为特色的。先进战士、亿万人的斗争，勇往直前、前赴后继、不屈不挠、英勇牺牲，正是艺术要表现的崇高。"[1]

事实上，在1949年至1966年的新中国美术史上最能体现"崇高"精神的，首先还是革命历史题材和英雄主义题材的作品。前文谈到的《人民英雄纪念碑》、《开镣》、《地道战》等，这些作品之所以成为艺术生产者表述"崇高"的载体，同时也满足了艺术消费者对"崇高"的审美及心理需要，关键在于它们反映了"社会斗争的伟大实践"，表现了"勇往直前、前赴后继、不屈不挠、英勇牺牲"的精神。也正是这个原因，新中国初期对历史画尤其是革命历史画创作给予了相当的重视。1950年1月17日，南京，率先成立了革命历史画创作委员会。同年5月，新成立不久的中央美术学院在徐悲鸿院长的带领下，有组织地完成了文化部下达的革命历史画创作任务，产生了徐悲鸿的《人民慰问红军》、王式廓的《井冈山会师》、李桦的《过草地》、冯法祀的《越过夹金山》、董希文的《抢渡大渡河》、蒋兆和的《渡乌江》等包含了中国画、油画、版画等多种创作形式的作品。1950年6月，《人民美术》编辑部组织召开了"历史画座谈会"，探讨历史画创作的有关问题。王朝闻的《刘胡兰》（1950年）、古元的《刘志丹和赤卫队》（1957年）、王盛烈的《八女投江》（1957年）、潘鹤的《艰苦岁月》（1957年）、全山石的《英勇不屈》（1961年）、何孔德的《出击之前》（1963年）、项而躬的《红色娘子军》（1963年）等作品相继问世，成为研究和讨论这段美术史上关于革命历史题材及"崇高"精神的绕不过去的重点之作。在这些作品中表现出来的有名和无名的英雄、战士，他们的形象正如朱杉论述波兰艺术家热赫夫斯基·斯太凡的油画《瓦伦斯基在斯里塞堡监狱》中谈到的那样："这样的人，是永远活在人民心里的人，艺术家完成了一个崇高的任务，把永远活在人民心里的人的形象再现在艺术作品里。"[2] 这样的作品，因崇高而生产，因崇高而传播，因崇高而存在。崇高精神成为贯穿在作品中的灵魂，徘徊在艺术生产者和艺术消费者之间，在叙述历史的同时，

---

[1] 李泽厚《批判哲学的批判》，第415页，人民出版社1979年出版。

[2] 朱杉《意到笔随，耐人寻味》，见载《美术》1959年7月号。

更被赋予了现实的活的意义。

　　从创作总体来说，在1949年至1966年的新中国美术史上，革命历史题材和英雄主义题材的作品，仅仅是其中的一部分内容。与其相比，反映现实生活题材的作品拥有同样广阔的空间。在1958年的一篇署名为"《美术》编辑部"的文章中谈到美术创作"不单纯是技术的产物，而是通过艺术技巧表现出来的思想的产物"。文章特别强调"美术为社会主义服务的意义，是要通过视觉的艺术形象来传播社会主义时代的生活的美，用艺术形象来反映建设社会主义的广大群众的生活、思想、感情，并鼓舞他们向生活前进。"[1]正是这个原因，我们看到这段历史中的艺术生产者，在响应号召、深入生活、与工农结合、为工农兵服务等方面付出了相当大的努力，力求"创作出

图4　潘鹤《艰苦岁月》，雕塑，83×85×50cm，1957年作。

[1]　《与工农结合——革命美术家的必由之路》，见载《美术》1958年1月号。

新鲜活泼、为群众所喜闻乐见的中国气派、中国风格的最新最美的作品。"
[1] 这里所说的"最新最美的作品",按照当时的话来讲,所指的就是"传播社会主义时代的生活的美",也即从现实生活中发现"伟大的实践"、"反映建设社会主义的广大群众的生活、思想、感情,并鼓舞他们向生活前进"。而美术作品之所以能够做到这一点,根本原因在于艺术生产者在这类题材中发掘了"崇高"的内涵。

新中国的成立是中国历史新时代的开端,在1949年至1966年的新中国美术史上的对现实生活和生产建设的讴歌,都能从这个历史开端上找到时代的激情。它是革命的,同时又是现实的。这一点在董希文的《开国大典》(1953年)中体现得最为经典。大典场面的宏伟,天安门城楼的壮美,大红、碧蓝和金黄等色彩的喜庆运用,记录了中国历史上最关键的历史时刻。这类题材的美术作品比较多,诸如中央美术学院附中业务教研组集体创作的《当代英雄》(1960年)、张凭的《忽报人间曾伏虎》(1964年)、孙滋溪的《天安门前》(1964年)等,其中所包含的关于"崇高"的感受,与其说来自历史,毋宁说来自真切的现实。回顾1949年至1966年的新中国美术史,我们看到尽管从技术语言的运用而言,这些作品还存在着这样那样的不甚纯熟,比如油画还处在探索过程中的"土油画"时期,中国画还带有浓厚的从传统向现代转型阶段的过渡特征,在造型和色彩语言方面也有不少作品缺乏推敲,但是从艺术生产者发自内心的创作动机,以及他们在新中国初期的美术作品中所表现出来的对新历史开端的激情,是任何阶段的美术作品都无法取代也无法逾越的。这种状态,还直接影响着关于现实生活和生产建设题材的创作活动。比如,在黎雄才的《武汉防汛图》(1954年)、王文彬的《夯歌》(1957—1962年)、洪世清的《新安江水电站》(1959年)、亚明的《滚炉前》(1960年)、王霞的《海岛姑娘》(1961年)、刘文西的《祖孙四代》(1962年)、朱乃正的《金色的季节》(1963年)、李焕民的《初踏黄金路》(1963年)等作品,在当时常常是整批整批地产生,表现了各行各业的劳动和生产建设的主题。这些作品在当时的意义,不仅在于它们

---

[1]　石鲁《高举毛泽东文艺思想的旗帜攀登无产阶级艺术的高峰》,见载《美术》1960年4月号。

如实反映了一个场面、一段情节、一种形式，更为重要的是其中包含了一种思想——对新社会、新历史的充满激情和追求的思想。这种思想在当时"创造性地为社会主义革命和社会主义建设中的新人物的精神面貌作出动人的反映，而且以其热烈的革命感情鼓舞着群众。"[1] 我们说这些作品反映了一个时代，体现了时代的精神，其中最为珍贵也最为关键的内容，应该就是它们反映了整个社会对"崇高"的追求，对建设新历史、开辟新时代的发自内心的激情。如果说，在革命历史题材的美术作品中的对"崇高"的表现，还带有回望、继承等倒计时的特征，那么对眼下的活的现实的表现，对生产和建设的讴歌，则是充满了关于"崇高"精神的前瞻式的期望。值得注意的是，从"生产—消费"的关系来看待这类作品之整批地出现，可以看到传播环节在其中起到的重要作用。因为这段美术史上的不少作品，是在有组织的前提下跟社会建设直接发生关系的。比如，1958年初开始兴建并于6月30日完工建成的十三陵水库，在建设过程中，中央美术学院全体学生和部分教师到工地参加义务劳动，并于6月20日在水库工地举办"十三陵美术作品展览会"展出58位美术家近20天内创作的220件作品。[2] 在跟十三陵美术创作的又一则相关报道中称，1958年"五六月间，协会（中国美术家协会）再次组织了97位画家和雕塑家结合参加十三陵水库建设的劳动进行创作，完成各种美术作品760件。在水库工地举行展览中，更加鼓舞了水库建设者的热情，雕塑家为水库创作的雕像，也即将矗立在水库山腰。"[3] 同样是1958年6月，由中国美术家协会主办的"美术干部下乡下厂生活速写画展"在北京北海公园画舫斋举办，展出古元、黄笃维、杨之光、郭振华等70多位作者的168件作品，这些作者分别来自河北、山东、江苏、广东、云南、湖北、四川、青海等地。[4] 他们的作品就是有组织地写生和创作出来的。类似这样的直接为了传播目的而有组织的集体创作活动，导致相关美术作品的批量

[1]　王朝闻《为适应需要创造根本性条件》，见载《美术》1964年第1期。

[2]　陈履生《美术编年纪事》，见载陈履生《新中国美术图史（1949-1966）》，中国青年出版社2000年10月出版。

[3]　《中国美术家协会举行第十四次常务理事扩大会议》，见载《美术》1959年11月号。

[4]　通讯，见载《美术》1958年7月号。

生产，对于推动生产建设主题的美术作品的创作，产生了积极的作用。而在这类题材中所表现出来的核心精神，正是讴歌劳动、讴歌建设、讴歌新社会新气象的"崇高"精神。

除此之外，在1949年至1966年的新中国美术史上，还可以看到关于"崇高"的第三个内容即对崇高人性的描绘。这种描绘，在革命历史题材、英雄主义题材和生产建设题材的作品中也有相当精彩的表现，比如潘鹤的《艰苦岁月》（1957年）、杨之光的《雪夜送饭》（1959年）、赵宗藻的《田间》（1959年）、温葆的《四个姑娘》（1962年）、张彤云的《高唱革命歌》（1964年）等，其中就包含着对崇高人性的颂扬。在现实生活的日常题材的美术作品中，我们也能看到对崇高人性的感知与认同。这类作品有姜燕的《考考妈妈》（1953年）、周昌谷的《两个羊羔》（1954年）、汤文选的《婆媳上冬学》（1954年）、吴凡的《蒲公英》（1958年）、李平凡的《我们爱和平》（1959年）、王玉珏的《山村医生》（1964年）等，在这些作品中所表现出来的崇高人性，包含了人与人之间的关爱、友谊、互敬、互助；包含了在新的劳动关系和新的社会伦理观念中的对人性的理解。其中有对知识的追求、对理想的珍惜、对和平的热爱、对事业的执着，它们来自画面人物的形象，来自"社会斗争的伟大实践"。这类日常题材，尽管不像革命历史题材和英雄主义题材那样表现了"勇往直前、前赴后继、不屈不挠、英勇牺牲"的情节，也不像直接描绘劳动场面的那些建设题材的美术作品那样热火朝天，但是在这些作品中"我们清清楚楚地感到一种美——劳动人民丰富的内心世界的美……欣赏这种美，难道不也是人类文明生活中一种崇高的精神享受吗？！"[1] 从这个角度来说，怎样在现实生活的日常题材中挖掘崇高的人性，同样是这个阶段的美术史上的艺术生产者和艺术消费者的共同话题。

"崇高"作为1949年至1966年的新中国美术史的重要内容，在山水画和花鸟画中同样有着深刻的体现。本文前面提到的表现社会主义新农村的山水画、毛泽东诗意山水和革命圣地山水等作品中，就体现着崇高的精神。这个时期的经典山水画作品，比如傅抱石、关山月的《江山如此多娇》（1959

---

[1]　冯湘一《春节读画记——王式廓素描速写欣赏》，见载《美术》1959年4月号。

图5 温葆《四个姑娘》，布面油画，110×202cm，1962年作。

图6 王玉珏《山村医生》，纸本设色，
84×63cm，1964年作。

年）既是毛泽东诗意山水的极致之作，又以其开朗宏大、豁达壮观的山水形象，成为体现了时代精神的楷模。以至于当我们回望这段美术史上的其他作品，如石鲁的《转战陕北》（1959年）、钱松嵒的《红岩》（1960年）、李可染的《万山红遍层林尽染》（1964年）、张凭的《苍山如海残阳如血》（1964年）等的时候，我们的脑海里面都会联想到《江山如此多娇》，都能感受到通过色彩关系和构图安排而洋溢出来的崇高激情。在山水画和花鸟画中体验崇高，是这段美术史上的社会审美心理的一个重要特征。正如当时的一篇文章中所谈到的那样，"一花一卉的开放，是草木蓬勃灿烂最为精华的表现；一虫一鸟是动物中最天真活泼的典范。使人看到以后，谁不感到身心愉快、精神奋发。"[1] 不但如此，在1949年至1966年的新中国美术史上，我们看到山水画、花鸟画在自然审美属性之外，还被赋予了一定的社会属性，从而使这些作品中达到 "社会思想内容与艺术形式的统一"以及"社会属性和自然属性的统一。"[2] 惟其如此，也就不难理解为什么在这个时

图7　傅抱石、关山月《江山如此多娇》，纸本设色，500×900cm，1959年作。

[1]　田青《我们需要山水和花鸟画》，见载《美术》1959年4月号。

[2]　秋文《也谈山水花鸟画》，见载《美术》1960年5月号。

期的山水画和花鸟画作品中，艺术生产者通过大河上下苍莽雄浑的气派，就能体现出"人民壮阔博大的胸怀"和"时代的豪迈感情"。[1]

三

在1949年至1966年的新中国美术史上，崇高不仅体现在上述的领域，而且还体现在美术批评的标准当中。在此前的中国美术史上，没有哪个时期像这段时间那样对"崇高"有着社会集体的共识。对美术作品的褒扬和贬抑，常常也是围绕着"崇高"的话题而展开。1959年，沈柔坚在一篇文章中这样表述："今天，我们在进行社会主义革命和建设的总任务中，还仅是开始了万里长征的第一步，我们要建立社会主义强大的中国，要攀登世界文化艺术的高峰，更须加倍的艰苦奋斗、奋发前进，才可能很快地达到最崇高的目的。"[2] 虽然文章中并没有对"最崇高的目的"加以延伸和更加具体的阐述，但是字里行间包含着的"崇高"作为美术批评的标准，却是自然而然地流露出来。

不妨回顾一下这段美术史上最常用的一些批评词汇，从中我们可以看到"崇高"在美术批评中的使用情况。

比如，"革命现实主义"和"革命浪漫主义"，这是在这段美术史上使用得最频繁也最为人所熟知的词汇。其中尤其是"革命现实主义"，几乎成为不少评论文章的口头禅。跟这个词汇相关的是"社会主义现实主义"，这个概念是斯大林在1932年4月提出来、周扬在1933年首次引进中国的。[3] 1953年，周扬在第二届全国文代会上的讲话中，提出把"社会主义现实主义"作为"整个文学艺术创作和批评的最高标准"并要求"社会主义现实主义"首先要"写光明，写正面人物"。[4] 1956年，秦兆阳在《人民文学》

---

[1]　王岫评论吴作人的油画《黄河三门峡》，见载《美术》1959年10月号。

[2]　沈柔坚《伟大时代激励着我们奋发前进》，见载《美术》1959年10月号。

[3]　1933年，周扬发表了《关于"社会主义的现实主义和革命的浪漫主义"——唯物辩证法的创作方法之否定》，第一次将"社会主义现实主义"的概念引进中国。周扬的这篇文章见载《现代》1933年11月1日第4卷第1期。

[4]　周扬《为创造更多的优秀的文学艺术作品而奋斗》，见载《文艺报》1953年第2期。

撰文提出不要只顾政治宣传的需要而忽略文艺的特性，应该"扩大现实主义的创造性范围"并建议使用"社会主义时代的现实主义"的概念，[1] 由此引发了一场关于"现实主义"问题的大讨论。直到1958年，毛泽东提出"革命的现实主义和革命的浪漫主义相结合"（简称"两结合"）的口号，关于这个话题的争议才基本结束。事实上，在1949年至1966年的新中国美术史上，大凡使用"革命现实主义"和"革命浪漫主义"字眼的美术批评文章，在坚持把它作为"整个文学艺术创作和批评的最高标准"的时候，都会涉及到"崇高"的内涵。比如葛路的文章《我对革命现实主义和革命浪漫主义结合的理解》，在评述罗工柳的《地道战》、王朝闻的《刘胡兰》、潘鹤的《艰苦岁月》等作品的时候，认为这些作品"都应该算作革命现实主义和革命浪漫主义结合的作品"。葛路还认为"这些作品的共同特点是通过真实而生动的形象，比较深刻地反映了现实，鲜明地体现了作者的共产主义的美学理想和革命激情"。在这个基础上，葛路谈到"革命现实主义和革命浪漫主义结合的创作方法，一方面是总结了过去丰富的艺术实践经验，同时也是符合今天时代的特点和需要。"[2] 葛路所作的这种阐释，其实就是把"革命现实主义"和"革命浪漫主义"跟"崇高"之间搭起了互相解说的桥梁，使"革命现实主义"和"革命浪漫主义"成为表现"崇高"的重要的创作方法。其实，在葛路此文发表的前一年即1958年，也就是毛泽东提出"两结合"前后，《美术》编辑部在一篇评论文章中谈到"革命现实主义与革命浪漫主义"在美术作品中"取得了有机的统一和丰富多彩的表现"，具体的表现就是"表现了比现实更美、更丰富、更伟大的理想。"[3] 如果把这句话转换成一个最简练的词汇，不妨认为那是因为这些作品中表现了"崇高"。由此可知，在这段美术史上谈论的"革命现实主义与革命浪漫主义"，归根到底就是其中体现了时代和社会的"崇高"精神。

再如，"最新最美的作品"和"最新最美的图画"，这也是在这段美术史上广泛使用的词汇。其中最典型的表述是石鲁的文章，他谈到"只有掌握

---

[1]　秦兆阳《现实主义的广阔道路：对于现实主义的再认识》，见载《人民文学》1959年9月号。

[2]　葛路《我对革命现实主义和革命浪漫主义结合的理解》，见载《美术》1959年2月号。

[3]　《美术》编辑部《促进美术大普及大繁荣》，见载《美术》1958年9月号。

革命现实主义与革命浪漫主义相结合的创作原则，才可能创作出新鲜活泼、为群众所喜闻乐见的中国气派、中国风格的最新最美的作品。"[1] 这里所说的"最新最美的作品"，无疑指的是体现了"崇高"精神的作品。类似的提法在此前和此后都比较多，比如，马克的文章写道："创作最新最美的图画，是我们时代和群众的要求，也是美术家们的愿望……一个美术家真正和劳动群众相互通心，才能用劳动人民的思想情感去表现劳动人民的生活与斗争。"[2] 蔡若虹也谈到："更为可贵的是，画家们还描绘了中国人民在现实生活斗争中那些高尚的和优美的心灵活动——对于劳动的热爱，对于社会主义的崇高理想，不畏艰难困苦的坚强意志，保卫和平的战斗激情……"[3] 由此可见，所谓的"最新最美的作品"和"最新最美的图画"，其实它们跟新中国的社会和现实生活之间有着密切的关系。这些作品，之所以能够成为"最新最美的作品"和"最新最美的图画"，是因为它们把握了生活中的"新"和"美"。而这里所说的"新"和"美"，跟"崇高"的精神是一致的。比如有一篇文章在评论油画《四个姑娘》的时候这样叙述："油画《四个姑娘》发掘了我们时代的新人的美……这四个姑娘在从事农业集体劳动的时候，精神抖擞，情绪愉快乐观，体验着这种劳动生活的乐趣和自豪感，难道这种精神境界不高不美吗？这种精神品质正是社会主义时代的新人所特有的。"[4] 作为这段美术史的尾声，1966年1月，中共中央华北局宣传部副部长梁寒冰的讲话《高举毛泽东思想红旗，画出我们时代最新最美的图画》把"最新最美的图画"概括为四个方面：充分表现我们伟大的革命的时代精神、描绘最新最美的题材、塑造最新最美的形象、具有最新最美的艺术形式。[5] 关于《四个姑娘》的评述，以及梁寒冰对"最新最美的图画"的诠释，等等，说到底就是强调在美术作品中表现出这个时代和社会的"崇

---

[1]　石鲁《高举毛泽东文艺思想的旗帜攀登无产阶级艺术的高峰》，见载《美术》1960年4月号。

[2]　马克《在新事物面前——读画随感》，见载《美术》1959年3月号。

[3]　蔡若虹《关于国画创作的发展问题》，见载《美术》1955年6月号。

[4]　李平、林蜂《艺术的"新"和"旧"》，见载《美术》1963年第6期。

[5]　梁寒冰《高举毛泽东思想红旗，画出我们时代最新最美的图画》，见载《美术》1966年第1期。

高"精神。

把"崇高"作为美术批评的标准,还体现在对若干作品的负面意见。比如,1955年的第二届全国美展的部分作品,在记者的评论文章中是这样评叙的:"汤文选的《喂鸡》按整个画面的效果来看,是很好的,但人物的脸部画得黑黑的,看了很不舒服。蒋兆和、石鲁、李斛的作品中,人物脸部也都是不适当地运用了西法,给人以一种龌龊的感觉。"[1] 1963年,李可在评论黄永玉为短篇故事集《羊舍的夜晚》所作的插图时,对黄永玉所塑造的人物形象的评论是这样的:"书中的主人公王全,是个饲养员,长工出身,解放以来一直是我们的基本群众,为人憨厚,热爱集体,被评选为红旗手,是位可敬的老伯伯。但是,我们在画面上看到的却是个三花脸式的人物,并且显得很愚蠢。"[2] 类似这样的评论,在今天看来也许存在着不少不那么顺理成章的逻辑,但是如果回到当年的语境就不难看出,在以"崇高"为批评标准的前提下,有关的论述和见地确实又体现了当时美术批评的若干特征。

四

作为贯穿在1949年至1966年的新中国美术史上的重要线索,崇高包含着非常丰富的内容。从政治话语的角度来讲,它跟社会主义革命和建设、共产主义理想和激情有着紧密的联系;从20世纪美学发展的角度来讲,它跟1950年代的中国学术史上的美学大讨论有着紧密联系;从新中国文化政策的角度来讲,它跟特定历史阶段的要求有着紧密联系,并且由于其中包含了革命现实主义和革命浪漫主义的基本要素,因而它最终成为社会主义文艺美学追求的主旋律。以至于以崇高为基本的美学形态,成为"社会主义文艺的美学品格"。[3] 我们甚至还可以从社会学、心理学、文化学、符号学等更为广泛

---

[1]　《为争取美术创作的辉煌而努力——来京参观第二届全国美展的美术工作者对展出作品的意见》,见载《美术》1955年第5期。

[2]　李可《两幅不好的插图》,见载《美术》1963年第5期。

[3]　关耜夫《一个需要重新审视的理论问题:也谈文学艺术中的"崇高"》,见载《文艺报》1992年9月26日。

的领域看到"崇高"在这段历史上发生与发展的过程。所有的这些，都为我们继续深入探讨"崇高"提供了未来的可持续空间。

事实上，"崇高"并不是1949年至1966年的新中国美术史上的独特现象，它是逻辑的，同时也是历史的，是随着美术史的发展轨迹而不断发展的。在1966年之后的美术作品中，我们同样可以看到"崇高"主题的发展和延伸。鉴于篇幅的原因，本文对此暂不讨论。惟所期待的是希望通过本文对1949年至1966年的这一小段的美术史研究，借以呼唤在20世纪下半叶以来更广范围的新中国美术史研究中对"崇高"话题的关注。借用蒋孔阳的话说，呼唤崇高，不仅具有历史意义，而且具有现实意义。[1] 笔者认为，尤其是在当下美术创作的多样化并存的局面下，对"崇高"的研究和强调，更是一种时代的必要。

第三节　现实主义的发展、困惑与出路
——当代中国画创作之研究

[本节导读]　　本节在回顾当代中国画创作发展历程的前提下，分析了现实主义在当代中国画创作中的困惑，提出"现代化"、"社会化"、"多样化"的发展出路。并强调指出，现实主义是当代中国画创作中的最重要且最核心的评价标准。本节内容，成稿于2005年10月，应邀参加中国美术家协会等主办的"2005·中国百家金陵画展（中国画）高层论坛"研讨会，2005年12月在南京举办，被评选为优秀论文；并见载《2005·中国百家金陵画展（中国画）论文集》，江苏美术出版社2006年1月出版。

现实主义在当代中国画创作中的涵义是多方面的，惟其如此，我们很难停留在某一方面或某一角度的认知，并保持以之为基础的某种固定的诠解。我们谈到中国画的现实主义的时候，话语所指也绝非局限在现实主义流派之

---

[1]　　蒋孔阳《美学新论》，第371页，人民文学出版社1993年出版。

类的讨论空间。特别是近年来中国画创作面临的种种困惑以及多样化的突破创新，不仅为理论界探讨现实主义话题带来了新鲜的素材，而且源自实践过程的客观动力，也不断促成相关语境在理论上的全面刷新。正如徐庆平谈到的："第一，现实主义这个概念远远不只是一个流派，而是审美的观念，是占主流的一种审美观念，就是真善美的审美观念。""第二，现实主义是我们民族文化艺术振兴的一个基础，一定要在这个基础上才有可能振兴我们的文化艺术。"[1] 徐庆平把"现实主义"跟"审美观"和"文化观"相结合的论述，对于相关研究有着促进作用，特别是当我们把当代中国画创作放在20世纪后半叶以来中国美术发展的大背景底下以及中国当代社会文化价值坐标当中的时候，现实主义的话题就更加彰显出其可能的和必要的意义。

一

20世纪后半叶，中国画的发展经历了非常明显的三个阶段。有一个共同特征是，其中始终贯穿着跟现实主义有关的种种情结。

第一阶段是1949年至1966年，邹跃进把这个阶段称为"中国画的政治化"阶段。[2] 我认为，如果具体到中国画对现实主义的体会和表现的话题上，这个阶段的所说的"政治化"，其实还包含了源自社会生活的诸多"非政治"的因素。也就是说，对于那些在20世纪上半叶以来一直蔚为活跃的许多中国画家来说，他们对社会现实的关注和关怀，与此前的主要区别是，新的社会制度和新的社会生活，给他们带来了新的艺术内容。这一情况，正如蔡若虹谈到的："北平解放后，由于一个巨大的社会变革所影响，由于许多新事物的呈现所鼓舞，很多从事国画创作的画家们，深切地感到国画有急须改革的必要，使国画也和其他艺术一样适应于广大人民的要求，从而达到为人民服务的目的。"[3] 在这个前提下产生的不少中国画作品，如徐悲鸿的

---

[1]　徐庆平《美术杂志坚持了人类艺术正确发展的大方向》，见载《美术》2005年第3期。

[2]　邹跃进《新中国美术史（1949—2000）》，湖南美术出版社2002年11月出版。

[3]　蔡若虹《关于国画改革问题——看了新国画预展之后》，见载《人民日报》1949年5月22日。

《在世界和平大会上听到南京解放的消息》（1949年）、潘天寿的《丰收图》（1952年）、姜燕的《考考妈妈》（1953年）、汤文选的《婆媳上冬学》（1954年）、杨之光的《一辈子第一回》（1954年）、方增先的《粒粒皆辛苦》（1955年）、亚明的《海滨生涯》（1956年）、宋文治的《采石工地》（1958年）、叶浅予的《北平解放》（1959年）、刘文西的《祖孙四代》（1962年）、王玉珏的《山村医生》（1964年）、黎雄才的《武汉防汛图》（1956年）、傅抱石的《西陵峡》（1960年）、钱松嵒的《常熟田》（1963年）等，在题材、立意乃至视觉呈现方式等方面都忠实于现实主义的艺术精神。而1960年由傅抱石率领的"江苏省国画工作团"的集体旅行写生活动，在三个月中，行程两万三千多里，这一举动无疑成为这一时期中国画探索现实主义创作的最精彩行为之一。也许我们可以这样认为，这个阶段的中国画创作，是现实主义占主流，并且以现实主义为主要内容和主要方式的创作。

第二阶段是1966年至1985年，中国画的发展经历了"文革美术"、"伤痕美术"和"八五美术"等发展环节。在这些过程中，中国画创作中的现实主义表现出一波三折的现象。回看在文革美术模式中所强调的"三突出"、"红光亮"、"高大全"等特点，尽管不少人依然认为"喜忧参半"甚至"忧多喜少"，但是在现实主义这个话题上，我们不能否认它是一贯以来的中国画现实主义路线的发展和延续。这个阶段的作品如石齐的《迎春》（1972年）、宋文治的《太湖之晨》（1973年）、赵志田的《大庆工人无冬天》（1973年）、关山月的《绿色长城》（1974年）、杨之光的《矿山新兵》（1971年）、张幼兰的《捷报频传》（1972年）、鸥洋的《新课堂》、陈衍宁的《长征日记》（1973年）、肖桂礼、张文瑞的《练》（1973年）等，如果我们跳出"文革"这个特定年代的"政治因素"的特殊性，在"现实主义"的话题上，我们可以看见这些作品中包含的现实主义艺术精神，跟此前的中国画作品之间，存在着内在的延续和递进关系。它们不是对现实主义的削弱和否定，而是在新的语境底下对现实主义的诠释和再探索。或者更具体地说，其现实主义的话语形态及笔墨表现方式，依然传承着此前的中国画作品的基本习惯。而这些在"文革"语境当中产生的作品，其现实主义特质，跟"文革后"的不少作品，比如，林墉的《八路秋歌进村来》（1976年）、周思聪的《人民和总理》（1979年）、陆俨少的《江涛石古

图8　方增先《粒粒皆辛苦》，纸本设色，
　　　105×65cm，1955年作。

图9　周思聪《人民和总理》，纸本设色，65×105cm，1979年作。

峡》（1982年）、周思聪的《矿工图》（1983年）等相比较，在现实主义艺术精神方面，也没有太多的实质性的差别。也就是说，这种保存并保持在中国画创作中的现实主义艺术精神，尽管经历着20世纪下半叶从新中国初期到"文革"以至于"文革后"的政治语境的变化，其精神本质及对社会现实的观察和关注，乃至其精神形式即笔墨语言的视觉呈现方式，不但基本被保存着，而且还体现出其在现实主义层面上的步调一致。这种情况一直延续到1985年，情况开始发生转折。这一年，先是李小山在《江苏画刊》第7期发表文章，提出关于中国画"穷途末日"的质疑；接着是10月15日"江苏青年艺术周"活动之一的大型美术展览，在江苏省美术馆开幕。展览前言提出了"用我们的眼睛，去寻找美的新大陆"的想法。[1] 这些质疑和想法，包含着试图寻找更能契合时代特征的新的视觉语言等倾向，其所追求的"时代性"，其实也是现实主义艺术精神所企望到达的目的地之一。

第三阶段是1985年至今，我们还可以看到现实主义在中国画创作中的发展和延续。尽管中国画坛对"水墨实验"的探索，在某种程度上给中国画的内涵和外延带来了双重的冲击，但是，它并不意味着中国画在现实主义发展道路上的终结。近年来的不少作品，如王玉珏的《冉冉》（1987年）、黎雄才的《秋江渔》（1988年）、何家英的《魂系马嵬》（1989年）、伍启中的《风雨青纱帐》（1995年）、杨之光的《九八英雄颂》（1999年）、丘挺的《浦江写生》（2001年）、冯远的《宋人词意》（2004年）、江宏伟的《白鹭秋风里》（2004年）等，都还基本保持着现实主义的艺术精神。而且，他们的这种"保持"态度，不仅是对中国画创作中的现实主义艺术精神的恪守；更为重要的是，其中还包含着他们在艺术语言方面的锐意创新。比如在谈到杨之光的《九八英雄颂》的时候，刘曦林认为"我期望中的主流美术将是各种各样的，现实主义精神将不限于某一种写实手法。你的没骨人物画既是别具一格的表现，同时也将会启发众多的后来者创造新的别样。更具现代感的别样，并以其内美的开掘深度证实世纪之交中国主流美术的生命力。"[2] 杨

---

[1]   这段话见于"江苏青年艺术周"活动之一的《大型现代艺术展》的前言，引自高名潞等
       《中国当代美术史（1985-1986）》，第127页，上海人民出版社1991年10月出版。

[2]   刘曦林《抗洪题材及其他——关于"九八英雄颂"的通信》，见载《美术》1999年第
       5期。

之光在论述他从1950年代以来的创作道路的时候，也谈到"笔墨当随时代，无非就是反映生活……我一生当中追求笔墨与生活的关系"。[1] 这种在时代精神和社会生活中寻找笔墨语言的新突破的现象，构成了近年来中国画关于现实主义创作的新趋向。尤其是在2005年1月由《美术》杂志召开的"现实主义学术研讨会"上，关于"现实主义"的理论探索和思考，被提升到一个新的高度。比如，梁江谈到："（现实主义）包含艺术家的理想追求，以及关于艺术与生活、精神与现实、心灵与自然这种关系的认知总和。"[2] 梁江的观点其实就是在新的历史高度对"现实主义"的再认识和再强调，而当我们把类似的观点回放到近年来中国画创作的领域当中，我们不难发现，中国画创作中的现实主义艺术精神，不仅没有丢弃，而且因为基于了新老艺术家的开拓创新，还取得了更上一层楼的新发展。"2005中国百家金陵画展"的选题和定位，就是针对这一状况的应运而生。

二

不过，我们也要看到，特别是在近20年来，中国画创作中的现实主义艺术精神，还面临着许多困惑。这些困惑，一方面干扰着我们的视线，影响了我们对"真相"与"虚相"的区别和辨认；另一方面，它也为中国画的创作和理论研究提出了双重的新课题。现实主义艺术精神，不仅需要艺术家在创作实践活动中锐意发掘，同时也需要理论家从另一个角度对当代美术现象加以诠释和梳理。一个"理论滞后"的时代，也不是艺术得到真正繁荣的时代。所以，在这个意义上，理论家和艺术家一样有责任直面并讨论如何解决这些"困惑"。具体到中国画创作中的现实主义艺术精神，这些"困惑"主要表现在以下三个方面：

第一，由"现代主义"的冲击带来的困惑。"现代主义"在20世纪中国

---

[1]　王嘉《九八英雄颂——杨之光创作访谈录之十》，采访时间为1999年9月16日。见载《杨之光——生活与创作专题集》，广东美术馆编，2001年1月出版。

[2]　梁江《举现实主义大旗象征着美术理论界在走向理性和成熟》，见载《美术》2005年第3期。

美术的发展中，走过了跳跃式的两个时期。先是1930年代前后受到西方现代美术思潮的影响而产生的"现代主义"视觉方式的繁荣，再就是经过了20世纪后半叶的长期沉默，并在"文革后"重新抬头的新发展。如果说1979年第一届"星星画展"的前言中提出"我们用自己的眼睛认识世界"[1] 还主要是对过分强调"公共话语"的某种偏离，那么1985年之后，在新思潮的诱导和启发底下产生的、从媒材到方式的对中国画创作的颠覆与再造，则是"现代主义"的盛装登场。需要强调的是，"现代主义"跟"现实主义"是分别属于两个不同界面上的概念。"现代主义"区别于传统的审美习惯，它是在时间维度当中的关于形式和观念的横断面。而"现实主义"在时间维度当中，始终保持着纵向的因果和逻辑，它仅仅是一种趋向的差别，不存在时间上的断裂，而与之对立的另一种趋向，则被称为"浪漫主义"。惟其如此，在当代中国画创作中，"现代主义"对"现实主义"的冲击，不是通过"取代"，而是通过"遮蔽"的方式实现的。因为它们处在两个不同的界面，所以，"现代主义"不可能取代"现实主义"，这一点只要我们分别透过"现代主义"和"现实主义"的视窗，可以见到两者的异同。比如，它们都强调"时代性"，但是"现代主义"的"时代性"更侧重于形式审美的翻新，侧重于某种程度的"视觉快感"；而"现实主义"的"时代性"更侧重于主体与客观的关系，侧重于透过具体或特定的形式表达对社会和现实客体的认知与关怀。所以在类似"时代性"这样的话题中，我们既可以走向"现代主义"的讨论，也可以走向"现实主义"的讨论。从文化逻辑上讲，在任何时候不管我们多么追求"现代主义"的时代属性，我们都不可能、事实上也不能够完全撇开"现实主义"的种种"现实关怀"。虽然如此，我们也不可否认，在当代中国画的领域，热衷时尚的艺术家和理论家们，常常自愿地奔向甚至滞留在"现代主义"的界面上，并因此产生了对"现实主义"的界面的冷淡和疏离。不是现代主义"取代"了现实主义，而是现代主义"遮蔽"了现实主义。或者换个角度来说，"现实主义"不管是在创作思想还是在创作实践上，都始终没有"消失"过。本文前述的杨之光《九八英雄颂》（1999

---

[1]　　《星星第一届展览前言》，引自易丹《星星历史》，第16页，湖南美术出版社2002年1月出版。

年）等作品，就是有力的证据。关键问题在于，当"时尚"的话题被"现代主义"所占据的时候，"现实主义"似乎成了不合时宜的言说。而事实上，"现实主义"的界面还是存在的，只不过它被"现代主义"的界面给"遮蔽"掉了。特别是当带有浓厚的"现代主义"倾向的"水墨实验"成为越来越流行的艺术形式的时候，对某种因素的强调，势必会造成对另一种因素的"遮蔽"。这种情况，给中国画的创作带来了类似如此的困惑：似乎我们一提到"现代主义"就一定要撇开"现实主义"；而当我们谈到"传统笔墨"的时候，就似乎是在跟"水墨实验"的"时尚"唱反调。"现代主义"的冲击，给"现实主义"的话题带来了无形的困惑。

第二，由"个人话语"的偏差带来的困惑。应该注意到，20世纪后半叶中国画的发展，在前两个阶段，也就是1949年至1985年之间，话语形态的主要特征是以"公共话语"为基调。在第一个阶段，"公共话语"体现为政治力量所发挥的号召作用和决定作用。比如，在人物画领域中，当时流行的是被邹跃进称为"徐（徐悲鸿）江（江丰）体系"的教学模式，[1] 这一模式将延安的革命模式与学院派模式相结合，在这个基础上培养了杨之光、方增先、刘文西、周昌谷、卢沉、周思聪等中国画家；在山水画领域中，提倡将中国传统笔墨跟新中国的"真山水"的结合，在这个基础上产生了带有概念化拼接倾向的作品，以及毛泽东诗意山水和革命圣地山水作品，产生了石鲁的《转战陕北》（1959年）、钱松嵒的《常熟田》（1963年）、李可染的《万山红遍》（1964年）等带有"公共话语"特征的山水创作。在花鸟画领域中，1950年代对花鸟画的"阶级性"的讨论以及潘天寿、关山月等人的花鸟画写生与创作，梅花题"俏也不争春，只把春来报"；菊花题"战地黄花分外香"等，将花鸟画的自然形态跟艺术的社会形态结合在一起，传达出社会和时代的公共话语特征。在"文革"美术创作中，社会公共话语被提升到前所未有的高度，工农兵以及知识青年和社会英雄形象等，作为需要而且必须歌颂的"新事物"凸现出来。在这个过程中产生的中国画作品，其本质上也是属于"公共话语"的形态。从1949年到1985年，尽管我们可以对李可染、潘天寿、傅抱石、钱松嵒、石鲁、关山月、杨之光、林墉等人的中国

[1]　邹跃进《新中国美术史（1949—2000）》，第44页，湖南美术出版社2002年11月出版。

画作品加以各种各样的风格分析,并在艺术风格学的角度上研究他们各自独特的艺术语言。但是,就总的情况来说,他们的作品主要并且终究是属于社会"公共话语"的范畴。1985年之后,随着中国画创作"个性化"的发展趋势,以及中国画存在语境的越加宽松,在"公共话语"之外,关于"个人话语"的成分得到空前的发展。在这个角度上,中国画已经不再是社会现象和社会思想的注脚,而是艺术家个人灵魂的发掘和写照。"个人话语"主要体现在两个方面:一是形式上追求个人风格的塑造,追求在形式语言方面跟其他艺术家拉开足够的距离;二是思想内容上追求个人感受的表达,追求属于个体的真情实感。个人话语的流行,并不是对"现实主义"的摒弃,因为"个人话语"同样包含着若干关于真善美的追求,它跟"现实主义"所追求的内容有着某种程度的一致。它之所以给中国画的现实主义创作带来困惑,

图10 石鲁《转战陕北》,纸本设色,280×208cm,1959年作。

并不是因为它跟现实主义有什么格格不入的抵牾，而是因为在"公共话语"和"个人话语"的转换当中，常常会存在一定的偏差，以为后者必然以牺牲"现实主义"为代价。由此导致"现实主义"创作在"个人话语"的前提底下，不可避免地遭遇若干尴尬和困惑。

第三，由社会视角的改变带来的困惑。中国社会的多元化发展，以及社会思想的百花齐放，给中国画创作带来了双重的意义。一方面是中国画获得了更为辽阔的发展空间，在"现代主义"创作方式的启发底下，"现实主义"的绘画创作获得了新的启发和挑战；原有的"公共话语"在"个人话语"的推动底下也获得了更多的实现通道。多元化的社会发展状态在给当代中国画的创作提供新的发展契机的时候，正如前面已经谈到的，在另一方面，"现代主义"和"个人话语"同时也给中国画创作中的"现实主义"带来了种种不可回避的"困惑"。多元，它是一个包含着多重"潜文本"的文本，在众多的"潜文本"当中存在着不少"反文本"的因素。也就是说，当我们看到"现实主义"大行其道的时候，要注意到其中包含的相反趋向；同样，在我们看到"现实主义"在当代中国画创作中面临的种种困惑的时候，也要看到其中所预示的潜在的发展机遇。当代社会视角的改变，不是从这个视角到那个视角的变化，假如那样，也不成其为"困惑"的可靠理由。当代社会视角的改变，是整个社会的从内向外部的全方位辐射，是信息渠道的几何级数的增加，是文化思维方式的不断的自我克隆与裂变。它给中国画的现实主义创作带来的困惑就是，即便它不意味着"标准"的失落，至少它也代表了对重建"标准"的呼唤和需求。在漫长而丰富的20世纪，民族化、时代感之类的概念被反复地讨论和刷新，中国画在其发展的不同阶段，视觉方式和视觉内涵都因其语境的变化而不断加入新的内容。当我们把1985年以来中国画的发展过程中所遇到的喜和忧，过多地归结为在"八五新潮"前后受到了西方现代主义美术的冲击，我们是否思考过源自中国美术发展过程中的内在的驱动和变革的力量？具体地说就是对1949年至1985年之间中国画创作中的"现实主义"传统的更新愿望，以及对这期间的"公共话语"内容的改写动机，以及由此导致的对中国社会现实多元化状况的感应和回应，这一切才是中国画发展和变革的内在动力。至于引进和借鉴了来自西方的现代主义若干因素，那只是外部的缘由，或者说只是暂时的借重，真正的关键之处来自中国画创作发展过程中自我产生的"困惑"以及对这些"困惑"的自我解答。从这个角度来说，中国画创作中的现实主义的困惑，跟1985年以来中国社会现实的发展变化息息相关。都市化、信息化、国际化，等等，都给中国画创作的现实主义带来空白而全新的话题。这困惑是沉重的，它来自全方位的无形的压力；这困惑又是壮观的，它以"多样化"的姿态给中国画的现实主义创作带来新的生机。怎样在新的社会现实底下，发掘中国画创作的源动力，并给中国画的创作和发展带来新的创获，这既是困惑，又是挑战；既是难题，又是机遇。"2005·中国百家金陵画展"高层论坛研讨会把"现实主义艺术精神和艺术风格"作为当代中国画创作的讨论课题，其现实意义，也就不言而喻了。

三

在探讨当代中国画创作的现实主义艺术精神和艺术风格的出路之前，有必要对"现实主义"的概念再次加以明确。"2005·中国百家金陵画展"组委会对现实主义的界定如下：

> 现实主义是一个不断发展的概念，只要反映时代、感悟生活、关注民生、关爱自然、追求真善美相统一的审美理想，满足当代人民群众审美需求的形神兼备、雅俗共赏的作品就是现实主义的。从表现手法上说，写实是现实主义的主要手法，但不是唯一。也可以采取写意等手法。我们提倡艺术风格的多样性[1]

在这样的界定前提下，结合前述20世纪下半叶以来中国画创作走过的道路及当前的困惑，笔者认为，现实主义的出路主要在于解决好以下三个方面的问题：

第一，要解决好现实主义中的"现代化"的问题。正如画展组委会所强调的那样，现实主义是一个不断发展的概念，当代中国画在其进入21世纪

---

[1] 《"2005·中国百家金陵画展"组委会答记者问》，见载《美术报》2005年10月22日。

的今天，如果继续停留在古典时代的审美状态或者近代社会的创作状态，那么，它就必然会成为跟现代社会脱钩的标本式的"死"的艺术。而要使当代中国画创作中的现实主义艺术精神得以左右逢源、生机勃勃，首先也是最重要的问题就是必须解决好现实主义中的"现代化"的问题。要做到这一点，至少需要从两个方面着手：一是思想内容的现代化；二是艺术形式的现代化。

关于思想内容的现代化问题，需要特别强调"笔墨当随时代"的精神。因为笔墨本身并不是构成现代化的全部条件，它包含着现代化的因素，但是这些因素也只有通过作品才能更好地说话。作品的思想内容在"现代化"的范畴中有着举足轻重的作用，它跟时代是贴近还是疏远，直接体现在并影响着中国画的现代化。所以，当代中国画的创作要真正体现出现实主义的艺术精神和艺术风格，就不能采取闭门造车的态度，而是要放眼于我们的时代，将中国画的艺术形式跟这个时代的社会风尚和文化追求结合在一起。固然在这个过程中，我们也要警惕类似"文革前"乃至"文革"美术中的过分强调"主题先行"的创作方式，也要尽量避免那种"为现实主义而现实主义"的生搬硬套的拙劣技巧和投机行为；但是不管怎样，作为跟"时代性"这一特质紧密相联的"现实主义"，它在当代中国画创作中的主体和主流地位，归根到底是通过它对这个时代的描摹和表现而发挥着其内在的意义。也就是说，只有从思想上做到"笔墨当随时代"，才有可能把当代中国画的创作真正提升到现实主义艺术精神和艺术风格的高度。也只有从思想上做到"笔墨当随时代"，才有可能把当代中国画创作推向现代化的前程。

关于艺术形式的现代化问题，也如画展组委会所强调的那样，写实并不是现实主义的唯一手法，我们可以采取写意的手法。而真正全方位发展的现实主义创作，还需要提倡艺术风格的多样性。现实主义的现代化问题，跟前述的"现代主义"对"现实主义"的"遮蔽"的问题之间，互相并不冲突。诚然，由于现代主义对现实主义的"遮蔽"，给现实主义的创作带来一定的困惑，但是这种困惑是良性的，不管是理论家还是艺术家，在发掘当代中国画创作中的现实主义艺术精神的时候，都不妨尝试思考一下能否从现代主义的界面上吸收经验，丰富和发展属于当代的、有中国特色的现实主义艺术。因为，对于现实主义而言，"时代性"始终都是一个重要的关键词，而在这个话题上，恰恰正是现实主义和现代主义拥有的共同内容。现代主义的诸种流派和表现方法，如象征主义、表现主义、唯美主义、心理分析等，其中包含着合理成分，假使能够成为现实主义的中国画创作所吸收和融会，或许能够开创中国画前所未有的新局面。比如，唯美主义，固然其中的不少成分跟现实主义距离甚远乃至几无瓜葛，但是其中一贯强调古希腊毕达哥拉斯学派的"美即形式"的主张，以及在其发展过程中的有关观点，包括中古时期的圣·托马斯主张的美在于形式的和谐；18世纪康德提出的审美的独立性；席勒强调的专注于艺术形式的实验实践；一直到近代唯美主义强调的艺术自律、文本自足、形式为艺术生命等理念，还有在20世纪初期由鲁迅、周作人、邵洵美、徐志摩等开展的唯美主义的翻译和评介等，对于我们今天拓宽当代中国画创作中的现实主义艺术精神，并非没有"他山之石"的借鉴意义。再比如，20世纪以来西方现代主义美术派别的演进和演变，野兽主义、立体主义、未来主义、表现主义、达达主义、超现实主义等，派别之间的相互距离和相互关系，以及它们得以产生和发展的社会审美及文化基础，这些对于延伸和发展当代中国画的现实主义艺术精神，同样有着"他山之石"的借鉴意义。如果能够把现代主义的形式，纳入现实主义的发展轨道，推动和促进现实主义在形式上的现代化之路，对于当代中国画创作来说，应该是一个全新而必要的课题。

第二，要解决好现实主义中的"社会化"的问题。这一问题，归根到底是处理好"个人话语"和"公共话语"之间的关系问题。两种话语方式之间的偏差与冲突，在某种程度上来说，并不是不可调和的矛盾。它们之间的关系，正如逻辑学中的"正题"、"反题"与"合题"的关系。20世纪下半叶的中国画发展过程，经历了在1949年至1985年之间以"公共话语"为主导的阶段。在1985年之后，情况发生了变化，对长期以来的"公共话语"中某些过火形式和过火内容的厌倦，促使中国画创作中出现了越来越多的"反题"，也就是对"公共话语"的疏离之后而出现的关于以阐扬个性、突出个人为特征的"个人话语"。此外还有就是格外强调对现实和历史的"个人观照"的方式。如果说1949年至1985年之间体现出来的"公共话语"主要是保存了作为一个时代的集体行为和集体记忆，那么1985年以来的创作则倾向于更多地考察源自艺术家或作为个体的主体，他们对这个社会的观察与体验。这一点在当代水墨实验作品中体现得尤其深刻。从"公共话语"到"个人话语"演变，其中包含着复杂的问题，比如叙事视角问题、话语权力问题，等等，但是最为核心的问题是"社会化"的问题，以及围绕"社会化"而产生的关于社会认知方式和价值评判标准的问题。除此之外，还有一个不能忽视的问题就是，20世纪下半叶以来中国社会的发展和变化，特别是近年来都市化、信息化和国际化等问题以崭新的方式步入当代文化和现实生活的视野，这也是整个社会在经济文化发展之后面对的新的"现实"。我并不片面强调在"公共话语"和"个人话语"之间尽快实现所谓的"合题"，以此促成理想中想象的那种"社会化"。但是，在"公共话语"和"个人话语"之间谋求一个合适且平衡的通道，在21世纪的今天，具体到中国画创作的领域，确实也该是水到渠成的时候了。片面强调"公共话语"并因此而遮蔽"个人话语"的作为，不能说是科学的"社会化"；同样，片面强调"个人话语"而忽视"公共话语"的召唤力量，也不能说是科学的"社会化"。事实上，在"社会化"的范畴当中，理所当然同时包含着"社会的"与"个体的"双重含义，作为话语形态的主体角色，片面强调任何一方并以此为理由遮蔽另一方的话语权力，都会造成不必要的损失。即便是1985年以来的"个人话语"，其中包含的对个人风格的塑造以及个人方式的对真善美的追求，同样程度不一地属于现实主义的范畴。也就是说，包含在现实主义艺术精神中的"社会化"问题，其实就是"个人话语"和"公共话语"之间的对立统一。统一中有对立，对立中有统一。正如画展组委会所强调的那样，只要作品能够反映时代、感悟生活、关注民生、关爱自然、追求真善美相统一的审美理想，满足当代人民群众审美需求，并且形神兼备、雅俗共赏，那么这作品就是现实主义的。

第三，要解决好现实主义中的"多样化"的问题。当代社会是一个多元发展的社会，多元并不意味着无序，也不意味着无主次，更不意味着无核心。多元的情形，折射到当代中国画的创作中，主要的表现是从形式到内容的"多样化"。由于存在着这种多样化的状况，我们可以看到当代中国画的创作呈现出五彩缤纷的繁荣局面：当代型、传统型；经典型、流行型；区域型、国际型；个人型、集体型；学院型、市场型；保守型、开放型；工笔型、写意型；透视型、朦胧型；前瞻型、回顾型；笔墨型、水墨型；都市型、乡土型；等等，不一而足。多样化给当代中国画创作带来的影响是多重的，一方面它是当代中国画的丰富与发展，体现了当代社会文化信息对中国画创作的促进与推动；另一方面，它又给我们认识和把握当代中国画带来了一定的困难。因为通过这些多样化的状态，寻求其中的秩序、主次与核心关系，可能难免会有偏差或误读，而且它们当中，确实也存在着轻重缓急的千差万别。惟其如此，我认为要解决好这个问题，就要把握住以下三点：（1）民族性与世界性的结合。当代中国画不仅属于中国，同时也属于世界。但是它的根源还是在中国，这就需要我们在立足民族性的基础上，将民族性与世界性结合起来，以更为开宽的视野发展当代中国画的现实主义艺术精神。（2）当代性与传统性的结合。现实主义强调当代性，并不是因此片面割裂传统。我们谈当代中国画的发展，指的是在传统基础上的发展。现实主义强调的当代性，是与传统文脉相连的当代性，同时现实主义所关注的传统，也是有当代意义和当代精神的传统。只有将当代性与传统性结合起来，

图11　林墉《巴基斯坦婚礼》，纸本设色，
137×89cm，1983年作。

才有可能更为全面地理解和发扬当代中国画中的现实主义艺术精神。（3）普及性与独创性的结合。现实主义强调通过作品反映时代、感悟生活、关注民生、关爱自然，强调精神内容的普及性，但是这并不意味着现实主义的艺术是千人一面、人云亦云的"克隆"的艺术。因为现实主义还需要从某些角度或某些层面上充分发挥艺术的独创性，这是艺术的审美价值与精神核心所在。只有将普及性与独创性相结合，当代中国画的现实主义艺术精神才能够"源于生活、高于生活"，并真正体现出生活的魅力与乐趣。最后，需要指出的是，正是因为有了社会的多元和艺术的多样化，才使我们在比较和鉴别当中有着更为清醒的选择；也正是因为有了社会的多元和艺术的多样化，才使我们在不断的偏离当中实现自我纠正。解决好现实主义中的"多样化"的问题，对于当代中国画创作，有着积极而现实的意义。

综合上述，尽管当代中国画的现实主义创作走过了十分繁荣的道路，在近年来也面临着不少新的困惑。但是，只要解决好其现实主义中的现代化、社会化和多样化的问题，相信中国画在今后的发展过程中，还能取得"百尺竿头、更进一步"的成绩。本文在谈到中国社会的多元发展给当代中国画的现实主义创作带来的困惑的时候，曾经谈到：即便它不意味着"标准"的失落，至少它也代表了对重建"标准"的呼唤和需求。在此，需要特别强调的是，不管存在着多少种"标准"，不管其他的"标准"有着多么合适的理由，现实主义艺术精神和艺术风格的标准，在当代中国画创作中，始终都应该具有最重要且最核心的地位。

第四节　现实主义艺术精神的演进与走向
——兼及新时期中国油画发展史的考察

[本节导读]　　本节在对新时期中国油画发展史的考察前提下，分析了中国油画的现实主义艺术精神的演进与走向。本节的核心观点是，中国油画中的现实主义艺术精神与现实同在、与时代同在、与文化同在、与人文价值同在。本节内容，成稿于2006年6月，应邀参加中国美术家协

会等主办的"2006·中国百家金陵画展（油画）高层论坛"研讨会，2006年10月在南京举办，被评选为优秀论文；并见载《2006·中国百家金陵画展（油画）论文集》，江苏美术出版社2006年10月出版。

现实主义艺术精神在新时期以来的中国油画发展史当中，既是一个问题，又不是一个问题。说它是一个问题，因为其中有不少话题值得重新思考和讨论。说它不是一个问题，因为在这三十年间的中国油画创作中，现实主义艺术精神并没有中断或消失。这就决定了即便我们把它作为一个问题加以讨论，也只是怎样认识和发扬的问题，而不是重建或重构的问题。现实主义艺术精神在当代确实遇到了这样那样的困惑，正如当代中国画领域中的现实主义艺术精神所面临的情形那样，由现代主义的冲击、个人话语的偏差和社会视角的改变而带来的困惑，不仅影响着艺术家的创作实践活动，同时也影响着理论家对当下美术史的阐释和把握。[1] 事实上，在当代油画领域，现实主义艺术精神面临着有似无异的情形：现代主义的冲击、个人话语的偏差和社会视角的改变，同样也给中国当代油画领域带来了类似的困惑。我们不难看到，在新时期中国油画发展史当中，现实主义艺术精神的部分阵地，逐渐被现代主义的精神追求所遮蔽。在这个过程中，尽管现实主义艺术精神依然毫发无损地坚持并有力地推进着，但是人们在美术史的视野前台所看到的属于现实主义艺术精神的空间正在缩小，现代主义的话题以遮蔽的方式占据了原先属于现实主义的这些位置。不仅如此，艺术个性化的发展态势，基于了对个人话语方式的迷恋而带来的新的艺术走向，以及社会审美对多样化艺术形式的客观需求，在推动中国当代油画艺术繁荣发展的同时，也转移了人们对现实主义艺术精神的视线。以至于在当前重新强调这个话题的时候，我们会发现，其中的不少内容已经不再像它们曾经有过的那样顺理成章了。除了外部因素，我们也要看到，在新时期中国油画发展史上，现实主义艺术精神的自身情况也在不断地发生着变化。如果说从伤痕美术开始，带有批判倾向的现实主义艺术精神只是在某种程度上对此前流行的革命现实主义进行了

---

[1]　王嘉《现实主义的发展、困惑与出路——当代中国画创作之研究》，见载《2005·中国百家金陵画展（中国画）论文集》，江苏美术出版社 2006 年 1 月出版。又见本书第一章第三节。

大幅度的改写，那么在1990年代之后蔚为盛行的新生代方式的现实主义以及以玩世现实主义为特征的新的表现形式，则是从现实主义阵营内部进行了多方面的自我刷新。这些情况决定了我们开展新时期中国油画史的考察，对于深入认识和讨论新时期中国油画的现实主义艺术精神，有着基础且必要的意义。

一

对新时期中国油画发展史的阶段分期，不同学者有不同的角度和方式。从现实主义艺术精神的角度来看，笔者认为，新时期中国油画的发展大致包含着这样四个阶段：

第一阶段是1976年至1984年，这是走出文革美术的重要过渡期。在这个阶段，中国油画创作中的现实主义艺术精神，主要体现为三个特点：一是以反思历史的方式改写了此前在艺术创作中的那种一味极左的革命现实主义，程丛林的《1968年X月X日·雪》（1979年）、尹国良的《千秋功罪》（1979年）等作品，从创作动机到视觉语言形态，都是对此前流行的"高、大、全"和"红、光、亮"的创作程式的纠正，把现实主义艺术精神的表现建立在对刚刚发生过的历史现象的重新思考之上。二是以再现生活的方式对普通人的平凡现实予以关注，罗中立的《父亲》（1980年）、陈丹青的《西藏组画》（1980年）、广廷渤的《钢水·汗水》（1980年）、何多苓的《春风已经苏醒》（1982年）、靳尚谊的《塔吉克新娘》（1983年）、尚扬的《爷爷的河》（1983年）等作品，分别表现了不同人群的生活现实。如果说此前的那种革命现实主义精神常常把普通人变成了抽象的符号，那么在这些作品中我们看到的是生活在我们周围的活生生的现实的人。三是以表现历史的方式而对革命历史的新思考，张祖英的《创业艰难百战多》（1977年）、闻立鹏的《红烛颂》（1978年）、蔡迪安、李宗海的《南下》（1979年）等作品，既不是对历史的批判反思，也不是题材选取的转变方向，而是从人性化的角度对革命历史人物、事件和场景的新表现。

第二阶段是1985年至1989年，这是新潮艺术活跃发展的时期。在这个阶段，现实主义艺术精神受到现代主义精神追求的挑战。在油画领域，现实性与现代性的既对立又统一、既排斥又交叉的微妙关系，决定了在这段时间的现实主义艺术精神，呈现出更为复杂也更为丰富的局面。这个时期的不少作品，常常都是吸收和借鉴了西方现代派绘画的某些形式，借以表达现实主义艺术精神的思想和追求。比如王向明、金莉莉的《渴望和平》（1985年）、艾轩的《若尔盖冻土带》（1985年）、《还是那个秋天》（1986年）、何多苓的《蓝鸟》（1985年）、《乌鸦是美丽的》（1988年）等作品，尽管在技术语言的使用上还是以写实手法为基础，但是在作品的视觉追求上则更多地带有主观的倾向，并且在画面中使用了隐喻、暗示、象征等现代主义的视觉方式。与其说这些作品是对现实生活的忠实描摹，不如说更多地是对现代主义表现手法的有意识或无意识的借鉴，通过作品"寻找既现实、又超越现实的境界"。[1] 也正是这个原因，构成了这个阶段现实主义艺术精神的既丰富又尴尬的处境。

第三阶段是1990年至1999年，这是现实主义艺术精神多样化发展的重要阶段。这个阶段中国油画创作中的现实主义艺术精神，主要体现为四个特点：一是以反映历史为题材的革命现实主义创作的延续，比如冯法祀、申胜秋的《南京大屠杀》（1991年）、郭润文的《广州起义》（1991年）、邵增虎的《祝捷》（1994年）、刘仁毅的《马背上的故事》（1995年）等。这些作品基本沿袭着新时期以来的同类作品的表现方式，以期客观地陈述相关历史的真实场面。二是以反映日常生活为题材的有关作品，比如罗中立的《巴山阵雨》（1994年）、王沂东的《回娘家》（1995年）、忻东旺的《诚城》（1995年）、戴士和的《寒假里》（1996年）等。这些作品分别跟农民、学生等各种人群的日常生活状态有关，这些人群以日常且真实的方式而存在着，画面描绘的正是他们在生活中的片段场面。三是以新生代艺术家为标志的对现实生活的新的解读，比如刘小东的《白胖子》（1995年）、《违章》（1996年）等。新生代油画家对现实生活的表现有独到之处，他们强调人物的生动鲜活，力求表现耐人寻味的生活的场面。四是以虚拟和反讽等方式为特征的玩世现实主义的作品，比如方力钧等人的有关作品，这类作品跟传统现实主义艺术精神大相径庭，它们跟现实有关，但又不完全有关。

---

[1] 何多苓《在油画中我强调的是个人技术》，见载刘淳《艺术人生新潮——与41位中国当代艺术家对话》，云南人民出版社2003年1月出版。

图12 罗中立《父亲》，布面油画，
222×155cm，1980年作。

图13 郭润文《广州起义》，布面油画，104×169cm，1991年作。

第四阶段是2000年以来，这是中国油画在探索和弘扬现实主义艺术精神方面的重要转型阶段。突出表现是，现实主义艺术精神在理论和创作方面都得到全面发展。这几年颇有影响的重要展览比如2004年9月的第十届全国美展的油画作品，评委在评选作品的时候就是"把重点放在对社会重大问题的关注、环境、人本关怀、疾病关怀等方面，希望作品能对这方面的事情作出思考。"[1] 2004年10月的"北京写实画派首次画展"展出艾轩、杨飞云、王沂东、龙力游、刘孔喜、李贵军、朱春林、张义波、张利、郑艺、夏星、袁正阳、翁伟等13位以写实为主要语言特征的当代油画家作品。2005年1月由《美术》杂志社召开的"现实主义学术研讨会"上，关于现实主义的理论探索和思考被提升到一个新的高度。2005年11月在南京举办的"2005·中国百家金陵画展（中国画）高层论坛"上，尽管主要话题谈论的是当代中国画领域的现实主义，但是不少专家还是从广义的理论高度阐述了关于现实主义艺术精神的有关问题。2006年4月的"中国油画现实主义之路七人展"对陈宜明、孙为民、孙向阳、王宏剑、忻东旺、徐唯辛、郑艺等油画家作品的展示和回顾，以及即将举办的"2006·中国百家金陵画展（油画）"展览及高层论坛，都将是关于当代中国油画中的现实主义艺术精神的检阅和讨论。在这个前提下，我们可以预见到现实主义艺术精神在中国油画领域的发展，不仅没有因为21世纪的到来而削弱，而且还将在新的形势底下获得长足的进展。

二

如果说，上述对新时期中国油画中的现实主义艺术精神的分析，主要是建立在对新时期中国油画的史的考察的基础上的，主要分析了以作品为线索的现实主义艺术精神的发展脉络；那么，当我们把话题回到中国油画的现实主义艺术精神的自我发展轨迹上来，不妨看到在上述不同的历史阶段，中国油画的现实主义艺术精神还有另外一些发展规律。具体地说，从第一阶段到

---

[1]　潘嘉俊语，引自《第十届全国美展油画展区研讨会纪要》，见载《广东美术馆年鉴·2004卷》，澳门出版社有限公司2005年12月出版。

第三阶段，中国油画中的现实主义艺术精神分别表现为"历史化"、"哲学化"和"文学化"的发展倾向。而在第四阶段即近年来，中国油画的现实主义艺术精神则是走向了"大文化"的新发展时期。

在第一阶段（1976—1984年），我们可以看到传统的"现实主义"概念受到普遍的疏离。不管是短暂的"星星历史"对文革美术的创作方式的改写，还是在"伤痕美术"和"乡土美术"中表现出来的批判或转向的艺术态度，都跟传统的"现实主义"概念发生一定的隔膜。对被扭曲的历史进行反思、对客观存在的历史重新表现、对正在发生的历史即现实生活加以描绘，成为这个阶段中国油画创作的主要特征。基于文革式的现实主义方式曾经带来的巨大压力，在这个阶段的油画创作中始终有着挥之不去的潜意识，即与文革式的现实主义方式的发生对抗。不少油画家对曾经被扭曲过的现实主义的概念表现出特有的敏感，比如陈丹青在当时就否认自己的作品是现实主义。这种特定的历史上下文关系，决定了跟现实主义艺术精神有关的创作活动或多或少地蒙着一层阴影。这种情形一直延续到1984年的第六届全国美展，对现实主义这个概念的信心与成就感才被重新发掘出来。惟其如此，在第一阶段产生的油画作品，即便是从现在的角度加以重新回顾的时候，都还是可以明显地感受到其中有一个"潜历史"的存在。它是一个模板，是一道屏障，你可以批判它，可以回避它，但是你不可以忽略它的存在。除了前面提到过的作品，我们在黄锐的《街道生产组的挑补织女工》（1979年）、邵增虎的《农机专家之死》（1979年）、高小华的《赶火车》（1981年）等作品当中，都能见到这样的情形，它跟现实有关。但这现实，客观地说，不是一种单独的存在，而是在某个参照物的前提下跟这个参照物并存着。这个参照物，就是"潜历史"。它决定了这个时期的油画作品，必然呈现出"历史化"的发展倾向。它是历史的产物，同样也是历史的制造者。因历史，并且为历史而存在。

在第二阶段（1985—1989年），中国油画中的现实主义艺术精神主要表现为"哲学化"的倾向。这里所说的"哲学化"有两层含义，一是在观察现实和表现现实的过程中，艺术家对现实主义艺术精神的追求带有明显的哲学指向。二是就现实主义艺术精神所处的外部环境而言，随着现代主义的活跃而伴生着的各种哲学全方位地包围着周遭的现实，以至于在这个阶段，关注现实就是关注哲学，反之亦然。从1985年的"黄山会议"对艺术本体性、自律性和艺术个性的强调，到1986年的当代油画展、1987年的首届中国油画展、1989年的第七届全国美展，我们看到的跟现实主义艺术精神有关的油画作品中，或多或少并且几乎没有例外地经受过哲学的洗礼。从1985年到1989年，这是一个新潮美术的阶段，也是一个诱人深思的阶段，对热衷于现代主义的新潮艺术家来说，所谓的在短短几年就把西方近年来的各种流派都玩了一个遍；而对于忠实于现实主义艺术精神的艺术家来说，"新潮对原有艺术格局的破坏，对传统的不恭和冲击，也从另外一方面激起了人们对现实主义和传统艺术认真反思和再认识。"[1] 以革命历史题材的作品为例，这期间的作品如宋惠民等的《攻克锦州》（1986—1989年）、秦征的《悠悠我思》（1987年）、沈加蔚的《红星照耀中国》（1987年）、邵增虎的《任弼时》（1988年）、杨参军的《历史的残页——戊戌六君子祭》（1989年）等，与其说是对客观历史的视觉还原，不如说是对真实历史的自觉反思，或者更进一步说是对"伤痕美术"以来的历史态度的升华。不同于"伤痕美术"的是，这些作品中不是针对"潜历史"的某些参照物，而是发自现实并在当下前提下的对历史的解读。即便在反映日常现实生活的题材的作品，如邱瑞敏的《追忆》（1985年）、施绍辰的《曦》（1988年）以及前文提到的艾轩、何多苓等艺术家的相关作品，从表现形式到思想内涵都体现着源自视觉的哲学化特征。

在第三阶段（1990—1999年），中国油画中的现实主义艺术精神主要表现为"文学化"的倾向。这里所说的"文学化"，是直接建立在1985年至1989年期间的"哲学化"的基础之上的，同时也跟1976年至1984年的"历史化"有着遥遥相接且因果相沿的联系。可以说，正是由于经历了"历史化"和"哲学化"的发展阶段，进入1990年代之后，中国油画的现实主义艺术精神的"文学化"才成为现实的可能。这里说的"文学化"主要包含着三方面的含义：一是创作动机的文学化；二是表现方式的文学化；三是精神状态的文学化。首先是创作动机，中国油画经历了"历史化"和"哲学化"发展阶段之后，到了1990年代呈现出五彩缤纷的多样化局面，不管是传统路线的现

---

[1]　邵大箴《无愧于时代的艺术——1977—1989的中国油画》，见载《中国现代美术全集·油画（3）》，天津人民美术出版社1997年9月出版。

实主义艺术精神还是新生代崛起之后对现实的别样理解以及以"泼皮"为特点的玩世现实主义的传播，在这些千差万别的语言个性之外，有一个共同点就是作为油画家自身已经不满足于事实上也不可能停留在纯粹的"历史"或"哲学"的语境当中。这就决定了中国油画的创作势必在某种程度上出现集体转向，尽管，朝着"文学化"的方向发展，这未必是一种有意识的共谋，至少在创作动机的角度来说，越来越多的油画家关注作品的"文学性"甚于关注作品的"历史性"和"哲学性"，这本身就很能说明这个阶段的潮流与方向。此外，与之相对应的是在现实主义艺术精神的表现方式上，这个时期的油画作品也格外具有文学性的特质，主要表现在：（1）注重强调画面的故事效果；（2）在视觉叙事的过程中采用直接叙述、插叙、转叙、补叙、倒叙等多种文学形式；（3）文学修辞手法在视觉表现过程中的借鉴和运用。特别是文学修辞手法的运用，决定了1990年代的中国油画的精神状态上也呈现出文学化的精神倾向。早在1989年的第七届全国美展上，中国油画创作就已经出现这样的趋势，"从作品的形式趣味看，写实性绘画的一端向着装饰、变形靠拢，另一端向超级现实主义靠拢。因此七届美展显示了作为中国油画传统样式的写实主义正在发生变异的现实。"[1] 这种倾向在1990年代成为一种蔓延的现象，导致中国油画的现实主义艺术精神在文学化方向迈出一大步。或许可以说，1990年代的中国油画中的现实主义艺术精神，客观上为我们撰写了一部前所未有的视觉文学化的新艺术史。

从来都不存在封闭的艺术史，尤其是在21世纪，当代的社会文化以多种多样的资讯渠道和信息平台存在并延伸。本文之所以把新世纪以来中国油画的发展，作为现实主义艺术精神的新阶段而单独罗列出来，一方面是由于这几年作为中国艺术总体面貌的"大文化"转向对油画领域产生的影响，另一方面在油画创作中确实也产生了不同于1990年代期间的新现象。如果说在1990年代的中国油画创作中主要看到的现实主义艺术精神的"文学化"倾向，这在一定程度上还是基于表达方式和内容取向的因素使然，那么在21世纪的这几年间，中国油画的发展在很大程度上已经逐渐实现其精神文化的又一次自我超越，并走向"大文化"的发展空间。这里说的"大文化"是一个

---

[1]　　水天中《七届全国美展印象》，见载《美术》1989年第9期。

总体的概念，它并不局限在学科的层面上，并不仅仅意味着多学科并存互动交织交融之类的话题，它意味着中国油画中的现实主义艺术精神在新的语境中更加开放地获得新的发展。"大文化"是社会经济文化总体发展状况的综合体现，也只有在社会综合实力达到一定的高度，社会文化生产和文化消费水平达到一定条件之下才有其现实的可能性。21世纪的中国油画在这样的语境底下将逐步实现其自身的超越，具体地说就是其中的现实主义艺术精神不再是以某种曾经蔚为强势的"潜历史"参照底下的"历史化"状态，也不停留在"哲学化"和"文学化"的阶段，它必然随着时代的大文化趋势而走向新的发展空间。

三

探讨新时期中国油画中的现实主义艺术精神，还要注意到这样两个基本关系：一是现实主义与写实主义的关系，二是现实主义与现代主义的关系。

首先，现实主义和写实主义之间有着本质的区别。如果说写实主义在某种程度上还带有强调技术主义的倾向，那么，现实主义艺术精神不管在什么时候都是一种技术性与精神性因素的有机结合。现实主义艺术精神的核心与本质，并不取决于它是否采用了写实技法，而是取决于它是否用写实技法表达了周遭存在着的生活现实。在这个表现现实生活的过程中，现实主义艺术精神常常还包含着一种内在的价值判断。以新时期中国油画发展史的具体作品来看，不管是表现革命现实主义题材的大历史、大英雄的有关作品，还是表现寻常存在着的日常生活细节与场面的有关作品，以及包括"伤痕美术"在内的以反思历史和批判历史为动机的有关作品，在这些作品中，我们都可以感受到一种价值判断——关于美的，关于道德的，关于历史的，关于人性的，关于社会的，关于思想追求的，等等。现实主义艺术精神之所以打动人心，之所以有着不可替代的审美价值和不可覆盖的旺盛生命力，最重要的一点就是它对现实的关注以及在关注过程中流露出来的这种价值判断。当然，这并不是说，现实主义艺术精神可以完全脱离写实技法的这个基础，因为无论如何我们都不能忽视写实技法在表达现实主义艺术精神过程中所起到的重要作用。写实技法是现实主义艺术精神从创作理念到创作实践的沟通和实践的桥梁，不管现实主义艺术精神可以通过多少种语言方式来表达，在这众多的语言方式中，都必须承认的事实就是，写实技法是一种最明朗、最朴素、最快捷、最直接的艺术语言，它使现实主义艺术精神与现实生活之间保持了相互最近的距离。用写实技法表现现实生活，这是实现现实主义艺术精神的最为简便的捷径。

此外，现实主义和现代主义之间也有着本质的区别。如果说现代主义强调把多样化的艺术形式跟多样化的艺术思想互相结合，那么，相对来说，现实主义在艺术形式的创新方面，显然不像现代主义那样走得那么远。现实主义更专注于强调的现实生活的内容，尽管我们不能简单地比照在现代主义和现实主义之间，谁比谁更有思想和内容。但是，至少在对有关内容的表现方面，现代主义拥有若干更为有利也更为丰富的视觉形式。也正是这个原因，我们看到，新时期中国油画的发展尤其是在1985年至1989年期间的新潮洗礼过程中，随着现代主义的视觉阵营不断以遮蔽的方式占据了现实主义所曾经拥有的公众视野，现实主义艺术精神也在有意识或无意识地吸收借鉴了现代主义的若干优势。比如，我们发现，现代主义的表现语言正在以潜移默化的方式渗透到现实主义的阵营。包括现代主义在内的这些新的语言方式，成为在表达现实主义艺术精神的过程中的对单一写实手法的有效补充。由于多种语言方式的混合使用，甚至直接借用现代派手法表现现实生活，新时期中国油画中的现实主义艺术精神的表达，不是削弱了，而是增强了。类似的情况比比皆是，比如邱瑞敏的《追忆》（1985年）是写实与抽象的混用，孙为民的《绿荫》（1992年）是直接采用了印象派的外光手法，等等。这些情况说明，多种语言方式的运用对于丰富和发展中国油画的现实主义艺术精神，有着积极的推动作用和实在的现实意义。

回顾新时期中国油画发展史，不能忽视的又一个事实是，随着公共语言的繁荣以及艺术家个性化语言的不同倾向，即便是写实技法本身也出现了不同的面貌。尤其是在1990年代以来，出现了多种写实风格并存的多样化局面。比如乡土写实、表现写实、抒情写实、古典写实、超级写实、心理写实以及新生代油画家特有的在直接描写基础上加以适度夸张的新写实风格，等等。当中国油画走过"历史化"和"哲学化"的必然阶段之后，在"文学化"乃至当下的"大文化"前景下，诸如上述的表现性、抽象性或象征性的写实风格，成为弘扬和发展现实主义艺术精神的必不可少的条件。当技术语言的自身发展，已经在不断的自我提升和自我超越当中开辟新的领域的时候，现实主义艺术精神的走向问题，就不再是一个技术性的问题。写实的或现代的，它都只是艺术语言的某种方式，它们能够为写实主义和现代主义的风格所运用，同样也能够为现实主义艺术精神的表达所用。在这个意义上说，现实主义艺术精神的未来走向，是一片开阔的、开放的且可持续发展的空间。

　　需要强调的是，固然在讨论现实主义艺术精神的走向时必须考虑到技术性因素，考虑到与之相应的技术语言的程度与可能性。但是，在问题的另一方面还必须注意到，现实主义艺术精神的表达不仅仅是技术性那么简单，它还需要相应的语言内容。现实主义艺术精神不是一具有名无实的空壳，它的价值在于其中蕴涵着的不可替代的文化精神。犹如我们沿着新时期中国油画的发展作史的考察时所看到的那样，中国油画的现实主义艺术精神在这些年间走过"历史化"、"哲学化"、"文学化"乃至近几年已见端倪的"大文化"发展趋势，与其说是中国油画自身的发展决定着的，不如说正是这些年中国文化的总体走向决定着的。在这样的思路底下，如果说可以对中国油画的现实主义艺术精神的未来态势作一些前瞻，不妨这样推断：现实在哪里，它就在哪里；时代走出去多远，它就能走出去多远；文化的空间有多大，它的空间就有多大；人文价值的分量有多么重要，它的分量就有多么重要。中国油画中的现实主义艺术精神，与现实同在，与时代同在，与文化同在，与人文价值同在。

第二章　都市与社会

第二章 都市与社会

第一节 都市述评

——关于"新都市主义"对当代都市文化的解读

[本节导读]　　本节结合2002年7月在广东美术馆举办的"新都市主义作品展"的有关作品，分别从话语方式和问题意识的角度，对都市文化影响下的中国当代美术创作加以考察。本节内容，成稿于2002年8月，见载《美术馆》总第3期，广东美术馆主办，澳门出版社2002年10月出版。

　　都市化进程改变着曾经为我们所熟知和习惯的社会结构，也改变着我们的观念和心情。都市文化的兴起和蔓延，网络、公寓、立交、霓虹灯、麦当劳、时装、玩偶、游戏、文化衫，以及形形色色的新的生活内容和各种新鲜的诱惑，对当代人特别是当代都市生活中泡大的新一代，产生了近乎彻底的关于生存观念的感受的冲击。而"都市"这一浸透了当代意义的、为我们口语所习以为常的文化概念，在这样的文化语境下，自然而然成为艺术家借以表达自我的天然而直接的话题。对当代都市的叙述、描绘和转达，再现当代都市人丰富、多元、偶变、趋新乃至困惑、迷乱、痛苦、挣扎的感受，以及当代都市生活状态各种自为的和自在的因素，成为在当前不少艺术家中竞相流行的符号、代码和时尚。"新都市主义作品展"的策划并在广东美术馆的推出，无疑为研究当代都市文化与当代人关系提供了又一个有意味的个案。此个案的意义，不仅仅在于该展览邀请了来自8个城市的23位从年龄到思维都堪称新锐的年轻艺术家，也不仅仅在于该展览涉及了时下最流行的各种媒材的、视觉的和话语的表达方式，还有一点重要的在于，该展览呈现和演绎着关于都市文化的最前沿的思考和震撼。

一、话语方式

北京艺术家王能涛以平铺直叙的方式，在作品中描述了这样一番图景："密集而拥塞的人群，其中有追逐物质梦想的身影，也有沉湎于旧梦的面孔，有傲视大地的当代建筑，有沸腾的工地，高大的吊塔四处挺进。"（王能涛《作者自述》）[1] 这一都市生活寻常见到的场景，像变戏法一样不断为城市增添新的楼宇、新的马路、新的店铺，以及也许是只有一面之缘、脑海里根本记不住也不可能记住的各种流动的面容。吊塔、工棚、安全帽、瓦砾、钢筋、建材批发广告以及"前方施工，绕道行驶"的告示，作为城市建设的标志性符号，犹如精灵一般不断从城市的这一片游移到另一片，从城市的边缘游移到更新的边缘。机械化的建筑工地在某种程度上，简直就是都市化进程的始作俑者。也正是这个原因，王能涛的作品《颠覆·大地》才这样贴切地为观众所熟悉和接受。王能涛以广角和全景的方式，展示了包括70部吊塔的庞大建筑工地、正在修理的地面和即将被改变的平原，这一不加修饰的几乎是同步传译的表达方式，坦率地成为这一展览的开场白。都市就是从这里开始的，都市文化各种艳丽和忧伤的故事，无不是因为这吊塔和建筑工地奠定的。这种意象，有一点像传统文人画题材必然有青天远山、小桥流水、梅影移窗、石洁兰芳之类的符号；工农兵题材必然有油井、麦浪、炼钢炉和棱角分明、神色刚毅的脸。吊塔、工地作为都市基本建设不可逾越的表征符号，它所呈现和表达的视觉内涵以及视觉意义，几乎也是不言而喻的。在王能涛的另一件作品《这个地方很好玩》中，固然还是平铺直叙的话语方式，但是由于采用不同的语汇以及表述不同的内容，已经在阐述另一种视觉文本：流动的车河、林立的大厦、城市绿化、Y型路灯等，单凭这些符号就已经远离和超越在《颠覆·大地》中还洋溢着的建设者们特有的英雄主义情愫。值得注意的是，在画面前方有意安排的未完工的立交，以及桥上抱孩子的母亲的背影。这貌似突兀却别有深意的一段插叙，使整个作品平添了更为丰富的人文的意味。当都市从钢筋混凝土中脱胎出来之后，唯有人的存在才

---

[1]　王能涛《作者自述》，引自《新都市主义》作品集，广东美术馆主编，澳门出版社2002年7月出版。本节中引用的所有《作者自述》均引自《新都市主义》作品集。

是都市得以有意义的永恒的主题。正因为此，王能涛才有意留下这一抹背影，有意暗示"被拍下的每一个都市场景的背后，隐藏着许多可以言说的故事和难以名状的心情。"（王能涛《作者自述》）

直面现代都市的问题与感觉，将对日常生活和社会现实的种种思考和亲身感受交融于作品，表现当代都市状态所带来的各种生存体验。这一手法同样被刘伟和雅良这两位同样属于北京的艺术家所使用。"在近年的中国城市规划中，北京、上海、广州、深圳等二十余座城市将建设国际化大都市作为发展目标，这显然是不切实际的。"[1]这一做法尽管有一些理想的成分，但是，中国城市建设的步伐既然已经迈开，在中心地区和城乡结合部就发生了不以人的意志为转移的变化。刘伟紧紧抓住民工和城市拾荒者这一潜台词，以记录片的方式转述他们的"忙忙碌碌、匆匆而过，在繁华的消费文化

图14　王能涛《这个地方很好玩》，摄影，2002年作。

---

[1]　张朝晖《鲜活而多样，但非确定且难以预测的风景——关于新都市和新锐艺术的描述》，见载《新都市主义》作品集，第12页。

中攫取自身需要"（刘伟《作者自述》）的身影。对这一群体的田野调查，追踪其中的细节、过程和状态的东西，给人一种酣畅淋漓的痛快。跟这种感觉相类似的是雅良的《飞着去上班》，雅良同样喜欢用这种不夸张、不矫饰、不添枝加叶的平铺直叙，用行为、摄影和录像将由红色鞋垫代表的双足在快节奏中奔跑记录下来。"飞着去上班"。这是我们每天都可能经历的争分夺秒的体验。这背后的隐语是都市生活高效率、快节奏的对时效的追求。同时，它还跟都市化不可回避的现象，诸如交通问题、住房问题、岗位竞争、生活压力等有着微妙而不可缺少的联系。对拾荒者来说，都市是一个留不住过客的天堂。而对公司职员和普通市民来讲，都市是一个只有依靠汗水和奔忙才不被抛弃的地方。

"城市风景体现在都市生活的许多层次，如商品消费、人际沟通、时尚服装、城市改造、人们的消费心态、婚姻家庭、生活习惯的变迁、卖淫嫖娟、黑社会、贪污腐败等。"[1] 这么多问题和现象的存在，酝酿着新艺术发展的诸多可能性，以及新都市化视觉风景。对于生活在都市中的人们，过去曾经被人们所驾轻就熟的生活面临着彻底的改观——青砖红瓦、骑楼、四合院等古老建筑以及连同的生活方式不断退出视野；机械化、电子化、网络化进入现实的生活；社会结构、劳动关系、经济关系冲击着原有的旧观念；新的意识和物质文化走进了人们的都市生活。这一变化对于艺术来说，无疑将是一场从材料到观念的彻底变革，一方面是都市生活的变化，另一方面是都市人心态和思维的变化，传统艺术作为一种形成并完善于古典文人社会的语言，在这样的变化中，能不能转换其表达和阅读的方式，切入到对现代都市情境的解读中来，这成为当代艺术能不能把自身纳入到当代大文化语境的重要标志。

广州艺术家沈瑞筠在话语方式上显然有一些揶揄和调皮，她从自己的角度来审视和观照这变化着的都市。"不想去说理，不想去挑衅，只想去体味每一个形象、每一种线条、每一块色块。在平静中慢慢思考，细细斟酌。"（沈瑞筠《作者自述》）她的作品《意外系列》采用的都是"拍坏的照片"，信手拈来，以"蒙太奇"的手段，将都市有关系的各种视觉符号，

---

[1]　张朝晖《新都市风景》，见载《新都市主义》作品集，第138页。

不经意地纠集在一起。交通标志、价格标签、邮戳、书号，还有来不及处理的便条，跟画面上主体成分的美女、酒吧、旧式楼房，以及社交场合愉快却往往有带着某种些许无奈的觥筹交错形成鲜明的呼应。都市是一个大染缸，都市文化从来都是如此多元而善变，它以不可抗拒的包容力量笼罩在我们周围，演绎、改变和塑造着其中的一切。就连生活语汇都不得不在变化中更新和变化。"小吃店"变成了"大排档"，"干店"变成了"旅馆"，"商店"改称"商铺"，"理发店"改称"发廊"，"商业大楼"改称"商业广场"，只见草不见花的楼盘也改称为"XX花园"……别的就更多了，比如"姑娘"改称"小姐"，"大哥"改称"先生"，"娃娃"改称"BB仔"，"汗衫"改称"T恤"。再有就是路边可以见到一般的杂货店为招揽生意取名为"精品杂货店"，真不知道杂货从何得以成为"精品"？另外还有一些新词语，早已不再是它们曾经羞涩的过去。而在这种变化的背后，是诸多新鲜而陌生的不可琢磨的都市感受。如果说沈瑞筠偏重于对这种感受的瞬间的定格，那么，龚剑、龚星宇对这一感受过程的描述，显然更为序列化和富有情节。在他们的行为摄影作品《整个下午很无聊》中，表达了都市青年非常个体化的平静、慵懒、无聊和无奈的游戏状态。都市为生活在其中的人们提供了更多的娱乐场所，但是这并没有解决和抹平人与人之间近乎隔膜的个体性差异。对自身此在和都市彼在的疲惫、对生活超语言领悟的茫然、对"意义"的困惑、对历史主义、英雄主义还有诸多公共性因素的逆反的消解，这其实是一种心理症候，"是一种（现代）主义成为失败现实后的美丽"[1] 固然这种状态已经偏离了某个时代曾经轰轰烈烈的壮美情怀，但是，在明快、质朴和带有日常体验式的画面中，我们还可以见到都市人自我守护式的、自我安慰式的精神的自足。

　　表现自我、展示自我、寻找自我、感受自我、表达自我，在李理的作品《折射》中有另一种况味。李理采用了泼辣的自我对话方式，从自我角度，对自己进行纵向深入的彻底的扫描。这种描述显然不是平铺直叙式的，而是具有深刻自省和自我解剖的。李理从"学生的时代"、"朋克的时代"、

[1]　　朱其《我看到了美丽的历史——喻红作品解读》，见载《书城》2002年第8期。

"工作的时代"、"阳光的时代"、"向往的时代"五个时序角度，实践自我对话的过程。作为1970年代末出生的艺术家，李理最有理由将个人的成长履历跟中国改革开放以来新城市发展的过程联系在一起。"中国城市新新人类是将传统道德伦理及价值观念丢弃得最彻底的一代人，自然，他们也是和传统艺术距离最远而和当代艺术最近的观众和热情参与者。他们善于用视觉语言沟通和表达自己的个性，另一方面，他们随日益发达的国际传媒文化成长起来。例如电视、MTV、VCD、DV、MP3以及互联网成为他们成长的背景和生活内容，流行于国际舞台上的任何以图像为载体的流行文化会对他们产生不同程度的影响。"[1] 正因为此，李理的作品中蕴涵有毫不犹豫的当代的典型性。"学生时代"的冲动、牵强和焦虑，"朋克时代"的颓废、悲情和故弄玄虚，"工作时代"的觉醒和机遇，"阳光时代"的快乐和鲜明以及"向往时代"的对"为自己而活着"的生活状态的反思，还有对单纯、乐观的心情的精神向往，对没有视觉污染和心灵污染的生活幻想。无不是通过"在周围世界中照面的存在者的存在"[2] 而表达出来的。海德格尔认为，要认识一个对象，最要紧并且"眼前要做的则是从现象上把形形色色的指引收入眼帘。"[3] 而个体对自我的认识，似乎也必须经历这样一个过程，经历其将"本我、自我和真我"不断地加以互相之间的对照、分析和整合的过程。都市化氛围中个体记忆与个体生存状态变化的轨迹，在某种程度上同时也是都市因其存在而存在的现实状态的客观的映照。

现代派文学奠基人卡夫卡在中篇小说《变形记》中虚构了一个奇异的变形故事。主人公格里高尔·萨母沙长年累月到处奔波，身心疲惫。一天早晨，当他从不安的梦中醒来的时候，发现自己变成了一只甲壳虫。都市生活给人带来心理和灵魂的异化，在当代哲学中也仍然被反复讨论和阐述。而以暗喻和象征的手法，表达这种关于个体自我的异化，同样为视觉艺术家所热

---

[1] 张朝晖《鲜活而多样，但非确定且难以预测的风景——关于新都市和新锐艺术的描述》，见载《新都市主义》作品集，第12页。

[2] 海德格尔《存在与时间》，陈嘉映、王庆节合译，第83页，生活·读书·新知三联书店1987年12月出版。

[3] 同[2]，第85页。

衷，并成为一种幽默和智慧的体现。这一话语方式在江衡的系列作品《玩物猪》中得到映证。"对一个场景的假设、再现是跟它特定的社会现实生活的客观因素有直接关系的"（江衡《作者自述》）江衡借用了颇有玩味色彩的玩物猪的形象，展示商业化都市生活中很有典型意义的生活休闲方式，玩物猪的艳丽、煽情、媚俗但是极其快乐的表情，将花花世界中为许多人所充耳见闻乃至亲身经历的休闲娱乐的场景，以异化的图像放置在"他者"的位置上，并随后对这种暧昧的趣味进行调侃和现代性解读。这种调侃，似有所指，似无所指，且看那玩物猪憨态可掬的滑稽模样，便可以轻易地感受到其中掩饰不住的现代性的诙谐和批判。

值得注意的是，同样是对都市生活的关注，余极以社会学的话语方式进行客观现象的观察和思考。他的作品《洗足图志》"是对中国都市洗足女所作的社会学的一种日常经验记录"（余极《作者自述》）。在《洗足图志》中，余极无疑勾画了都市生活的某种对应的状态———一边是城市发展起来的享乐主义的情绪，这是"人"作为"生物人"的本性决定的；另一边是由此带来的某些行业的繁荣，以及消费者和打工人的不同心态。生活在成都这一各种消费都极具风气和潜力的中国西部大城市，余极敏锐地注意到由洗脚屋牵动起来的经济和社会关系构成当代都市文化的又一景观。"洗足女大都来自农村，为生计数以万计地遍及中国的各大中城市。她们的出现业已形成一个新的行业，她们成为新的职业女性""她们工作活跃于大都市的夜生活中，为人们提供特殊的女性服务，她们在为大城市提供建设性劳动的同时也大量泛滥成灾，使城市的世俗享乐主义风行不衰。"（余极《作者自述》）对于这部分的社会群体，余极以图像再现和文献梳理的方式给予了当代社会学的专题性的关注。

二、问题意识

关于"新都市主义"中的"主义"概念的由来，在此文中并不是重要的话题。重要的是，这"主义"内部的东西以及"主义"对当代都市文化解读的过程。"主义"其实是伴随着"问题"而出现的。所以，大凡"主义"总是跟"问题"紧密地联系在一起。这正如哲学上诸多的"主义"，无不是因为结合了具体的社会发展状态以及社会现实问题而存在。艺术中的"主义"

也许没有这么复杂，但是它究竟在相当程度上毕竟还跟"问题"罗列在一起。没有"问题"也就没有"主义"，这一点恐怕当艺术经历过社会生活漫长的潜移默化的精神苦旅之后，还仍然是一个不可忽略的事情。

"现代主义终结以及向后现代主义演变"的问题，不断被人谈起，也不断被赋予某些令人挥斥不去的凄美的文化情结。其实，当代艺术发展演变，后现代主义并不意味着现代主义的消亡。当表现主义、抽象主义、未来主义、极少主义等诸多"主义"还在继续为阐释当代都市文化和揭示当代都市问题的时候，这些"主义"便还有存在和发展的理由。如果说当代艺术中的"主义"究竟有什么意义的话，那么其意义也就在于此。

新都市也好，新都市的"主义"也好，摆在我们眼前的为人所共知的事情是：都市文化给我们带来无穷便利的时候，也带来了不少值得探讨的问题。任前的作品《新偶像》是一个关于追星族的并非久远的传说。"这个时代的少男少女，都喜欢明星，有自己崇拜的偶像，很多人也有自己的明星梦。从成人的角度看，偶像和明星是人为制造出来的，但在少男少女们看来，明星身上也流动着自己的血，是自己的理想。"（任前《作者自述》）伴随着娱乐、影视、体育、时装等各种行业的发展，以及信息技术的进步和普及，翁美玲、邓丽君、李小龙、成龙、张曼玉、巩俐、葛优、冯巩、伏明霞、帕瓦罗蒂、金喜善、贝克汉姆等各路中外明星成为家喻户晓的公众人物，哪怕不是追星族的人们，在各种新闻炒作的影响下，对其中一些明星也都有不少的了解和关注。其实，崇拜明星，这本身并不构成问题，或者说这本身不是问题的全部，关键在于："当你不再崇拜偶像之后，他们中极少人还有梦想"（任前《作者自述》）。把明星作为全部或部分精神的寄托和支柱，正是这时代的不少年轻人非此即彼的无限感怀。把明星作为理想，希望成为公众人物，希望被公众所关注，这未尝不是一件好事情。问题在于对明星的崇拜之后还有什么？任前在众多的偶像照片中，大量插入自己的照片，以艺术的方式自问自答，或许是关于明星梦的一种自我的解说。关于这一现象，我们可以见到，在都市的大街小巷，不少影楼以艺术摄影和个人明星照的方式，帮助有"明星梦"的成人和孩子们梦想成真。

"洋垃圾"，这是商业社会又一个不可回避的重要话题。在这片对舶来品始终具有或多或少暗恋情结的土地上，"洋垃圾"似乎从来没有真正地隐蔽过。李郁的作品《旧货服饰目录》拍摄了"一群身穿洋垃圾的年轻人的时装照"，并以文献记录的方式旁注了这些服饰的低廉价格。要注意的是，尽管这些"洋垃圾"并没有什么特别的意义，也不能说明什么，但是从穿衣人的情绪反映，李郁认为："画面中的模特们很酷的表情和姿势，暗示他们的反叛、时髦和幸福"（李郁《作者自述》）。作为艺术家，李郁对这一现象并没有表示任何情感判断和价值判断，作为出生在武汉、读书在武汉、工作在武汉的李郁，想必对位于武汉这华中重镇的"汉正街"有着无限乡情的特别情愫。"汉正街"曾经号称全国十大小商品市场，这里的各种商品尤其是服装批发，对于湖北全省乃至附近几省都有着足够号召力和影响力。服装文化带来的各种现象，以及这些现象背后的诸种对个性、对心灵、对思维方式的作用，构成当代都市文化的又一个景观。崇洋、趋异、尚美，以及追求个性化的自我设计，使这些"洋垃圾"在都市的街头巷尾始终拥有一批新锐的消费人群。

都市生活的忙忙碌碌，在某一方面带来千篇一律的职业化的语言和职业化的微笑，同时也在某种程度上对个性的发展有或多或少的界定和限制。都市中的人群，特别是生活在都市底层的人们，渴望阳光、渴望休闲、渴望自我、渴望自然而然的感情以及类似唐晓芙式的自然而然的女孩。身为《城市画报》的首席摄影记者，曾忆城的作品显示了对这一问题严肃而艺术的天赋和想象。"身体在没完没了地工作，思想却在海边晒着太阳。身体在地上麻木地摆动，思想却在天上快乐地歌唱"（曾忆城《作者自述》）。在这个一切机械化、自动化、规范化、规模化发展的当代都市中，人的发展往往也被界定为有一条顺理成章的固定轨迹。在这个轨迹上，一切都是可以不断复制的。新闻、情绪、日常生活，甚至美丽的女人的美丽的身体，都可以犹如印刷机一样，不断给我们带来同出一辙的版式和内容。人在发明机器的同时，也在一定程度上将自身的命运跟机器联系在一起，甚至在某种程度上为机器所负累、所控制和掌握。面对机器，面对日复一日的生活，面对某些场合个性不被尊重、甚至几乎是毫无尊严地被消解的局面，人们所剩无几的私密空间、感情空间和生存空间，在这《美丽抵抗机器》的过程中坚守自己的底线。当代都市也在不断地生产新的故事：城市的故事、心情的故事、美女的故事，新的故事也像报料新闻一样再生和重新再生。还有遥远的、浅近的、故乡的、此在的、童年的、未来的，种种莫名其妙的故事和情愫，往往也会在不经意的时候爬上心头。"隔绝一切无关紧要的噪音，才听得见内心深处微小的声音"（曾忆城《作者自述》）。在不为机器所固的心灵空间，抛却都市的玩味，人们才得以从另一个角度找到原本属于自己的自我。

在当代文化中，都市化和网络化是互相影响着的一对概念。在网络文化中，"都市"明显是一个敏感而热点的词汇，笔者统计：2002年8月23日上午，在"美术同盟"网站的搜索频道有284个有关都市的站内页面，在"搜狐"搜索频道上有关"都市"网站有2951个查询结果，在"网易"网站的文化频道有34条文章在标题中使用"都市"字样，广东省数字图书馆书名检索中，跟"都市"和"城市"有关文章资料分别有26篇和452篇。都市社会学、都市人类学、城市考古学、都市小说等新的分门别类更是日新月异地涌现出来。街头巷尾、大小书店中的不少时尚杂志更是紧紧抓住"都市"的话题来做文章。"网络"在关注"都市"的同时，也进入了都市生活的方方面面——网吧、网络书店、网上购物、网上冲浪、网上聊天、网上搜索、网上培训（远程教育）、电子信箱等，为越来越多的都市人喜闻乐见。在这样的文化背景下，喻旭东的作品《网络鞋》就有着尤其贴切的意义。千里之行，始于足下。网络的鞋子，究竟是哪吒脚下的"风火轮"？还是公主脚下的"水晶鞋"？亦或是《淮南子》中的"削足适履"？鞋子穿在脚上，好不好看由人家说，舒不舒服只有自己知道。喻旭东在《网络鞋》中便提出了这样有意思并为大家所不断思考的话题。《网络鞋》当是对当代网络生活的颇有意味的解读。网络文化铺天盖地，红色的、黑色的、黄色的、灰色的，还有若干炒作的、休闲的、无聊的、时效的诸种内容，无不跟当代都市文化有着水乳交融的亲密。要了解当代都市文化，"网盲"就意味着"文盲"，这并不是危言耸听的说教，而是都市文化的预言。在当代都市文化的诸多问题中，网上文化的问题，不能回避也不可能回避。

困惑、迷乱、茫然，诸种原本可以跟人类智慧毫不相关的情绪，在不少都市文化泡大的年轻一代中间神出鬼没、此起彼伏、没完没了。与此同时，被长一辈和老一代亲人所珍爱的概念，比如"幸福感"反而变得空洞、玄虚、遥远和游移不定。早些年流行的歌曲："如果幸福你就拍拍手"、"如果幸福你就摸摸脸"、"如果幸福你就跺跺脚"，这歌词在当今都市的年轻人看来，当年的"幸福"似乎就是通过"拍拍手"、"摸摸脸"、"跺跺脚"就可以轻易地得到，而在如今在这都市中"幸福"却变得几乎不可思议。其实，幸福背后有很多东西，都是催人思考和玩味的东西。张濒的作品

《幸福背后》恰恰切中了这一问题的脉搏。到底什么是"幸福"？金钱？美色？地位？还是跟三两知己混迹酒吧低唱浅酌？或者是"请人吃饭，不如请人流汗（健身）"？在当代都市中，"二亩地，一头牛，孩子、老婆、热炕头"的幸福怕是永远找不到了。那么新的"幸福"在哪里呢？新的"幸福"又有多少"含金量"呢？人还需要"幸福"吗？人怎样才"幸福"？人需要怎样的"幸福"？这一连串的问题都值得都市中的人们进行新的思考。"生活内容的丰富多彩，带给我们感受多重领域的可能性。而官能的刺激变成今天人们的主要嗜好，凡围绕男女两性有关的问题被无限制地开采、渲染，国产电视剧毫不疲惫地播放着婚外恋、第三者、一夜情、离婚大战、以及由此引发的欺骗、背叛、凶杀和争夺。"（张濒《作者自述》）面对这一连串的社会问题，"幸福"该怎样回答？对个性的真、良知的善、生活的美以及生命的终级关怀，又该如何解说？与其说张濒意在唤起都市人更多的自省，不

图15　王强《未来城市》，装置，2002年作。

如说他是在用文化批判的艺术手法，呼唤都市人偶被遮蔽但是从来就没有失去的良知、淳美、真性和爱。

都市化过程往往伴随着环境破坏和环境再造的过程。童年的林阴小道、石板路、高屋檐、小磨房，沿街"抢菜刀、磨剪子"的召唤，以及"爆米花、老菱角、回卤的焦油果"的叫卖，各种人文的、自然的、社会的环境彻底改变。内陆一些中小城市，在向都市化理想前进的过程中，曾经很长一段时间盛传"要想富，先修路。要修路，先砍树"诸如此类的当代民谣。当城市的版图不断刷新都市人记忆的时候，许多宝贵的人文资源便也随着自然环境的改变而大江东去。广州艺术家梁健华在作品《城市之窗》中，捕捉和寻找的就是这样的话题。透过梁健华的"城市之窗"，看到的是现在已经成为广州高尚住宅区和广东美术馆等文化单位所在地的二沙岛的旧模样。从前的二沙岛，曾经是渔村和沙场，这片残余于都市中的渔村和工业区，在广州的城市扩建中被刷新和淹没。当年的情况怎样？当年的歌声、船声、沙浪和笑声，还有当年发生在这里的渔村夕照，以及诸多也许仅仅是个人性的私密的故事，这一切都有待于我们的城市考古学家去整理和发掘。这相关话题带来的问题是，都市建设中是否要保存一些必要的资源和文化？保存哪些资源和文化？以及该怎样保存这些资源和文化？这又是一个都市文化的课题。

对于都市文化的趋向，也是一个耐人寻味的话题。比如王强在作品《未来城市》中作出了若干富有悬念的虚拟。这虚拟的悬念使人想起著名电影《哥斯拉》的结尾，它使人几乎迫不及待地想要回到片子的开头。吊塔、工棚、安全帽、瓦砾、钢筋、建材批发广告以及"前方施工，绕道行驶"的告示，还有作为新文化和新文明的载体的不断崛起和蔓延的新的都市。都市文化是一个动态的、多元的文化，它跟当代艺术之间还将有哪些胶着隽永、迤逦缠绵的内容？其实，新都市主义对于当代都市文化的解读，这本身就已经是一个意味深长的答案。

第二节　生产和传播
——也谈中国当代艺术的社会学转向

[**本节导读**]　　本节从生产和传播这两个关键词着手，论述了中国当代艺术的社会学转向的特点、状态和若干规律，并以此为基础，提出"中国当代艺术重在生产"的观点。本节内容，成稿于2005年7月，应邀参加深圳美术馆和澳门塔石艺文馆主办的"第二届深圳美术馆论坛暨全国中青年美术批评家论坛"研讨会，2005年11月在深圳和澳门两地连续举办，并见载《艺术与社会——26位著名批评家谈中国当代艺术的转向》论文集，湖南美术出版社2005年11月出版。

　　中国当代艺术的社会学转向，对于中国当代艺术的创作，以及中国当代艺术的理论研究，有着双重的拓展意义。它不仅是对艺术生存空间在某种程度上的扩张和推动，并在时间的维度上，为艺术可持续发展提供了有意味的延伸。此外更具深意的影响是，它还为我们打开了认知中国当代艺术的一扇新的大门。透过这扇大门，我们可以看到社会学视野下的对中国当代艺术的重新解读。这在某种程度上得益于艺术社会学的发展，这门学科"在西方已有100多年的历史，特别是在20世纪50年代以来，更成为西方艺术学研究的一门显学。"[1]　而在中国，至少在1940年代就已经受到学界的关注，蔡仪的《艺术社会学》（1940年代）、马采的《艺术科学论》（1941年）、岑家梧的《论艺术社会学》（1943年）、黄志坚的《艺术社会学》（1946年）等专著和专论，以及近年来滕守尧的《艺术社会学描述》（1987年）等，从理论层面上建构起研究中国当代艺术的社会学转向的"前语境"。当我们复述着克罗齐的"一切历史都是当代史"、科林武德的"一切历史都是思想史"、贝克尔的"人人都是他自己的历史学家"等观点的时候，我们是否可以说，在当前语境底下不断进行着自我刷新的中国当代艺术，正面临着一场"一切历史都是社会史"的审思和检验呢？

　　当代艺术的社会学转向，这并不是一个轻描淡写的话题，它涉及到多种角度、多个层次、多重逻辑的思考和叙事。就其研究的整体性而言，社会学研究方法的引入，仅是提供了解决问题是一个路径而已。至少在目前，这一

---

[1]　宋建林《现代艺术社会学导论》，第1页，知识出版社2003年9月出版。

路径还不能顺理成章地解决所有的问题。尤其是中国当代艺术在其自身发展过程中面临的艺术与社会之间更为复杂的切入关系，以及游移于艺术和社会生活之间的诸多互动，使得有关的研究往往仍会遭遇一些难以回避的迷宫。本文试从生产和传播这两个关键词入手，探索中国当代艺术的社会学转向中的有关话题。

一、从消费的角度看生产

跟传统艺术的生产相比较，中国当代艺术的生产，最明显的特征就是社会化。贯穿在生产过程中的每一个环节，从生产方式的选择、材料的选用、设计与构思乃至产品的出路，都跟社会发生了更为紧密的联系。作为物质载体的艺术产品，在传统的艺术审美功能和审美理念之外，往往还以其融会在作品中的思辨成分，将新的艺术形式和艺术家对社会问题的种种思考结合到一起，从而赋予当代艺术以新的思想内涵。相关的作品在当代水墨、影像、行为和观念艺术中比比皆是，比如杨勇的《女人总是美丽的》（1998年）对当下生活的写照、杨福东的《第一个知识分子》（2000年）对社会身份的暗喻、宋冬的《实验室》（2002年）对社会流动群体的关注、郑强的《新编穴位图》（2003年）对人情物欲的体验、蒋建秋的《红先生》（2005年）对城市变迁的考察等。不少作品甚至在其生产过程刚刚开始的时候，就被纳入了社会的视野，成为对社会进行审视的重要途径。这些作品，在生产的意义上，跟社会保持着近距离甚至零距离的胶合，对社会现象或社会问题进行一定的描述和提问，成为当代社会的三棱镜和聚光灯。

从另一个方面来讲，中国当代艺术的生产过程，并不是一个对社会进行简单表现的过程。固然，在中国当代艺术的生产过程中，包含着如黄志坚在1946年的《艺术社会学》手稿中谈到的那样，其生产"隶属于那和物质价值的生产同样的法则"，[1] 这些法则在某种程度上，也还基本符合一个半世纪之前马克思在《1844年经济学哲学手稿》中谈到的"宗教、家庭、国家、法、道德、科学、艺术等，都不过是生产的一些特殊的形态，并且受生产的

---

[1] 《黄志坚诗文集》，第43页，广东美术馆编，澳门出版社2002年4月出版。

普遍规律的支配"。[1] 但是，这些法则在中国当代艺术的社会学转向问题上，在特定的语境和具体的研究领域中，还需要加以细化和深化。至少，从消费的角度看来，中国当代艺术的生产还有着更加丰富的内容：

首先，一个很明显的事实就是，在中国当代艺术的生产过程中，逐渐表露出生产环节和消费环节日趋交叉、错位乃至并行的倾向。作为先前属于人类学研究范畴的"消费"的概念，在1950年代至1970年代，主要还是跟生产和再分配等问题相联系。在物质生产的范畴中，"消费"是一个对立于"生产"、并且晚于"生产"的独立环节。物质消费在社会生产和再生产过程中，主要是满足人们的自然需要。1980年代以来，社会理论学者开始注意到消费过程中潜在的支配与操纵的力量，这一力量使得"消费"具备了能够使每个人都能成为任何人的商业倾向。也正是这种看不见的魔力，导致中国当代艺术的生产，至少在某些作品中，越来越呈现出"消费"对"生产"的参与和渗透。不少作品的生产过程，同时就是观众作为消费群体在场介入并现场体验的过程。这类情况在行为艺术和影像作品中表现得特别明显，主要表现为三种模式：

（1）在消费过程中进行生产的模式。比如，罗子丹的《一半白领，一半农民》（1996年，行为），作为艺术消费者的观众群体，他们对艺术的消费过程，其实就是该作品实施即作品生产的过程。在这个过程中，作品的生产和消费具有同步进行的特点。而且，在行为艺术转换成影像作品之后，消费的过程还可以继续无限制地延伸。

（2）在生产过程中的局部或间歇性消费的模式。比如，徐震的《喊》（1999年，录像），体现了生产和消费的另一种关系。这件作品分别完成于不同的公共场合，"他（生产者）在不同的公共场合高声怪叫一声，当观众惊讶地回过头一看的同时，他按下了录键。"[2] 在这类作品中，现场观众对作品的"消费"过程以穿插交叉的方式、错位并置在作品的生产过程当中。相对于作品生产的整个过程来说，每一群"消费者"的消费活动都是不

---

[1]　马克思《1844年经济学哲学手稿》，第74页，人民出版社1979年出版。

[2]　《重新解读——中国实验艺术十年（1990—2000）》，第380页，广东美术馆编，2002年
　　　11月出版。

完整的，是交叉的、错位的。

（3）生产与消费同步进行的模式。比如，王功新的《观看》（2002年，行为），在生产和消费的层面上，保持着生产和消费两者并行的情况。这件作品在广东美术馆实施，作品的生产方（行为艺术的参与者）和消费方（观众）都同时被赋予了"观看"和"被观看"的特征。当"观看"行为在双方同时发生的时候，生产和消费得以同时进行着；当"观看"行为被任何一方暂停或终止的时候，生产和消费的过程也就同时被暂停或终止。在这个过程中，生产就是消费，消费就是生产。

第二，在中国当代艺术的生产过程中，"消费"不仅在时间维度上超越了传统的"生产——消费"规律，直接进入到艺术文本的生产过程；而且，还应该注意到，中国当代艺术的"消费"过程越来越发挥出其潜在的支配和操纵力量，并已经成就不菲地进入到产品的艺术价值的实现过程。宋建林在《现代艺术社会学导论》把"艺术活动"阐述为"存在于艺术生产者的艺术

图16 罗子丹《一半白领，一半农民》，
行为，1996年。

创造到艺术产品的生产、流通，再到艺术消费这样环环相扣、紧密相关的动态过程之中，是包括艺术文本生产和艺术价值实现的完整的社会生产过程。"[1] 从"消费"的角度看，完全可以说，中国当代艺术中的这"完整的社会生产过程"，同时就是"消费"不断介入其间并发挥其魔力的过程。借用休谟《论审美趣味的标准》所谈到的"诗的美，恰当地说，并不在这部诗里，而在读者的情感和审美趣味里。"[2] 是否可以说，中国当代艺术的生产，重要的已经不再是"生产"的过程，而是在"读者的情感和审美趣味"的作用下，逐渐被"消费"所牵引和覆盖的过程。"消费"在"生产和消费"的群组关系中的主体作用被越来越强调和凸现出来。例如笔者在《身体作为语言——1990年代以来中国美术现象研究之一》中谈到的，关于身体语言的艺术品生产，在商业性的消费活动中受到三方面的影响："一是新媒体新载体的艺术形式，使身体更坦率地进入公共审美空间；二是社会生活的变化，为身体注入了不断翻新的精神内涵；三是利益的诱惑和驱使，使身体在某些场合、一定程度上为金钱所左右。"[3] 类似这样的情况，同样见于中国当代艺术的不少其他作品中。

第三，从"消费"角度看到的中国当代艺术的生产，其生产的本质就是社会的生产。艺术产品的社会属性，在艺术学研究的普遍概念底下，往往是一个老生常谈的话题。但是，当我们从"消费"的角度审视中国当代艺术的生产的时候，我们却又不可抗拒地发现，生产过程中的确依然包含着来自艺术家的主观而且非常确定的某种态度，这就是作品中的社会性的因素或属性。这一规律正如普列汉诺夫《从社会学观点论18世纪法国戏剧和法国绘画》中谈到的那样，体现了"在一定时期的艺术作品和文学趣味中表现着社会的心理"。[4] 这种情况，在中国当代艺术作品中的例子俯拾皆是。比如，海波的《他们系列》（1998年）和《她们系列》（1998年）中包含着

[1]　宋建林《现代艺术社会学导论》，第243页。

[2]　《西方美学家论美和美感》，第111页，商务印书馆1980年出版。

[3]　《美术馆》2003年A辑，第97页，广东美术馆主办，广西师范大学出版社2003年9月出版。又见本书第三章第一节。

[4]　《普列汉诺夫美学论文集（1）》，第482页，人民出版社1983年出版。

的社会化生存的种种感喟；王功新的《我的太阳》（2001年）中包含着的关于"个人"或者"个人的整体"的信仰和意义；王广义的《唯物主义者》（2001年）中包含着的对特定时代、特定群体的类像表现等。这些作品的共同特点是，其中包含了作为"个体"的人跟作为"群体"的人之间的种种关系，并从这些关系中蕴藏或提炼出"生产"的社会属性。中国当代艺术的生产，不管其产品方式怎样，也不管其产品效果如何，总而言之，它不能离开社会而生产。这一方面导致了正如汪民安在《生产》（第1辑）的序言中谈到的那样："生产，成为诊断当代社会的关键词。"[1] 在另一方面，也可以把话转回头来，作出这样的推断："社会，成为诊断当代艺术生产的关键词"。这个推断，尤其是在中国当代艺术的社会学转向诸多因素中，理所当然应该成为关于中国当代艺术生产的重要的命题之一。

二、从话语的角度看传播

中国当代艺术的社会学转向，在一定程度上是围绕着"传播"这个关键词得以实现的。"传播"有着跟"生产"同等重要的作用，它从社会流通的角度为我们揭开了中国当代艺术生存发展空间的种种特点和秘密。

"传播"（diffunder）来源于拉丁文，本意是发送出去，"用来表示诸如艺术传统、语言、音乐、神话、宗教信仰、社会组织、技术观念等文化样式在历史上从一个社会到其他社会的扩散。"[2] 在这层意义上说，"传播"从一开始就具备了社会性的属性。拉斯韦尔曾经在1948年撰述的《社会传播的结构和功能》中把"传播"描述为五个环节，其中包括谁对谁说、以什么渠道说、说了什么、取得了什么效果等。其后关于"传播"的各种阐释和研究层出不穷，"传播"的概念也被不断地加以丰富和明确。简而言之，传播的过程就是"话语"在一定渠道中传递、接收和反馈的过程。具体到中国当代艺术的社会学转向，"传播"既承担着将"艺术文本生产"和"艺术

---

[1]　汪民安主编《生产》（第1辑），广西师范大学出版社2004年5月出版。

[2]　《人类思想的主要观点》，第397页，肯尼思·麦克利什主编，查常平等译，新华出版社2004年2月出版。

价值实现"进行链接的任务,又承担着沟通"艺术生产"和"艺术消费"的使命。惟其如此,从"话语"的角度看"传播",也就有着将研究焦点拉回到艺术作品自身的意义。

"话语"(discourse)的本意是"口头交流",这个概念被法国学者米歇尔·福柯(1926—1984年)用得最为频繁,福柯认为话语"是一种具有本身的连贯和连续形式的实践",[1] 英国学者肯尼思·麦克利什在其主编的《人类思想的主要观点》中则认为"对于社会学家,话语是指知识的专家体系和社会的维护措施,它们与社会的公共假设融为一体。其作用是封闭其他可能的思考、谈论或行为方式",[2] 就笔者看来,所谓的"话语"无外乎包括语词、语法和语境。即便在一些具体问题比如中国当代艺术的社会学转向等范畴,"话语"也是一个用于"传播"信息的载体和工具。

从话语的角度看传播,可以发现中国当代艺术的社会学转向,其中包含着许多饶有趣味的内容。比如中国当代影像作品中的方言现象、国际化展事中的订做现象、行为艺术作品中的媚俗现象、公共话题中的个人声音现象,等等。这些现象都跟话语有关,跟传播有关,跟社会性乃至社会学转向有关。

中国当代影像作品中的方言现象,并不仅仅是说在这些作品中的人物采用了方言土语的配音或对话方式,而是指作品的生产和传播带有深刻的地域文化的痕迹。比如贾樟柯的《小武》(1997年,107分钟)、《站台》(2000年,193分钟)等作品,结合了山西汾阳的地方文化,在由特定风物和特定情节组成的视觉语境当中,建构其独特的话语特征。并以此发掘隐藏在作品中的、在区域范围中包含着的思想和事件:"主人公从汾阳出发,最后又回到了汾阳。在漫长的等待中,磨去了青春和梦想。铁道线与县城擦肩而过。"[3] 类似这样的作品,还有欧宁策划拍摄的DV作品《三元里》

---

[1]　米歇尔·福柯《知识考古学》,谢强、马月译,第188页,生活读书新知三联书店2003年出版。

[2]　《人类思想的主要观点》,第401页。

[3]　《今日先锋》第12期,第46页,天津社会科学院出版社2002年3月出版。

（2003年），该作品以广州北部三元里小区的日常生活为内容，表现了这一区域的文化风物，在威尼斯双年展上备受瞩目。这类作品，以方言为艺术话语方式，摈弃了大主题、大制作的内在眩惑，把艺术生产的范围界定在文化区域当中，反映社区（区域、地方）的故事情节和人文景观，从某种程度上讲，很具有田野调查或社区访问的意味。同时，也使得其作品被赋予了更加细节化的社会特征。

国际化展事中的订做现象，在当前中国艺术走向国际并与国际接轨的一片浪潮声中，屡见不鲜，最典型的例子就是电影界的"张艺谋现象"。就中国当代艺术作品的生产而言，以某个国际展事为目标、在充分策划的前提下生产出来的艺术作品，同样构成中国当代艺术的社会学转向的一道景观。比如2003年在第四届光州双年展上的"广东快车"，就有着量身订做的意味。从一开始就进行了有针对地策划。有关艺术家由陈侗主持，在广东地区当代艺术家聚会所在地的广州博尔赫斯书店，推出了"广东混合快车：权力持续

图17　贾樟柯《小武》电影海报，1997年。

下放"的整体计划。他们同时还出版了名为《改变之书》的场刊，记录了为参加光州双年展所进行的讨论过程。类似的情况还有如张永和在2000年参加威尼斯建筑双年展的作品《竹化城市》，作品中的语词（竹）、语法（竹墙）和语境（竹文化）都有着明显的为该展览量身订做的一番智慧和良苦用心。

　　行为艺术作品中的媚俗现象，是中国当代艺术的社会学转向中最受瞩目的焦点话题之一。陈履生的《以艺术的名义》，鲁虹、孙振华的《反思行为艺术》等专著和专论，都直接针对了有关的问题。特别是鲁虹、孙振华在剖析了"行为艺术与名利场逻辑"、"模仿的陷阱"、"过度阐释的迷雾"、"自娱的狂欢"等问题之后，提出了"重要的是智慧"的观点。[1] 以艺术社会学的视野考察中国20多年来的行为艺术作品，笔者认为：一，喜忧参半；二，从研究的角度看，哪怕是媚俗的"坏"作品，也有其社会学背景和社会研究价值。至少，这些作品之所以被生产，其中所采取的话语方式，以及这些作品在传播和消费过程中引起的各种意见和反响，都值得我们深入思考。

　　公共话题中的个人声音现象，是中国当代艺术的社会学转向的又一个特点。其主要表现是，对公共话题的讨论，并不是以公共语言或"官话"的方式，而是以平直的、朴实的个人声音的方式。在作品的传播过程中，透过这些个人的声音，作品的消费者能够很轻易地捕捉到其中的公共话题。这类作品如杨福东的《天上天上，茉莉茉莉》（2002年），先后参加"都市营造：2002上海双年展"和"第50届威尼斯双年展·中国馆"等展览，该作品以山歌民谣的氛围表述了都市人的浪漫情感。在话语方式上是个人的，在主题设置上是公共的。类似的作品还有睢安奇的《北京的风很大》（2000年）、杨振中的《我会死的》（2000年）等，作品在实验性和文献性之外，其用独特的个人声音的方式，在些许幽默、些许无聊的语境中，把消费者的感受悄悄引向某个公共话题的思考，作品中呈现出来的是个人声音对公共话语的表述。

　　从话语的角度看传播，还有一个值得注意的现象就是公共机构在其中发

---

[1]　　《艺术当代》2005年第4期，第78至81页。

生着的影响和作用。众所周知，中国当代艺术的发展，在20多年来有着颇为不易的经历。当代艺术尤其是前卫的、实验性的作品，在其话语方式的调整乃至传播途径的拓宽等方面，都受到社会现实条件的取舍和制约。蔚为可喜的是，随着中国当代艺术作品的话语方式被消费者日渐熟悉，以及艺术生产者自身对话语方式的诸多调整和改进，作为公共机构的展览场所，在中国当代艺术的传播过程中承担起越来越多、也越来越重要的作用。比如中国美术馆、上海美术馆、广东美术馆、深圳美术馆、关山月美术馆、何香凝美术馆等国家事业单位，近年来以专题展览、双年展和三年展等方式，在中国当代艺术的传播方面发挥了十分重要的作用。展览方式的拓宽，在传播途径上，也给中国当代艺术的多元的话语方式提供了更加开阔的生产和生存空间，各地的公共场所比如北京的大山子艺术仓库、上海的香格纳画廊、广州的PARK19、成都的现代艺术馆等，成为当代艺术作品展示和交流的活跃场所。多种层次、多种类型的公共机构，容纳着多种话语方式的当代艺术作品，这

图18　杨福东《天上天上，茉莉茉莉》，
　　　影像，2002年作。

成为中国当代艺术的社会学转向不可忽视的良好条件。

三、艺术家在生产和传播中的角色

中国当代艺术的社会学转向问题，是生产和传播的问题。但是，它又不仅仅是生产和传播的问题。不管是生产也好，传播也好，其实现的过程中，不能离开一个最基本也最重要的因素，那就是艺术家。

艺术家在生产和传播中的角色，在某种程度上对生产和传播的状况具有决定作用。学术界在这方面有比较多的研究，比如"人"在艺术活动中的核心意义、艺术家的主体性和自觉性、艺术家的劳动属性和劳动态度等，不少观点都早已家喻户晓、耳熟能详了。笔者无意于沉溺在这些观点中作无实质意义的、克隆式的复述。此处，笔者只是试图结合中国当代艺术的社会学转向，把社会学视野下的对中国当代艺术进行的重新解读，拉回到"角色"自身本体当中。更具体地说，就是艺术家以什么角色参与了其作品的生产和传播。笔者认为，在中国当代艺术的范畴，艺术家参与其作品的生产和传播，主要有以下四种角色：

第一种角色，缺席者。主要表现是，艺术家并不直接出现在他的作品中，作品的生产按照某种自律的原则进行。比如崔岫闻的《洗手间》（2001年），是通过在北京某家夜总会洗手间的定点拍摄，以此来完成其艺术的生产过程。在这个过程中，艺术家在场与不在场并不重要，重要的是作品的生产过程和生产结果。它以新闻记实的方式截取了特定公共场所、特定社会人群、特定的拍摄时段下的社会场景。这一场景是社会客观存在的，同时也是跟艺术家可能没有任何直接关系的。它要反映的是其社会内容和特点，而艺术家在这一生产动机底下，呈现出某种故意缺席的状态，显然是超脱和明智的。这样的作品还有刑丹文的《梦游》（2000年）、林一林的《我们的未来》（2002年）等，艺术家并不参与到作品的话语当中，他是一个局外人，是一个超脱的人，是一个缺席者。

第二种角色，旁观者。主要表现是，艺术家以在场的体验和旁观者的角色，参与到作品的生产过程，构成作品话语的一部分或一个成分，并在作品的消费和传播过程中承担一定的作用。比如岳敏君的《诺亚方舟》（2000年）、方力钧的《2001年1月15日》（2001年）都是对某类社会人群的情节虚构，暗喻社会化背景底下，个人的力量的对抗与消解。不同的是，前者着力于表现类像人群在人力不可抗拒的灾难底下蜗居于虚幻的精神解救，后者则表现了单个的人在长臂搏浪的奋斗中寻求自我拯救。这两件作品中，艺术家跟消费者一样，处于旁观的角色，他对特定的叙事结构加以观察、描述和评论。这类作品还有江衡的《美女·鱼》（2001年）、张晓刚的《全家福》（2001年）以及徐冰的《广东野生斑马群》（2002年）等，尽管作品表现的社会内容各不相同，但是艺术家在作品生产和传播中的角色是一致的，他参与生产和传播，但是他只扮演生产和传播的旁观者。

第三种角色，主导者。主要表现是，艺术家在作品生产过程中承担着主要的角色，对作品的结构、情节和推进速度拥有绝对的话语权。艺术家既是作品的导演，又是作品的主要演员，同时还可能是作品的主要评述者。比如喻红的油画系列作品《目击成长》（1999—2001年）把自己的孩童时代起，一直至青春期、上学、恋爱、结婚、怀孕、小孩成长等的过程，以年为单位，每年一幅作品的方式，进行图像的社会学考察。并且，在这种以个人成长为线索的考察过程中，把握和描述跟时代有关的或微弱、或激烈的各种变化。类似这样的情况，还有邱志杰从1986年着手进行的《书写兰亭序1000遍》（录像部分）、宋冬的《印水》（1996年）、张羽近年来的新作《指印》（录像部分）等，跟喻红的《目击成长》的有规律、有节奏的推进方式相比较，在这些作品中，艺术家对作品生产过程的主导地位和作用，表现得更加强势。作品生产过程的推进节奏，更主要是取决于艺术家的行为。

第四种角色，对话者。主要表现是，在两个或几个主要角色中，艺术家只是其中之一。艺术家在作品的构成中发挥作用，但是并不象"主导者"那样拥有绝对的话语权利。艺术家的形象，作为作品的要素之一而存在，这种存在还不足以令艺术家拥有绝对的发言权，他通过跟其他要素对话，共同完成作品的整体推进。比如，赵半狄的作品《赵半狄和熊猫咪》（1999年）就是典型的艺术家以对话者的角色参与到艺术作品生产的过程，在这个带有公益广告性质的系列作品中，艺术家把对多种社会问题的关注，通过人（赵半狄）与熊猫的简单对话来实现。其中涉及到环境保护问题、交通安全问题、人与自然问题、医疗健康问题等，艺术家的形象直接介入作品中，成为作品中的语词之一。赵半狄的另一件作品《中国华氏911》（2004年）就其"对话"的方式而言也属于这种类型，该作品获得第57届法国嘎纳国际电影节金棕榈大奖。这种类型同样见于架上绘画作品，比如黄国武的《焦点人物之一》（2002年）挪用了古画《文苑图》的局部，艺术家以现代人的形象置入画面，实现跟古装文人的对话和交流，其生产的方式明显也属于这个套路。

事实上，不管是从消费的角度看生产，还是从话语的角度看传播，或者是关于艺术家在生产和传播中的角色的定位分析，作为在社会学转向过程中的中国当代艺术，怎样认识目前的发展状况，如何寻求更持久的可持续发展空间，这些是摆在艺术家和理论家面前的共同课题。前些年，从文化学的角度梳理中国艺术的发展规律，近年来从社会学和艺术社会学的角度对中国艺术的发展进行重新思考，这些积累归根到底都是一种财富。借用维柯的观点，历史和社会都是人们生产出来的。那么，在社会学转向的语境底下，中国当代艺术的发展，该向何处去呢？对理论家来说，我们要不断地总结历史经验，不断地理清纷繁复杂的当下状态；对于艺术家来说，是要不断地出作品，出新作品，出好作品。总而言之，中国当代艺术重在生产，有生产才有消费，有生产才有传播，有生产才有发展，有生产才有前景和未来。

第三节　"70后"艺术
——概念的认同与局限

[本节导读]　本节在从当代美术史的角度对"70后"这个概念加以考察的基础上，认为"70后"这个概念对中国当代美术理论有创新意义的同时，必须还要清醒地看到这个概念及其相关理论的局限性和阶段性。本节内容，成稿于2006年1月，见载《文艺研究》2006年第3期。

一个颇为有趣的现象是，中国当代美术理论中的不少概念，常常跟相关的某次展览有着密切关系。"70后"概念的提出，也是如此。尽管它并不是美术界首先提出来的，但是，由于它在美术语境当中所具有的特定涵义，决定了这里的"70后"，跟小说界和诗歌界所谈论的"70后"，有着截然不同的内容。跟这个概念密切相关的展览是"'70后'艺术"，2005年5月在北京的今日美术馆首展。30多位参展艺术家都具有"70后"的基本年龄特征，他们出生在1970年1月1日之后。这是"70后"作为独立概念的基本界定，跟此前在美术界出现过的"新人类"等概念相比，这个概念在时间的界定上有更精确的标准和更大范围的覆盖力。就像展览中所反映的那样，"70后"既特指一个群体，又泛指一种现象。在狭义层面上，可以把它理解为这些参展艺术家所构成的群体。在广义层面上，它又揭示了一种现象，即1970年1月1日之后出生的艺术家所共同拥有的艺术特征。

对"70后"的讨论，从这个展览开始，能够延伸出不少话题。比如跟"70后"的自然年龄相关的青年艺术家创作状态研究；跟"70后"的创作历程相关的1990年代中期以来中国当代美术现象研究；跟"70后"的成长背景相关的本土话语和国际语境的关系研究。此外，还有诸如"70后"艺术家从事创作的方式以及他们在作品中所表达出来的种种判断，跟中国当代美术的"时代性"之间的因果逻辑，以及从"70后"引发的中国当代美术未来发展态势的研究等。由此来看，"70后"概念的提出，不仅是给中国当代美术理论增添了一个新的语汇，同时它还带来了一系列新的话题。

一

应该承认，在小说界和诗歌界，早就出现了"70后"这样的概念，比如1996年陈卫在南京创办的民办刊物《黑蓝》，以及其后在陕西出现的诗歌民办刊物《70年代》、广东的民办刊物《诗歌与人》和《诗文本》等，都提出过"70后"的概念。[1] 在小说界，冯唐的《18岁给我一个姑娘》、李师江的《逍遥游》、秋微的《流言流年》、杀伐的《我总是心太软》等作品，都是"70后"的热点话题。近年来，诗歌界出版的《70后诗集》，上海的《小说界》杂志推出的"70后"小说，等等，反映出小说界和诗歌界对"70后"的普遍关注。"70后"这个概念进入美术界，尽管在形式上有对小说界和诗歌界的跟班之嫌，但是，至少它体现了文艺研究的不同领域中存在着的普遍

---

[1]　赵卫峰《虚妄的盛宴：中国"70后"诗歌回眸》，见载《成言艺术》网刊第24期，2005年4月号。

规律。而且，就其在美术界的具体含义而言，它毕竟有着独特的生态背景。

　　首先，美术界的"70后"，是伴随着一定年龄特征而产生的独特现象。在2005年的当下，它意味着这些艺术家的自然年龄不超过35周岁。他们正处在生命力和创作力都蔚为鼎盛的攀升阶段，他们的作品中，既有锐意创新的天然优势，又有从发展期向成熟期演变时的不稳定或善变的特点。他们对社会敏感、直觉，并且比年长的一代更容易接受新思想和新事物，这决定了他们的体验方式、话语方式和判断方式，有着更为开宽的自由度。他们的作品中具有这个年龄阶段的普遍特征。比如，对青春和生命充斥着饱满的情绪；对各种渠道的社会信息反应敏捷；在为人处事中，倾向于强调自我感受、强调个性化和主观化，等等。这些特征，反映到他们的作品中，构成"70后"作品的一道景观。

　　此外，美术界的"70后"现象，跟1990年代中期以来的中国社会文化的发展状况有关。他们中的大多数艺术家，大学毕业于1990年代中期之后。他们走上社会时面临的物质文化和精神文化，有着跟早一代人的显著区别。他们在开始的时候就感受到明显的市场化，以及这个过程中的城市化、信息化和现代化的快速发展。他们没有经历过更早一代人的那种社会磨练，更多的是被卷进市场化所带来的便利或焦虑。在他们的作品中，固然也还有不少传统经验的影子，但更多的是近十年间的社会文化现实的新语境底下形成的特定的艺术书写。

　　第三，"70后"艺术家的创作，跟他们所遇到的国际语境的影响和召唤也有着密切的关系。这些艺术家在创作中表现出来的朝气和锐气，很大程度上来自他们对国际文化潮流的迎头赶上。比如，曹斐就是在近年来频繁活跃于国际展览平台的"70后"艺术家，她先后参加过第八届日内瓦影像双年展（1999年）、韩国新媒体双年展（2002年）、第十届日内瓦影像双年展（2003年）、第五十届威尼斯双年展（2003年）、第一届莫斯科双年展（2005年）、第三届福冈三年展（2005年）等重要展览。在这些展览中，曹斐主要以影像作品参展，她一方面力求影像的制作方式跟国际话语接轨，另一方面也积极地把中国艺术家的本土经验向国际推广，同时她还为自己积累了丰富的国际展事经验。类似这样的例子，在"70后"的艺术家当中越来越多，他们更重视通过国际交流而营造中国艺术家的身份和品牌，同时又以这样的身份和品牌而获得更多的国际交流机会。

二

从"70后"这个概念出发，除了可以看到其独特的生态背景之外，还可以看到其引出的内容丰富的美术现象。比如，在"70后"的作品中，有着跟此前的艺术家所不同的日常体验方式。"日常"是一个通用范畴，它并不是"70后"的专有现象。而作为对社会生活的观察和表现，"70后"的独特之处在于，他们并不刻意追求社会共性的话语特征，而常常喜欢把对"日常"的琐碎体验，以非常细节化的情节展现出来。这种情况，既是由于"70后"艺术家所处在的年龄阶段的原因使然，也是1990年代中期以来市场化发展和改写之后的社会状况使然。在"70后"的作品当中，罕有类似英雄主义和革命理想主义的情绪，他们对生活的体验，总是带着幽默、自嘲、反省、混沌或顿悟。比如方亦秀作于2005年的系列油画《你不爱我就拉倒》、《心碎了两次》、《投生》等，作品的符号和意向都跟宏大叙事无关。作者把注意力集中在琐碎的日常体验，画面通过刻意处理的空间效果，使用高俯角和平面化的观察方式，表达了"70后"所共有的对日常生活的体验。它或者是个人化的，或者是私密化的，或者是平淡化的，或者是聚焦在某些社会行为的前提底下的。总之，它们来自"70后"的艺术家对"日常"的真实体验。

"70后"艺术家对"自我"的感受，也表现出与众不同的特点。他们的作品中，此前蔚为流行的社会公共话语，已经被越来越多且五光十色的个人话语方式所覆盖。在"70后"的作品中，已经很少见到此前在中国美术作品中所表现出来的那种集体精神。他们经历的是市场化的洗礼。在这个过程中，从前流行的那种集体精神，被新的生活模式转换甚至消解。市场化的必然结果之一，就是强调"自我"，强调个体生存的状态和意义。比如，唐洁瑜的油画《当孤独遇见黄昏时》（2004年）、《两百年的孤独》（2005年）、《开往春天的地铁》（2005年）等，画面物象边缘的模糊化、空气透视的夸张使用或者故意的逆光效果，这些所表达出来的精神特质，体现了"70后"的一代在市场化的背景底下所特有的自我体验。它属于往知的文化记忆，同样也属于当下的情感回流。他们把孤独、彷徨、郁闷的情绪，融入生命、青春、向往等的视觉话题中。

"70后"的艺术家，对"虚拟"有着格外的偏爱。他们的作品中有着多

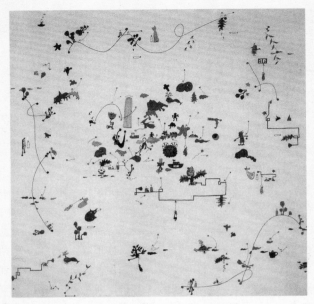

图19　方亦秀《投生》，布面油画，120×120cm，2005年作。

图20　唐洁瑜《开往春天的地铁》，布面油画，
200×160cm，2005年作。

种多样的虚拟体验，比如，虚拟的幸福、虚拟的伤害、虚拟的超越、虚拟的未来，等等。这些体验，一半来自"70后"的凭空想象，另一半跟市场化所改变的社会环境有关。通过虚拟，"70后"的艺术家得到了精神的寄托和渲泄，表达了对文化、社会和生活的感怀。比如，李继开的《利刃》（2004年）、《在高处》（2005年）等，描绘了虚拟的受伤和恐怖场面。这种场面，并非来自生活中的现实场景，但是它又跟现实生活有着内在的关联。"70后"的艺术家把这代人对社会生活的过度敏感、对安全感的缺失、对未来的不确定、以及自信自豪自足等心理的缺失，转化到作品当中，形成了鲜明的视觉文化特征和特定的精神症候表象。

对新的话语方式的探索，也是"70后"艺术家的普遍特点。他们更热衷于影像、装置和网络等创作手段，追求意外之意、象外之象的特殊效果。比如，蒋建秋的动画《强盗天堂系列》（2000年）和《红先生》（2005年）等，运用网络技术完成作品的完整叙事。作品强调对网络这种新的话语方式的体现和把握，其中包括角色的造型、色彩的搭配、画面的构图、画面的进入方式、画面之间的切换、画面切换过程中的蒙太奇效果以及画面的配音等多种环节。

追求新的话语方式，并不意味着"70后"对传统方式的放弃。他们也在尽可能的前提下发展传统。比如，江衡的油画《美女鱼》系列（2004年），画面贯穿着大量使用了"鱼"的符号，用来增强叙事的节奏和语言的力度。鱼，作为一种文化符号，跟生命、青春、活力、智慧、诱惑、财富、信义、欲望、丰收等多种含义有关，江衡把这个符号跟美女形象相结合，拓展了传统绘画方式的话义空间，产生了新的视觉效果。彭薇的《绣履》系列（2002年）和《蝉衣》系列（2003年）分别选择了鞋子和衣服作为表达意向的载体，这些载体在话语意义上不仅成为有意味的形式，同时也包含着特定的话语内容。"彭薇的绣履，其实有一种缺席，直接隐示了深度不安、焦虑和反抗。"[1] 而类似这样使用了特定意向的话语，在"70后"的不少作品中都可以找到。

---

[1]　徐累《绣履记》，见载《新状态展·第七回·林蓝·彭薇》作品集，四川美术出版社2004年5月出版。

图21　李继开《在高处》，
布面丙烯，170×30cm，
2005年作。

"70后"的作品中，也有着多种多样的判断方式。其中既有关于自我界定的判断，也有对社会生活或文化中的具体事件、具体场景、具体现象的认同或排斥的判断，以及他们所持的关于对艺术和社会的价值标准。

　　自我，是"70后"作品中的常见题材。他们所理解和表现的自我，往往是主体的、内省的、第一人称的。比如，任前的摄影《新偶像》（2002年），作品中包含了各种各样的社会偶像的照片，这些偶像是"70后"一代人的努力目标和精神寄托。值得注意的是，作者在这些偶像照片当中，大量地穿插着他自己的照片，使得创作个体的精神寄托在这种带有白日梦特征的并置当中表述其关于自我的认可和判断。在"70后"的一代人中，精神生活的建构方式主要是个人化的，商品房、私家车、手机、网络等为他们提供生活便捷的同时，也给他们带来更多的独立、封闭和自省的特征。

　　类似的情况同样出现在"70后"对社会事件、场景或现象的判断，他们强调社会判断中的自我立场。在他们作品中，类似"集体意识"或"集体无意识"之类的字眼，基本上已经消失掉。他们以个性化的方式表达对社会的感知，比如，刘瑾的摄影《一个叫佳佳的女孩》（2001年）、《王府井纪事》（2001年）等，作品中使用了玩偶、药品、针管、证件、万宝路、化妆品乃至带有暴力特征的手枪等符号，营造了一场场虚拟的故事情节。这些情节，似有似无地发生在他们周遭的社会，吸毒、暴力、醉酒、死亡和不安全感等等，成为他们格外关注的高频话题。

　　"70后"的艺术家有自己的价值标准，他们对历史和现实、个人和社会、道德和利益、真实和虚拟等话题，有着跟此前艺术家的不同认识。比如，陈波的油画《纯真年代》（2004年）、《到北大荒去》（2004年）、《勘测地球》（2005年）、《英雄人物》（2005年）等，画面表述的历史场面，在此前的艺术家那里，总是真实的、现实的、认真的。而在"70后"的作品中，当年的现实，常常被他们加以"戏说"式的改写。这一方面意味着他们对历史的陌生，另一方面也反映出经过市场化的发展而被改写的社会，反过来又作用于新起的一代艺术家，并体现为他们在作品中的对都市、时尚乃至社会游戏规则等的价值判断和价值取向。

三

就"70后"这个概念本身而言，还要特别思考的是，作为当代中国美术理论中的一个新的概念，"70后"，究竟具有多久的理论生命力？

因为，在这个理论宽松、语言发达的时代，提出一个核心概念并顺着这个概念的相关逻辑扯出一堆理论，并不是一件困难的事情。从当代美术史的脉络，搜罗相关的和有用的作品史料为这个理论作注脚，也不是一件很困难的事情。近年来层出不穷的各种概念在中国美术理论界早已司空见惯，因为各种原因而昙花一现者，也有不少。所谓创业容易守业难，如果一个概念乃至一种理论，随着某个展览的结束而结束，或者经不住时间的考验，行之不远，那么为了这个概念和这种理论所投入的劳动，难免可惜。就"70后"这个概念来说，尽管它尚属新生，相关的研究也只是才有了一个好的开局；但是，对这个概念乃至相关的理论阐述，还是得有一些周全的思考。

我对"70后"持的是肯定态度。因为不管从这个概念的生态背景也好，还是从这个概念所引发的各种美术现象也好，"70后"都以其明确的年龄界定，为我们探讨当代艺术家最年轻的群体提供了重要话题。在圈内朋友的私下聊天中，关于"70后"的不少特性，比如历史性、地域性、视觉性，等等，也是肯定者居多。比如"70后"的个人生活方式甚至他们对家庭和性的观念变化，"70后"的情感宣泄方式和社会交友方式的变化等，影响着他们的作品方式和作品内容，这些决定了"70后"作为独立概念的研究价值和理论意义。我在本文前半部分所已经阐述的内容，就是我对"70后"这个概念的解读和认同。

尽管如此，关于"70后"这个概念究竟有多久的理论生命力，我还是深表忧虑。

首先，必须看到，在"'70后'艺术"的展览中，对"70后"这个概念的时间界定，只有上限，没有下限。这样界定，对于当下的研究来说，有着非常积极的现实意义。因为它在2005年的当下，囊括了所有35周岁以下的青年艺术家及其作品。在这个意义上，它就成为当代中国最年轻的创作群体的代名词，其号召力和语言穿透力非同凡响。但是我们也要看到，"70后"的概念缺陷也正在于此，它以出生时间为界，不设下限。当岁月推移到一定时候，"70后"的艺术家的年龄，不再是35岁以下，而是不断迈进45岁、55岁乃至更高龄的门槛，"70后"必然由于其内容的越来越庞大而陷入复杂且不易言说的局面。那时，"70后"这个概念的理论生命就受到越来越大的威胁。

第二，不可忽视的是，"70后"这个概念所包含的美术现象是多元的。我们把"70后"作为一个整体加以研究，寻找其中的共性规律，这不能取代对"70后"的群体内部各自不同特点的"小群体"的研究。以1970年1月1日之后出生为界，可以看到属于"70后"的艺术家在不同遴选标准底下，分别属于另外一些体系和范畴。比如，这几年曾经举办过的展览，"虚拟未来"（2001年，广东美术馆）、"新都市主义"（2002年，广东美术馆）、"理想合"（2003年，广州，三彩画廊）、"新人类视角：生于七十年代中国优秀艺术家油画邀请展"（2003年，广州，侨林苑）、"开放的姿态：首届广东新青年艺术大展"（2004年，广东美术馆）、"新陶说：中国当代年轻陶艺家学术邀请展"（2005年，广东美术馆），等等，这些展览尽管不像"'70后'艺术"那样明确推出"70后"的概念，但是它们从不同的主题和不同的角度对包括"70后"在内的艺术家进行了关注和研究。这说明我们所谈论的"70后"其实分别跟"理想合"、"新陶说"、"新人类"乃至"卡通一代"等有着千丝万缕的联系。如果不能从理论上把"70后"跟这些概念的关系梳理清楚，或者如果我们仅仅把这归结为切割角度有别，那么"70后"的理论力度和独立研究意义，就显然受到跟这些概念有关的外来压力。因为，就理论建构来讲，"新人类"等概念同样具有鲜明的主题性和问题意识。而以"70后"为旗号的将分别属于"新人类"、"新都市"等范畴的"70后"艺术家聚拢在一起，分析和探究他们的特点，这样做总该有一些更加坚强的理由才行。

第三，参照文学界的情形，我们也有必要对美术界的"70后"的研究作一些前瞻。尽管"70后"在文学界和美术界各有所指，也各有特点，比如文学界的"70后"在学术上基本没有继承1980年代中期以来的先锋小说和知识分子写作传统；而美术界的"70后"则基本继承了1980年代中期以来的先锋艺术的传统。文学界的"70后"走的是商业小说和大众传媒的路线；而美术界的"70后"并没有走上这条路。前者偏离了精英写作的传统，而后者保持在精英艺术的范围当中。[1] 但是，从当代文艺研究的普遍规律出发，我们不能排除美术界的"70后"可能也会遇到跟文学的类似结果，即"70后"概念的走样与变异。在文学范畴，"70后"和"80后"是一对并置的概念，并且"70后"在后来已经渐变成对女性主义文学等主题话语的讨论。以彼观此，我们很难保证美术界的"70后"研究不会发生这样类似的变化。因为要注意到，不管是"'70后'艺术"展览中的艺术家，还是广泛意义上的"70后"艺术家，真正已成大器者主要还是生于1970年代的艺术家。尽管生于1980年代的艺术家，也有不少崭露头角，毕竟他们中的大多数人由于年龄、阅历、机遇等因素，还处在积累力量和积累经验的阶段，已成气候者还仅仅是凤毛麟角。若干年之后，这一情况将随着1980乃至1990年代出生的艺术家的大面积兴起而改变，他们是否有必要继续徘徊在由1970年代出生的这批"带头羊"们的所开创的道路呢？我认为，未必。惟其如此，在不远的将来，作为总概念的"70后"难免将被"1970年代"和"1980年代"之类的概念分解掉，文学界的"70后"和"80后"的分野，就已经是一个预告。当美术界的"80后"乃至"90后"以独立的姿态风起云涌的时候，对"70后"的研究就真正地需要有一个质的调整和改变了。

也正是这个原因，我认为在强调"70后"这个概念对中国当代美术理论的创新意义的同时，必须还要清醒地看到这个概念及其相关理论的局限性和阶段性。"70后"是一个当下的、多元的和发展的概念，这既是它的理论生命力所在，同时也隐藏着令其致命的关键因素。当"70后"的话题为中国当代美术理论研究带来便利的时候，我们确实也还要随时提醒"70后"可能产生的各种量变，以及在某个时候必然出现的关于这个概念的话语危机。客观地说，任何理论从产生到暂停都是一个有机的过程，"70后"也不例外。而且，在这个快速发展的中国当代美术领域，当我们对"70后"这个概念寄予理论厚望的同时，也不能回避必要的客观立场。因为，"70后"这个概念究竟有多久的理论生命力，以及我们怎样在它的"有效期"内更好地展开相关研究，这一点尤其催人思考。

---

[1] 　关于"70后"在文学界和美术界的差异性比较，这个观点来自朱其，见载《厦门晚报》
　　　2005年9月19日。

第四节　城市雕塑的美学品格

[本节导读]　　本节从美学研究的角度入手，探讨了城市雕塑作为公共艺术的美学品格，并把它概括为历史审美、艺术审美和符号审美等三个方面。本节的核心观点在于，提出并强调城市雕塑的美学归宿是为了更好地反映时代精神、弘扬中华民族的优秀文化。本节内容，成稿于2006年5月，应邀参加全国城市雕塑建设指导委员会等主办的"2006广州城市公共艺术与城市雕塑论坛"研讨会，2006年6月在广州举办，入编研讨会文集。另见载《广州市城市规划编制研究中心5周年特刊》，2006年7月出版。

　　随着中国经济建设的兴盛和城市发展的繁荣，城市雕塑在近20年来取得了快速的发展。尽管它在一定程度上还被视为西方艺术的舶来品，还在多重视野底下没有摆脱西方城市雕塑的话语背景和强势压力，但是作为有中国特色的城市雕塑艺术，已经越来越体现出独立发展的身份和自我完善的趋势。笔者认为，在这个过程中起主导作用的有这样几个因素：第一，城市雕塑作品以公共艺术的方式，在越来越多的城市出现，并跟城市的建设和规划紧密结合在一起。以北京和上海为例，根据2004年公布的统计数字，这两地的城市雕塑作品数量已经分别达到北京1836件、上海1034件。同年，山西太原公布的城市雕塑的统计数字达到353件。此外，南至广州、深圳，北至大连、哈尔滨，全国各主要城市的公共雕塑的数量都在逐年增多。这表明中国的城市雕塑已经茁壮地成长起来。第二，相关法律法规和管理机制的逐步健全，使城市雕塑进入有序发展的阶段。早在1982年，国务院就决定成立了全国城市雕塑领导小组。1993年发布的《城市雕塑建设管理办法》规定，文化部和建设部主管全国的城市雕塑工作，各省、自治区、直辖市文化厅（局）和建设厅（局）主管本地区城市雕塑工作。不仅如此，《管理办法》还对城市雕塑的立项、设计、规划、建设、管理等内容有了明确的规定，使有关工作法律化、制度化、正规化。在不同的城市，比如上海、深圳、广州等地，结合城市发展的需要和现实条件，在近年来也分别出台了关于城市雕塑的地方性法规，将有关工作落实在有法可依、有法必依、宏观管理、有序推进的阶段。有些规定直接有利于城市雕塑的发展，比如深圳市南山区政府在1996年就以立法的方式确定从城建经费中提取3% 作为建立环境雕塑之用，类似这样的条款对于鼓励和促进城市雕塑有着重要的意义。第三，跟城市雕塑有关的文化交流活动和学术研讨活动，也在逐年增加。比如1984年第一届、1994年第二届、2004年第三届全国城市雕塑建设成就展，不仅是全国城市雕塑的成果荟萃，同时也是具有前瞻性的学术交流。类似这样的活动，近年来比较有影响的还有"中国北京·国际城市雕塑艺术展"（2002年9月）、"中国福州·国际城市雕塑艺术展"（2003年9月）、"广州城市雕塑邀请展"（2004年6月）、"首届上海国际城市雕塑双年展"（2005年11月）等。2004年10月由孙振华和鲁虹在深圳主持召开的"公共艺术在中国"的论坛活动，邀请了19位相关学者对包括城市雕塑在内的公共艺术从"公共艺术的基本理论研究"和"公共艺术的形态及个案研究"两个方面加以学术梳理。这些对于从理论层面上廓清有关认识，开拓眼界、交流思想、整合信息、促进思考等有着蔚为积极的意义。2006年在广州举办的"广州城市公共艺术：城市雕塑论坛"的主题研讨活动，同样具有集思广益与交流互动的学术价值。

城市雕塑是一个博大精深的课题，它不仅跟城市规划建设管理水平相关，跟城市生活所必需的空间环境的品质品位有关，而且也跟城市的精神面貌和文化生态紧密结合在一起。城市雕塑的内涵非常广泛，从规划学、建筑学、管理学、美学、艺术学、传播学、文化学、社会学等多种角度，都能够牵引出源源不断的话题。本文主要侧重于美学，重点谈谈城市雕塑的美学品格。

笔者认为，城市雕塑的美学品格主要体现在历史审美、艺术审美和符号审美等三个方面。

一、历史审美

历史审美是中国城市雕塑最重要的审美方式之一。笔者认为，造成这种情况的主要原因有两个方面：一是中国城市雕塑自身发展的客观背景造成的，二是积淀深厚的中国历史文化的必然结果。稍微了解中国城市雕塑发展史的人都知道，在中国传统视觉艺术的文脉当中，还没有出现过像西方那么完备的城市雕塑发展体系。具有现代意义的中国城市雕塑，是在20世纪上半叶从留洋归来的雕塑家那里发展起来的。20世纪后半叶以来，随着新中国的成立而日益壮大的城市雕塑，在特定历史阶段和特定历史条件下，主要也还是以革命历史题材和纪念碑式的雕塑为主。1980年代之后，特别是近十几年来，由于形式审美精神的开放和现代主义思潮的流行，尽管中国的城市雕塑进入到多层次、多角度和多样化的阶段，但是作为一脉相承着的历史审美态度，始终都存在于城市雕塑的舞台。此外，中国历史文化所具有的渊源深厚的影响力，客观上也为中国城市雕塑的发展带来了生生不息的动力与活力。跟城市精神紧密相关的城市雕塑，不管它在创作方式上有怎样的推陈出新，在相当程度和相当范围底下，它还是不可能完全走出从思想观念到生活方式都已经根深蒂固的历史语境。这就是说，不管城市雕塑往"现代"、"后现代"甚至"超现代"的方向走出去多远，它总有一条支脉是源生于中国传统的历史文化，其中包含着深刻的历史审美的话题。

在中国城市雕塑的发展中，我们也可以清晰地看到，历史审美不仅作为一种审美形式而存在，同时也是中国城市雕塑的重要的艺术内容。以屹立在北京天安门广场上的《人民英雄纪念碑》为例，这是一座完美地体现了历史审美的形式与内容的杰作，纪念碑高达 37.94 米，整座纪念碑用17000多块花岗石和汉白玉砌成。在方形碑身的下方底座，环绕着八幅汉白玉浮雕，分别表现了虎门销烟、金田起义、武昌起义、五四运动、五卅运动、南昌起义、抗日游击战争和渡江战役的革命历史主题。《人民英雄纪念碑》以其雄伟、庄严、肃穆、崇高、壮观的视觉审美形式，以及台座上的高2米、总长40.68米的约170个浮雕的人物形象，主题鲜明地叙述了近百年来惊天动地的中国革命史实。完全可以说，《人民英雄纪念碑》不仅是对人民英雄的纪念，是中国革命历史的缩影，同时也是中国城市雕塑的历史典范。在艺术的意义和历史的意义上，有着双重的经典价值。在这样的思路底下建设和发展起来的中国城市雕塑，往往因循着革命历史的轨迹。比如，近年来在北京新建的"中国人民抗日战争纪念雕塑园"，其中包含了纪念碑和38尊群雕。从整体设计的思路来看，明显就是在视觉叙事的前提下对历史审美的展现和发扬。雕塑园中的纪念碑高15米，群雕的设计以历史为线索，分别叙述了中国人民抗日战争过程中发生的可歌可泣的历史场面。在这样的作品面前，与其说是雕塑家以艺术的形式反映历史的真实，不如说是雕塑家把艺术的形式语言融汇到真实的历史情境当中，追求形式与内容的完整统一。需要强调的是，这里所说的统一，是建立在历史审美前提下的统一，是关于历史审美的统一。它既是艺术的，又是历史的，是艺术与历史的统一。

类似的情况总使人联想到世界各国的有关名作，比如匈牙利布达佩斯的

《自由纪念像》（1947年）、前苏联的《斯大林格勒保卫战纪念碑》（1967年）、荷兰的《被破坏的城市》（1953年）、美国华盛顿的《登陆硫磺岛》（1954年）、前南斯拉夫的《苏捷什卡战役纪念碑》（1971年）等作品。说到底，历史审美的前提是对历史的把握和陈述，在"真、善、美"三大内涵当中，历史审美的基础条件是"真"，是说"真话"。由历史审美所表达着的"善"和"美"是在"真"的基础上实现的。当然，在历史审美中所讲述的"真话"也需要一定的艺术形式加以表现，需要有一定的情节，这样才能增加作品的艺术感染力。正如保罗·利科谈到的"情节的基本特点就是它的顺序性、结构性、条理性，这种顺序性反映在所有其他因素中：场景的顺序、性格的一贯、意图的连贯以及韵文的条理。"[1] 在历史审美的思路

图22　潘鹤、梁明诚《广州解放纪念像》，雕塑，高1600cm，
　　　1978—1980年作。

---

[1]　保罗·利科《活的隐喻》，汪堂家译，第47—48页，上海译文出版社2004年7月出版。

底下创作的城市雕塑作品，不仅存在于北京，而且也分布在中国的各主要城市。比如，江西南昌的八一广场，在2004年进行广场改造的时候，由中央美术学院等多名专家集体创作，新增加了军史题材的浮雕8块，内容包括八一起义、秋收起义、井冈山斗争、红都瑞金、万里长城、抗日战争、解放战争、钢铁长城等革命历史的画面。这些画面在表现方式上，就不仅仅是说真话，而且还包含了具有一定的顺序性、结构性和条理性的情节建构。它既是历史的，又是审美的，是历史与审美在雕塑艺术中的统一。

历史的内容是多种多样的，除了革命和政治的历史之外，文化的历史、科技的历史乃至艺术的历史，都是城市雕塑中不可忽视的重要内容。比如2003年底落成的西安大雁塔北广场，就陈列了一系列唐代历史人物的雕塑，这些人物包括诗人李白、杜甫、王维；文学家韩愈；书法家怀素；天文学家僧一行；医学家孙思邈等。这些人物雕塑跟西安的历史文化息息相关，表达了在特定的城市中的特定的历史审美。又如广州，以历史题材为内容的城市雕塑，包括广州烈士陵园的《叶剑英像》、《广州起义纪念碑》；中山图书馆的《孙中山像》；海珠广场的《广州解放纪念像》；人民公园的《鲁迅像》；白云区彭加木公园的《彭加木全身像》，以及广州中山大学中区草坪的《孙中山像》和永芳堂前的容闳、黄遵宪等18尊历史人物雕塑等，这些雕塑作品，也是以历史审美为主要特征的作品，它们跟广州的历史有关，跟广州所关注的历史有关，跟一种历史的精神有关，是蕴涵在审美当中的历史，同时又是蕴涵在历史当中的审美。历史审美，成为中国城市雕塑的一个重要的美学品格。

二、艺术审美

在城市雕塑的美学品格中，不管历史审美占有多么重要的地位，我们不能忽视的又一个事实是，城市雕塑作为一种艺术形式，它必须以艺术的形式而存在，并自觉接受艺术标准和艺术规律的衡量与评价。在这个话题上，笔者认为，艺术审美是城市雕塑的又一个美学品格。

或许可以说，如果把历史审美作为在时间形态底下存在和讨论着的美学，那么关于城市雕塑在空间形态和文化形态底下的美学研究，就不能不从艺术审美的角度入手。易中天曾经谈到："艺术是一种天才的事业，没有灵气是学不了艺术的。"[1] 这种说法固然有其玄虚的一面，却也强调了艺术审美的独特性和不可替代性。具体到城市雕塑的话题，笔者认为，艺术审美不仅是一种客观存在的普遍尺度，更重要的是它决定着每一件城市雕塑的个体生命力。近年来，北京、天津、南京等地对所在城市的公共雕塑作品的评估和整改活动，就真实地反映了这样一个事实：没有艺术审美价值的城市雕塑，不管它曾经有过怎样令其产生的理由，也不管在它的背后存在着怎样的不宜公开的力量，最终都逃不过被整改和淘汰的命运。而受到社会公众欢迎和好评的城市雕塑作品，也许人们对它的喜爱各有不同的理由，但是有一点是共同的，那就是它们包含了被大家接受和愉悦的艺术审美内涵。

中国城市雕塑的发展，在近年来走过了西方城市雕塑几百年所经历的路。这既是一个可喜的飞跃，也不可避免地出现各种各样的误区。比如，在创作过程中的急功近利和盲目心态，导致相当数量的城市雕塑，在艺术审美的方面经不起时间的检验和考察。以有关规划部门在2004年的统计数字为例，北京的城市雕塑作品中，优良作品只占70%，一般作品占29%。上海的城市雕塑作品中，优秀作品只占10%，平庸作品占80%，劣质作品为10%。太原的城市雕塑作品中，66%的属于平庸之作，17%的属于劣质作品。类似的情况几乎存在于每一座城市，笔者认为主要原因有三个方面：一是雕塑作品本身的艺术水准不过关，人物比例失调、形态造型失真、雕塑技法粗劣以及对艺术审美规则的生搬硬套导致有关作品缺乏足够的想象力，玩弄形式、有形无神、内容空洞、死气沉沉……不能体现出艺术审美的精神实质。二是雕塑作品跟周边环境不配套，导致雕塑作品在公共空间的意义上跟周围的环境产生隔膜乃至孤立的局面。优秀的城市雕塑作品，其艺术审美价值，不仅体现在作品自身的若干艺术规范，同样也有赖于作品跟周围环境的相互渗透、相互补充的关系。在艺术审美的话题上，没有孤立存在着的城市雕塑作品，当它存在于公众的视野底下接受公众的欣赏和评判的时候，它必然也必须是跟周边环境结合成有机的统一体。城市雕塑的艺术审美的真谛在于，它属于特定的城市，属于特定的环境，任何作品不管在其自身的艺术形式上多么优秀、多么符合规范或多么有艺术创造性，它都不可能是"放之四海而皆准"

---

[1]　　易中天《破门而入——美学的问题与历史》，第29页，复旦大学出版社2005年1月出版。

的作品。同时，正是因为特定的城市雕塑作品，跟特定的城市和特定的周边环境融汇在一起，它就更好地体现了城市雕塑的艺术审美品格。三是创新精神过于超前。作为一种美学品格，艺术审美在城市雕塑中的地位和作用是有条件的。从艺术创新的角度来说，艺术家的空间观念、造型方式、材料运用、制作手段等等，都可以无限地自由发挥。在艺术风格上，从架上雕塑到公共艺术的转变，或者从古典形态到现代形态的转变，都是允许的，是符合艺术发展规律的。但是，当问题落实到城市雕塑这种具体的艺术形式来说，如果雕塑作品的创新精神过于超前，也是一种不合实际的遗憾。城市雕塑，归根到底是在社会公共空间提供给公众的艺术享受，如果忽略了公众在审美接受上的现实条件，片面强调雕塑作品的观念性和特殊性，势必会跟特定的审美受众之间产生不可愈合的距离。笔者认为，这或许是一种偏差，因为作为社会公众和作为艺术品的城市雕塑，双方都无错可言。但是，从城市雕塑的社会功能来看，如果你的作品不能令社会公众所欣赏和接受，那么不如你把它改回到你自己的工作室中孤芳自赏吧。既然城市雕塑的归宿是社会公共空间，那么它就必须保持跟社会公众的亲和与融入的关系。

具有艺术审美特征的优秀的城市雕塑作品，近年来还是层出不穷。比如北京长安街复兴门的雕塑作品《海豚与人》，崔玉琴等作，以钛金属为材料，反映了人与自然的美好和谐。北京长安街西单文化广场的雕塑作品《蒸蒸日上》，郝重海作，以燕子型的风筝形象，表达了一种欢快、祥和的理想与情操。潘鹤、王克庆、郭其祥、程允贤合作的《保卫和平》，以生动准确的造型、温润秀美的姿态表达并表现了和平少女的美好祝愿。文楼的《请请》，是用青铜铸造的双手特型，以雕塑的形式表现拱手作揖的文明礼节，体现了作品的艺术审美内涵。目前关于城市雕塑的正面和负面的评价都比较多，特别是负面的意见多起来之后，常常容易给人一种错觉，以为中国的城市雕塑偏离了艺术审美的品格。笔者认为这种局面应该一分为二地看待：第一，它是中国城市雕塑发展的必然阶段。正如本文开头也谈到的，中国城市雕塑的发展历史毕竟还很短，还没有很成熟，部分作品不符合艺术审美的要求，正是不成熟的必然的结果。第二，它是可以扭转和改变的。随着优秀的城市雕塑作品的不断出现，以及关于这一话题的不断交流和研讨的深入，在有关问题的处理上将会逐步走上前瞻的道路，从而提升中国城市雕塑的总体的艺术审美品格。2002年9月举办的"中国北京·国际城市雕塑艺术展"收到800多位作者的2398件送展作品，2003年9月举办的"中国福州·国际城市雕塑艺术展"征集到世界34个国家和地区的771件应征作品，2005年11月"首届上海国际城市雕塑双年展"展出户内外作品近300件。通过这样的交流活动中，相信不管是从艺术创作的角度还是从公众欣赏的角度，对于城市雕塑的艺术审美品格，都会有更高也更深入的认识。

三、符号审美

对城市雕塑的美学考察，存在着多种多样的逻辑和态度。如果说历史审美和艺术审美还主要取决于城市雕塑作品本身的话语内涵，那么关于城市雕塑的符号审美则更多地取决于跟其相关的社会学背景和符号学的话题。因为城市雕塑是否具有符号特征，在多大程度上成为城市或社区的符号，它的符号性能够经得起多久的时间锤炼和文化考验，这既跟作品本身的因素有关，又不完全取决于作品本身，在这个话题上它还受到社会学和符号学的有关规律的规范与制约。

笔者认为，城市雕塑的符号审美意义，主要体现在三个方面：

一是作为符号的雕塑，跟特定的地理位置和自然空间联系在一起。从广义的层面上说，所有的城市雕塑都具有符号的意义。屹立在城市主要街道、广场和各种公共空间的城市雕塑，不管你是否注意到其符号的特征和含量，在空间意义上它都能够成为一种符号，成为地理空间的标志。只是，如果这种标志性能够跟特定的历史审美和艺术审美有效结合起来，那么作为城市雕塑的这个标志，就能够成为喜闻乐见、广受欢迎的标志。类似这样的城市雕塑作品比较多，比如，屹立在北京西站南广场的雕塑作品《国风》，就是比较典型的特定空间的标志。从地理的角度来讲，《国风》的位置正处在京九铁路的龙头，同时也是由北京西站始发的多趟列车的始发点。这一特定的地理条件，决定了《国风》中使用着的龙的形象被赋予了格外鲜明的符号意义。它使人联系到龙腾虎跃、龙精虎猛、龙跃天门、飞龙在天等许多美好的情感和寄托，使人感受到在《国风》中寓意着的积极、向上、朝气、蓬勃的话语内涵。这一内涵跟北京西站的特定地理相结合，使《国风》的存在，不仅是作为雕塑艺术作品而存在，它还是特定的地标，是包含了历史审美和艺术审美的地标，其符号审美的意义，也因为结合了历史审美和艺术审美而得到了保护性的加强。

二是作为符号的雕塑，跟特定的文化空间联系在一起。城市雕塑作为艺术的特殊性在于，它跟其所产生的城市文化之间有着格外微妙的依赖联系。我们说城市雕塑具有符号审美的品格，有关话题并不局限于地理符号的层次，更重要也更复杂的话题就要探讨城市雕塑作品中包含着的文化审美的精神。这一点，正如翁剑青谈到的那样，"如果说，公共艺术具有较为独特和明显的文化价值的话，恰恰是它与所存在的文化背景一道，被社会公众引伸出更为广泛的话题，并载入公共文化生活的视觉记忆的核心之中。"[1] 这方面的例子也比较多，比如《深圳人的一天》就是跟深圳的特定的城市文化背景紧密结合的典型作品。这件作品选取1999年11月29日的深圳，在这个随机的日子里，以随机的方式分别寻找18个生活在深圳的不同的普通人，为他们塑像。这些模特各自都有不同的身份：清洁工、退休老人、教师、服务员、外来求职者、工人、政府公务员等，他们每个人都有不同的经历和故事，他们也有共同点就是他们所有的一切都跟深圳这座城市发生了特定的文化关系。作为对18尊雕像的说明和补充，在这件作品的说明牌上还标志了他们的真实姓名、籍贯和工作单位，在作品背景的墙上，还收集了1999年11月29日当天所能收集到的包括蔬菜价格、股市行情、天气预报、空气质量、电影预告等信息。完全可以说，《深圳人的一天》就是在特定文化背景底下的城市雕塑的主题创作，它是跟深圳文化有关的、并且也是对深圳量身订做的视觉符号。在《深圳人的一天》中，不管具有怎样多重的含义与多种的解读，不能回避也不可能回避的就是，它一经产生并放置在社会公共空间的时候，它就产生了具体的符号审美的意义。

三是作为符号的雕塑，常常还跟当代社会的时代精神结合在一起。符号的功能和意义都是多方面的，具体到城市雕塑来说，美化环境、创造环境、以人为本、贴近生活，等等，都是其作为符号的有机内容。需要格外强调的是，城市雕塑作为城市的符号，它常常又超越于类似这样种种功能之上，成为反映时代精神、弘扬民族文化的标志。 比如中国的《人民英雄纪念碑》，就是中华民族和中国革命的历史精神、文化精神与时代精神的融汇。

---

[1]　翁剑青《公共艺术与公共精神》，见载《成言艺术》网站。

前苏联的《祖国——母亲》、美国《自由女神》、法国的《埃菲尔铁塔》、朝鲜的《千里马》、墨西哥的《鹰》等，在城市雕塑的符号意义上都有着同样的地位和作用。城市雕塑在本质上是以公共艺术的方式而存在着的，而"公共艺术绝不是单一化的个人行为，而是一人或数人与大众合作交流、协同作用的结果"[1] 城市雕塑之所以能够成为时代精神的体现，客观上讲也正是在这样的"合作交流、协同作用"的过程中得以实现的。中国的不少城市的标志性雕塑，比如深圳的《开荒牛》、珠海的《珠海渔女》、广州的《五羊石像》、厦门的《郑成功》等，都在一定程度上把其所在城市的地

图23　尹积昌、陈本宗、孔繁伟《五羊石像》，雕塑，高1100cm，
　　　　1959年作。

[1]　鲁虹《空间就是权力》，见载《公共艺术在中国》，孙振华、鲁虹主编，香港心源美术出
　　　版社2004年10月出版。

理、历史、人文和现代的内涵集中于一身。它既是对城市精神文化的反映，又是对现代城市建设的历史、文化与精神的提炼，是物质文明、精神文明和政治文明的综合体现。在这个意义上，城市雕塑的美学品格，就不再停留于地理、空间、文化等范畴，而是上升到时代精神和时代审美的高度，它与时代同在，紧跟时代的步伐而发展。本次"2006广州城市公共艺术与城市雕塑论坛"的着重点，我认为恐怕也就在于研究和探讨城市雕塑作为公共艺术的时代脉搏。在讨论和发掘城市雕塑的众多美学品格的同时，突出强调其作为公共艺术的时代审美和时代精神。其实，这一点也正是本文的最终落脚点。笔者认为，研究城市雕塑的美学品格，最终的归宿就是为了更好地反映时代精神、弘扬中华民族的优秀文化。

第五节　公共艺术与城市文化

[本节导读]　　本节从公共艺术与城市文化的关系入手，论述了公共艺术的两个基本特点及其与城市文化的四组关系，特别强调指出公共艺术的核心话题是人的话题。本节内容，成稿于2006年5月，应邀参加全国城市雕塑建设指导委员会等主办的"奥运文化与公共艺术学术研讨会"，2006年9月在北京举办，被评选为优秀论文，见载《北京奥运公共艺术论文集》，北京市规划委员会编著，中国城市出版社2006年12月出版。

　　关于公共艺术的交流和讨论，近年来尤其成为当代文化研究的焦点话题之一。造成这种情况的原因是多方面的，比如大文化、大艺术的话语背景，为公共艺术研究带来了新的视野。公共场所的物质建设和公共审美的精神需要，为公共艺术的自我提升带来了客观的动力。规划界、建筑界、文化界、美术界等有关专家对公共艺术的思考和介入，也为公共艺术的讨论带来新的跨学科的话题。近年来有关专家的不少论文，如殷双喜《公共性与公共艺术》、翁剑青《公共艺术是公民大众的艺术》、鲁虹《空间就是权力》、孙振华《公共艺术的政治学》等，分别从空间和人文等多种角度，对公共艺术进行过精辟的阐述。而近年来从公共建筑、城市雕塑等具体层面开展的相关个案研究，更是硕果累累、层出不穷。这些成果，突出反映了公共艺术及其相关研究的价值和意义。本文对"公共艺术与城市文化"的研究，也正是在前人成果的启发底下的对相关问题的思考。笔者的基本出发点是，在城市文化的前提下，公共艺术是一个动态和发展的概念，它一方面取决于公共艺术自身的发展，另一方面跟城市的定位和当下状态也有着密不可分的关系。

一、公共艺术是发展中的艺术

何为公共艺术？笔者认为，所谓的公共艺术，无外乎这样两个基本特点，第一是公共性，第二是艺术性。公共性，是对公共艺术的空间特征的界定。艺术性，则是对公共艺术的精神特征的反映。众所周知，艺术的存在和发展包含着多种多样的渠道和形式。尽管作为文化形态和精神产品的艺术，在不同的空间和不同的历史阶段，各自有着不同的特征与辉煌。但是，并不是所有的艺术都能成为我们所讨论着的公共艺术。艺术是一个大范围的概念，它以物质与精神的双重方式而存在着的。就其存在来说，艺术并不等于它就是公共艺术。艺术多种多样，公共艺术仅仅是艺术的存在形态之一，它是艺术的一种，并不因为它是艺术就必然地成为公共艺术。只有当艺术跟公共空间和公共性联系在一起的时候，它才能成为公共艺术。也就是说，在公共艺术的产生过程中，首先且基本的条件就是公共性和公共空间，离开了这些，我们所谈论的艺术就不再是公共艺术。"公共艺术不是仅供少数人参考的论文"[1] 具体到城市文化来说，公共艺术就是在特定的城市文化空间中存在着的艺术形态，比如，建筑、雕塑、壁画、街舞、动漫、招贴乃至电子屏幕，等等，它们成为城市公共艺术的前提条件是，只有当它们出现在城市公共空间中的时候，才顺理成章地成为我们所说的公共艺术。假如撇开城市文化中的公共性和公共空间，那么，公共艺术就会成为无源之水、无本之木。此外，在问题的另一方面，如果只有公共性或公共空间，也不是真正的公共艺术。不管我们怎样强调公共艺术对空间条件的依赖关系，有一个不能

---

[1] 陈岸瑛《关于公共艺术的几点思考》，见载《雕塑》2005年第4期。

忽视的重要内容在于，公共艺术对城市公共空间的依赖关系，必须建立在艺术的前提条件下。并不是说，你把任何东西放置在公共空间里面，它都能成为公共艺术。只有它首先是艺术，那么，在特定的公共空间和特定的公共性的前提下，它才有可能成为公共艺术。为了更明确地说明这个问题，笔者认为可以列一个这样的数学公式："公共艺术 = 公共 + 艺术"。在这个等式的关系中，公共艺术是公共性和艺术性的双重结果，在其组合关系中，包含着两个必要的因素，即公共性和艺术性，这两个因素缺一不可，并且它们有着同等重要的地位。

公共艺术是发展中的艺术，也正是由公共艺术中包含着的公共性和艺术性这两个基本特征决定着的。首先，城市的发展为公共性提供了必要的物质条件。城市不是静止存在的，它是在动态中的发展过程，主要体现在这样三个方面：一是空间的膨胀与扩张，使城市面积越来越大。二是社区的成长和繁荣，使城市需求越来越多。三是公共空间的利用方式，在新的物质条件下不断涌现出新的需求。城市发展给公共艺术带来了不可抗拒的推动力量，与其相对应的公共艺术的状态是，作为城市公共建筑的规划与构思，作为城市人文景观的城市雕塑的创意与布局，作为城市文化形态的壁画、广告招贴、电子屏幕的增加与复制，以及作为城市街头热点的动漫等艺术形式的此起彼伏，随着城市的繁荣兴盛而得到蔓延并提高。在城市文化和公共艺术两者之间，如果说公共艺术为城市文化带来了锦上添花的视觉效果，那么城市文化，尤其是城市物质文化的发展，则为公共艺术提供了幸福的温床。作为公共艺术所需要和必要的公共性及公共空间，在城市的发展中得到实现、推动和不断发展的生机。其二，由于城市发展带来的对精神生活的需求，也成为公共文化发展的动力条件。以城市雕塑为例，笔者曾经在一篇题为《城市雕塑的美学品格》的论文中谈到，城市雕塑具有历史审美、文化审美和符号审美的三重品格。其中，不管是以时间坐标为特征的历史审美，还是以精神坐标为特征的文化审美，抑或以话语指向为特征的符号审美，在公共艺术的话题上，它们都决定着公共艺术作为其自身存在的一个必不可少的条件就是其中所包含的审美精神以及其中的艺术特性。公共艺术在城市文化中存在和传播，不仅需要一定的公共性为基础，同时也许更重要的是其中必须具有一定的艺术含量。这几年关于"城市雕塑"抑或"城市垃圾"的讨论，关于公共艺术中的视觉污染的讨论，以及在人文景观的前提下对城市雕塑的保护和整顿，对城市公共壁画的规划和实施，等等，都是对公共艺术的艺术性的关注和把握。而这样的过程是在城市文化发展前提下的动态的过程，城市的发展，决定了公共艺术必然也必将有一个发展的过程。正如杨洋谈到的，"传统的公共艺术强调纪念性，这种公共艺术始终把观众作为观念上与作品的对象。而新的公共艺术，则试图让观众和艺术在各方面融合在一起。"[1] 这种从传统到新的公共艺术的演变，其实就是城市文化演变的必然结果。

二、公共艺术和城市文化的关系

公共艺术和城市文化的关系，是内在的，也是外在的。城市文化为公共艺术提供了必要的舞台，这是非城市文化所不能提供也没有条件提供的。公共艺术体现着城市文化，这也是非公共艺术不能体现也没有条件体现的。这种互相渗透的作用和现状，决定了公共艺术和城市文化之间具有融合互动的内在关系。另一方面，公共艺术和城市文化的关系中又包含了很多外在的因素，比如，它们是通过视觉艺术的方式实现的，不管是城市建筑还是城市雕塑，或者是上面提到的其他的公共艺术的存在方式，归根到底它们都是视觉的艺术，具有一定的视觉形式，并通过这些视觉形式实现其艺术内容的建构。当然，城市建筑、城市雕塑乃至动漫等视觉形式之间各有不同的特点，它们在城市文化中的功能和意义也千差万别，但是作为公共艺术，它们的共同特点就是不能离开一定的视觉形式。在这个意义上，公共艺术和城市文化的关系又是外在的，通过客观的、可见的外在视觉形式，实现其相互沟通、相互解说的关系。

公共艺术和城市文化的关系，是审美的，也是功能的。公共艺术之所以成为公共艺术，最重要的因素在于它具有审美精神，在它跟城市文化的相互关系中，能够为城市文化带来源源不断的审美的话题。在这个意义上，公共艺术和城市文化的关系，首先是审美的关系。城市文化审美的需要，促进了公共艺术的繁荣；公共艺术的发展，反过来又成为城市文化建设的亮点。在审美的层面上，公共艺术和城市文化有着共同的目标。除此之外，我们发现

---

[1]　　杨洋《后规划时代的公共艺术》，见载《三联生活周刊》总272期，2004年1月12日出版。

不管是作为审美的公共艺术，还是作为审美的城市文化，它们还有着一个连接纽带，就是对功能的要求。以城市建筑为例，在城市化过程中的各种建筑形式，不管是传统的形式如北京的四合院、广州的骑楼等，还是新出现的体现着城市化成果的高楼大厦，它们的存在都不仅仅是满足审美的纯粹需要，而是在审美之外承担着一定的使用功能。更具体的说，医院、车站、码头、影院、美术馆、社区，等等，不同的公共空间在使用功能上对建筑艺术有不同的要求，决定了这些建筑在内空间和外空间的视觉呈现方面也就有着不同的方式和效果。这就是说，公共艺术在审美话题上跟城市文化发生关系的时候，它同时还承担着一定的使用功能，在功能的意义上建立起跟城市文化的联系。

公共艺术和城市文化的关系，是具体的，也是抽象的。首先，我们所说的公共艺术和城市文化的关系，是建立在具体的公共艺术作品之上的。以城市雕塑为例，比如，北京的《人民英雄纪念碑》跟首都的政治、历史和文化之间的关系；深圳的《开荒牛》跟深圳这座现代化城市的发生、发展和创业精神之间的关系；广州的《五羊石像》跟广州的历史传说之间的关系；等等，再如匈牙利布达佩斯的《自由纪念像》（1947年）、前苏联的《斯大林格勒保卫战纪念碑》（1967年）、荷兰的《被破坏的城市》（1953年）、美国华盛顿的《登陆硫磺岛》（1954年）、前南斯拉夫的《苏捷什卡战役纪念碑》（1971年）等城市雕塑作品，它们作为公共艺术跟特定的城市文化之间

图24　潘鹤《开荒牛》，雕塑，宽600cm，1983年作。

的关系是非常具体的、有着特定的来龙去脉的文化关系。但是在另一个意义上，公共艺术和城市文化之间的关系，又不拘泥于具体的一一对应。比如，《人民英雄纪念碑》对中国革命历史的回顾和对人民英雄的纪念，并不局限于虎门销烟、金田起义、武昌起义、五四运动、五卅运动、南昌起义、抗日游击战争和渡江战役等八个革命历史主题，也不局限于它跟北京特定的城市文化之间的关系，它是一种文化象征，是中华民族"反对内外敌人，争取民族独立和人民自由幸福"的革命精神的象征。在这个意义上，《人民英雄纪念碑》作为公共艺术，跟北京的城市文化之间的关系，既是具体的，又是对具体的超越。

公共艺术和城市文化的关系，是当下的，也是前瞻的。我们所说的公共艺术，是发展中的艺术。我们所说的城市文化，也是发展中的文化。公共艺术和城市文化之间的关系，是在各自的自我发展中的互相协调、互相适应的关系。一方面，公共艺术的发展要跟城市文化的步调保持一致，滞后或超前都有可能产生某种不适应的状态。另一方面，城市文化的发展，也是通过公共艺术的状态得到新的体现。城市文化跟公共艺术之间，既互相区别，又互相牵制。两者之间的关系，既是当下的关系，又是前瞻的关系。其中公共艺术的发展，将会对城市文化的发展带来促进；城市文化的发展，也会对公共艺术的发展产生良性的效果。公共艺术和城市文化之间的关系，就是在这样反映与被反映、促进与被促进、互相反映、互相促进的过程中实现其可持续的发展。比如，城市公共建筑是城市文化的一种标尺和标志，它既是城市发展的当下状态的反映，又是城市未来发展的新的起点和坐标。而从城市发展的角度来说，城市文化的当下状态，既有赖于包括城市公共建筑在内的公共艺术的反映，同时城市的发展也为公共文化的发展带来新的资源和契机。

三、公共艺术中的核心话题

笔者认为，公共艺术的核心话题是人的话题。

在公共艺术当中，人的因素是无处不在的。公共艺术的生产者是人；传播者是人；消费者是人；评议者是人；公共艺术的精神主体和精神实质也是人。甚至作为公共艺术的表现题材，人的存在和参与常常也是必不可少的内容。这一点，即便是我们从公共艺术与城市文化的关系中也可以看到，同样的逻辑套用在城市文化的话题中，也是通用的。城市文化的起因、纽带乃至其最终的归宿，都离不开人的因素。在这个意义上，我们说城市文化也好，公共艺术也好，最终的话题，都无外乎人而已。

人是公共艺术的生产者，这里不仅包括以直接生产者身份参与其中的艺术家及其助手，而且也包括在生产过程中担任话语背景的城市公众的存在。比如，作为公共艺术的城市建筑，既是城市物质文化的体现，又是城市公众的精神观念的反映。在设计阶段对城市周边空间环境的考察以及对周边人群的预设，这本身就已经是对人的因素的关注。在设计阶段体现出来的艺术家的个性思维，以及属于脑力劳动的必然结果的建筑图纸，它是人的智慧的结晶，离不开人的因素而存在。也就是说，公共艺术的生产环节，其实是围绕着人的因素而开展的。

就公共艺术的传播来说，也不能离开人的因素。公共艺术的存在是物质形式的存在，不管是三维形态的城市建筑和城市雕塑，还是平面形态的壁画、招贴和电子屏幕，或是带有表演性质的街舞、动漫艺术等，在传播过程中对人的因素具有天然的依赖性。它们的传播者是人、传播对象是人、传播途径也是人。甚至其中所传播的视觉艺术的内容，也常常跟人有关。比如，人的精神面貌、人的思维活动、人的审美习惯、人的理想追求，人与自然的关系，人与人的关系，人与社会的关系，等等。如果把人的因素从公共艺术的传播过程中抽取，很难想象所剩下的不是一具空壳。所以，公共艺术的传播，本质上是人的传播。

公共艺术的消费者也是人，正如翁剑青所说："公共艺术的目的首先……在于能够使普通市民自由、自觉地领略和参与公众社会的艺术文化生活。"[1] 这一点不需要经过太多的论证。城市建筑也好，城市雕塑也好，在公共艺术的意义上，最终都是供人欣赏和审美的。我们呼唤精品的城市建筑，呼唤精品的城市雕塑，反对城市垃圾，抵制视觉污染，摈弃劣等的公共艺术，说得时髦一点其实就是对作为公共艺术消费者的人们的维权活动。人权，包含着多种多样的内容，生存权、居住权、发展权，等等，对于城市文

---

[1]　翁剑青《公共艺术是公民大众的艺术》，见载《公共艺术在中国》，第82页，孙振华、鲁虹主编，香港心源美术出版社2004年10月出版。

化和公共艺术来说，还有一个重要的内容就是审美权。公共艺术之所以成为公共艺术，有一个重要的原因就是它得到公共的关注，并且为公众提供和解决审美的需求。公共艺术的审美消费者，最终落实到生活在这个城市中的人的因素。公共艺术是为人服务的、被人消费着的艺术。

当然，对公共艺术享有评议权的也是人。这里的人，不仅包括艺术理论家、城市官员和有关领导，更重要也更有力量的是跟公共艺术发生密切关系的人群。这些人群对公共艺术的评议，有正面的，也有负面的；有正确的，也有片面的；有暂时的，也有积习的；有拥护的，也有反对的。所以，在公共艺术的生产、传播和消费的环节上，就不能不考虑到这些评议者的文化状况和他们的审美程度。城市文化也是如此，我们所说的城市文化归根到底就是城市公众的文化，与之相联系的城市中的公共艺术，归根到底也是人的因素在其中发生着决定作用。什么样的公共艺术是恰切的艺术呢？既不能低调，又不能超前。以城市雕塑为例，近年来简单模仿、互相抄袭、品位庸浅、格调低下的作品先后受到不同城市的清理，而越来越多的城市制定了相应的城市雕塑管理制度和审批程序，尽量把滞后于公众审美的公共艺术方案截留在立项之前。在另一方面，观念超前的艺术，也不是恰当的公共艺术，比如2004年第三届全国城市雕塑建设成就展在大连举办的时候，就有不少观众对其中的部分观念超前的作品加以质疑。

在公共艺术中，我们注意到其中的精神主体和精神实质也是人。正如查常平谈到的，"公共艺术区别于一般商品的地方，就在于它对于人的精神生命能够带来智慧的增长。"[1] 建筑艺术自不必多说，因为建筑艺术对空间的解构和重构，其中体现着人的精神活动和精神需要。对建筑的空间功能的发掘和利用，以及建筑内外形式的审美需求，都是人的精神世界的反映。城市雕塑作为重要的公共艺术，在城市文化建设中也发挥着重要的作用。特别是成为城市标志的城市雕塑，比如深圳的《开荒牛》，以其所包含的创业精神和吃苦耐劳、埋头苦干的优秀品行，成为深圳人和深圳文化的象征。再如城市公共空间的壁画创作，关于生产劳动、社会和谐的种种画面，所意欲表

---

[1] 查常平《公共艺术的六种特性——对朱成作品的审视》，见载《人文艺术》（第5辑），查常平主编，贵州人民出版社，2004年7月出版。

现和意欲提倡的也无外乎是人的精神活动和精神追求。至于在社会公共空间以动漫形式表演着的公共艺术，以及在各种公共场所以电子屏幕方式播放着的公益广告，它们不仅是人与人沟通联系的信息平台，更重要的是其中包含了关于以人为主题的各种精神和视觉的活动。

最后需要特别强调的是，如果你在人的核心话题当中，没有全面把握公共性和艺术性这两个公共艺术的基本特点，那么你的最终答案就不是公共艺术。此外，在你的创作过程中，不管你使用着怎样的材料，表达着怎样的理念，只要你最终能把艺术回到城市文化的公共话题上的时候，那么，你的创作就是公共艺术。

第三章　聚焦1990年代

第三章　聚焦1990年代

第一节　身体作为语言
——1990年代以来中国美术现象研究之一

[本节导读]　1990年代以来的中国美术中有着众多值得梳理和研究的内容，关于"身体"的话题就是其中之一。从中，我们可以见到坚守传统精神家园的宁静，可以听到以个人立场和个性化方式进行着的真诚的演讲和对话，可以触摸到零碎而不乏坚强的对价值命题的建构与批判，可以体会到在艺术再生与复兴前一段绕不过去的心路旅程。此外，这一话题也无时无处不洋溢出在道德领地的边缘地带激发和碰撞出来的晦涩与震惊，以及在商业文化无孔不入的亢奋和荒诞中持续不断的诱惑与煽情。本节从"陈述语境下的审美述求"、"疑问状态下的反思精神"、"商业氛围中的生存经验"、"道德前提下的是是非非"四个方面对1990年代以来中国美术史中"身体"现象进行梳理和回顾，借以探讨关于"身体"的当代文化课题。本节内容，成稿于2003年3月，见载《美术馆》2003年A辑，广东美术馆主办，广西师范大学出版社2003年9月出版。发表时有删节。

　　1990年代以来中国美术发生了根本性的变化，伴随着由于国际文化背景跟自身审美经验交互渗透而建构起来的新的土壤和语境，中国美术从时间维度、空间感受乃至观念范畴，都以其自身的方式，滋生出新的话语表达系统、价值认知系统和文化形态系统，日常性的话语方式逐渐解构着此前流行的意识形式的话语方式，并在走向国际化的道路上寻求来自外部和内部的双重认同。"艺术语言的普遍性解读方式已是不争的事实。如同技术进步一样，我们能更快捷地完成所希望的事情。"[1]　也正是这种快捷，在经历了从星星美展、八五思潮到八九现代美术运动其间长达十多年递进式、颠覆式、爆发式的充分准备之后，以令人无法抗拒的节奏，把当代精神卷入到起

---

[1]　黄笃《混合文化空间——对1990年代中国当代艺术的一种描述》，见载《美术观察》2000年第8期。

伏跌宕的中国美术的角角落落,演绎出亢奋激扬或闲散慵倦的种种状态。新的表现形式不断壮大,新媒体的发掘和新材料的运用,影像艺术的个性化趋势以及行为艺术的多样化发展,不断刷新中国美术自身的吉尼斯记录。一方面,对西方的模仿现象少了,本土化语境的营造气氛丰富了,新生代、后生代以正当创作盛年的精力和智慧,对当下状态的此在性以及文化立场的"他者"身份给予颇有人文意味的现实关怀,从他们充满理想主义的重建人文精神的呐喊,以及关于当代艺术思考并实践着的各种"救世方案",能够引领和感受到中国文人和艺术家内心深处特有的值得信赖的历史人文的信念;在另一方面,不可回避的现象就是"亵神的快感、调侃的无聊、伪神学的自我表白、后殖民意识的繁衍、话语权争夺的闹剧、道德理想主义空洞的宣言以及名目繁多的小集团意识等,而正是它们每日忙乎着从不同角度试图书写当代艺术的本质……利益之手从未像今天这样有力地扼住当代艺术的喉咙,每项貌似以艺术理由进行的活动中,都暗含着强大的利益运作策略。"[1]1990年代的中国美术中,有着太多的内容值得去梳理和研究。而在这貌似杂乱并充满偶然性的众多现象中,"身体"无疑是其中至为敏感、丰满而执拗的当代话题。从中,我们可以见到坚守传统精神家园的宁静,可以听到以个人立场和个性化方式进行着的真诚的演讲和对话,可以触摸到零碎而不乏坚强的对价值命题的建构与批判,可以体会到在艺术再生与复兴前一段绕不过去的心路旅程。当然,在此之外,关于"身体"的话题也无时无处不洋溢出在道德领地的边缘地带激发和碰撞出来的晦涩与震惊,以及在商业文化无孔不入的亢奋和荒诞中持续不断的诱惑与煽情。1990年代在中国美术中的"身体"现象以幽灵般的体验粉碎着原先各种虚假的表象,在彻底的本我精神的意韵中,兰艾同在,良莠并存。

一、陈述语境下的审美述求

以身体的方式或者以身体为对象的方式,来陈述一种状态、一种体验、一种客观、一种宁静、一种回归、一种愿望、一种梦幻、一种情调或一种境

---

[1]　张晓凌《观念艺术——解构与重建的诗学》,第1页,吉林美术出版社1999年5月出版。

界，这在中西方美术史上都是屡见不鲜的，尤其是在以古典主义为特色的传统美术氛围中，不管是希腊式的秀美还是罗马式的壮美，也不管是东方式的含蓄还是西方式的洒脱，都剔透着某种时间性的特征，以及在这种时间症候下特有的地域和文化情结。进入1990年代，中国美术面临的社会环境以及艺术家自身的成长背景，决定了这种沿自传统的陈述语言，在语气、语汇乃至语言节奏多方面，都不得不跟眼前活生生的现实搭线接轨。从古典的、传统的、学术的视角跟现代意识融洽在一起，寻求新的审美愉悦。对身体的表现，在不断翻新的观念层面上，也显得更为充实和自由。尤其是在新古典主义的艺术家那里，身体作为语言，一方面获得了不断积累的视觉内涵，另一方面，在关于对身体的诸多审美经验的阐释方面，理想主义的倾向和现实趣味的要求也结合得日益密切，发掘身体所蕴藉的视觉意义，对身体自在状态的描述，以及身体存在和表现的方式的探求，不同艺术家呈现出不同的个性或区域风格。

相对而言，新古典主义艺术家在表现"身体"方面有着最纯粹的学术背景。他们对"身体"的表现往往是追寻着理想美的海市蜃楼，以艺术群落的方式完成。余丁认为当代新古典主义艺术家包括了北方画派（以北京画家群为主）、浙派、岭南派、东北画家群、西南画家群以及海外军团等群体，"由北方向南方扩散，由东部向西部渗透，而集中于东北、北京、上海、杭州、广州、武汉、四川等地。"[1] 这种群落分布的现象，在"身体"语言方面最直接的结果，不仅仅体现在师承关系和表现方式等方面天然的相关性，更为重要的是，在关于"身体"的语汇和语言情境方面，不同群落表现出了不同的环境特征。北京画家群有着浓郁的情感归依倾向，不管是杨飞云在《夏》（1992年）、《静静的时光》（1993年）中传达出来的亲情；或是在《黑色金丝绒》（1992年）中传达出来的"人类精神深处对美好事物的渴求"的迷恋。不管是王沂东在《惊蛰》（1991年）、《沂河水》（1991年）、《蒙山雨》（1993年）、《山里媳妇》（1995—1996年）中传达出来的地域风情，不管是朝戈在《敏感者》（1990年）、《女郎与早晨》（1992年）中传达出来的饱满而稳定的主观意念，不管是李贵君在《窗口》（1995

---

[1]　余丁《新古典画风——世纪末的回声》，第53页，吉林美术出版社1999年5月出版。

年）、《打开房门》（1996年）、《两个姑娘》（1996年）、《晨》（1996年）、《红粉佳人》（1996年）、《青春树》（1996年）中传达出来的对青春生命的惬意……总之，伴随着沉厚的历史情味，他们在作品中借着对身体的陈述，传达出来自悠远的内心世界中关于人体美的理想和情操，以及毫不犹豫而字正腔圆的精神内涵。东北画家群的主要艺术家韦尔申、宫立龙在1990年代都表现出稳定而富有地域色彩的"鲁美现象"。他们在人物身体的造型方面，热衷于特征明显地以敦实、厚重、饱满的形象，突出表现东北人朴实刚毅的区域特点，传达着在冬长夏短的自然环境下造就的理性的诗意。如果说韦尔申、宫立龙将身体作为对乡土的回味和对历史的述说，寄托和表达意韵准确的回顾和深沉的感受。那么，同为东北群落的胡建成则是一反"鲁美现象"的典型造型，以高大、健美的男女形象，在《初潮》（1993年）、《折射》（1993年）、《临界点取景》（1993年）等作品中，将人体作为一种生命存在的方式，作为现实与理想之间联系的纽带，以期通过非情

图25　王沂东《蒙山雨》，布面油画，190×185cm，1993年作。

节化的叙述，引起对生命整体的关注。相比而言，在江南艺术家的作品里，借助古典情境传达如梦幻般遥远的理想化的风景，不但深有江南灵气，而且更有一番现实深邃而感性的思考。章仁缘关注体态丰腴、容貌端庄的江南仕女，在《月照西宫》（1993年）、《四季歌》（1993年）等作品中，借助对历史氛围的戏剧般的再现和营造，将西方纯理性的古典精神，和谐、平衡、秩序等，跟东方审美所追求的宁静、深邃、容纳、含蓄等融会贯通，表现东方美女的纤细、柔弱、端庄的美德。在他的作品《霸王别姬》（1994年）中，东方武士的雄壮、深沉、豪迈的身体语言一无例外地通过对情境的再创造传达出来。广东艺术家跟北方艺术家有着明显的差异，"写景胜过写人或写物，写意大于写实，色彩甚于素描，直接画法多于透明画法。"[1] 在"身体"语言方面，广东艺术家更为偏重于表达身体的神秘意味。郭润文在《梦归故里》（1995年）、《落叶的春季》（1996年）等作品中，就制造了这样一种"心思思"氛围，沉静的梦境，放松的肢体，天真的表情，跟"身体"所处的环境之间融入、协调却并不互相消解的关系，缝纫机、老座椅、花开花去的落叶，诸多炫惑着情感意味的物质代码，在带着怀旧气息的记忆中，表达抽象而又具体的深深怀念。谢楚余同样是一个喜欢并善于造梦的艺术家，他的人体作品表现了对于生命和青春缠绵迤逦的讴歌和礼赞，他喜欢将人体给予理想式的阐述。不管是男人体如《旅人》（1991年），还是女人体如《中国少女》（1990年）、《南国少女》（1996年）等，都通过人物的气质，传达东方意味的梦境和神韵。在西南地区的庞茂昆，在"身体"语言方面追求"宇宙的庄重与肃穆"，他的作品《彩虹悄然当空》（1993年）等，以强烈而活生生的主观性，追述蕴自心灵世界的人与大自然的协调。他的"身体"，有着一丝不苟的态度，有着对遥远的理想国的感应和向往，有着冷漠和模糊外表下清晰而淡淡的哀愁，有着精致的不急不躁的哲学内涵。作品中的她，"是尘世的，却又如此超脱地自由"。[2] 庞茂昆以一种稍带俏皮的方式，表达对身体美的敬意和追求。

　　以"身体"的陈述方式营造关于"身体"的个性化和风格化的作品，

---

[1]　　余丁《新古典画风——世纪末的回声》，第176页，吉林美术出版社1999年5月出版。

[2]　　娜斯《浮世尘身——为身体而身体的》，见载《艺术世界》2002年第3期。

表达"这一个"而非"那一个"的审美而畅神的心理感受，在其他艺术家那里比比皆是。田黎明的作品《秋阳》（1993年）、《秋闲图》（1997年）、《早晨6点半》（1998年）等，人物平淡而日常的表情，跟悠忽闪烁、明媚淡雅的色调相映成辉，弥漫着浮光掠影、转瞬即逝的轻盈和神秘。杨春华的作品《夜游图》（1993年），以及徐乐乐的作品《宋人诗意》（1995年）、《卧石图》（1996年）、《浣纱图》（1997年）等将古代妇女倦慵闲居的生命状态，通过和谐雍容、简括丰美的身体形象，传达出幽幽红尘中于情于理都颇为震撼的心灵力量。刘二刚的作品《五老峰》（1991年）、《读书图》（1994年）的身体形象情思散淡、余韵优雅，有着骨子里的宁静。朱新建的作品《赏花图》（1992年）、《时装女郎》（1996年）在市井俗气中表达一种传自天籁的率情真性，而其造型在视觉风格上跟江南文化又有着同出一辙的内在呼应。韩峰的系列作品《飘移》（2001年）以一种妩媚、缠绵、幽雅、清秀的形象，把江南女子尖削可人、沉静如水、秀外慧中的精神特质跃然绢上，表达心灵深处对美的理解和宣泄。

综观1990年代以来以陈述方式表述身体语言的作品，不难发现其中深深蕴藏着的古典情调和现代意识，这种貌似分裂的反差，在营造一种新的审美氛围过程中，被注入了富有时间特征和地域特征的视觉情愫。图式的翻新，图像的变革，技法的突破，理念的超越，在艺术与生活若即若离同时又涵保着不可回避的差距的时候，这种语境以及伴随而来的遥接古典的精神，有意无意地给人一种心理乃至情感归依的满足。或许可以权且将这类作品称为"物化的身体"或"对象化的身体"，因为其实在审美解读的过程中，这类作品通过观看体验以及心理沉淀的方式，传达了一种从"自我"到"他我"乃至"非我"的净化和升华。不管是对身体理想化的描述，抑或是梦魇般的述求；不管是对身体写实般的转拓，抑或是倒叙般的情节穿插，总离不开这种陈述语境的话语背景。这也正是这类作品往往以平实、祥和、生动、趣味和丰富的意态给人以慰藉而亲切感受的原因。这类来自于传统又有别于传统，或者说延续传统、引申传统的作品，一方面从客观角度为传统审美的可持续发展提供了有效的视觉范式，另一方面，在身体语言方面也构成了从传统语言向现代语言有效转换的契机。1990年代以来关于"身体"的若干此类作品，都更为开拓、更为富余地发掘传统向心力前提下身体语言"自在"和"他在"的潜力，同时在将身体予以对象化描述的过程中，传达出超越了感时伤怀的个体经验，以及在语言临界范围之内游刃有余的驰骋空间。

二、疑问状态下的反思精神

如果说1980年代大部分的艺术家，对"身体"的表现方面，还多少受到浓郁的集体意识牵襟扯肘的影响，那么1990年代的越来越多的艺术家则以更为直接、更为深刻的方式，将身体放置于更广泛领域，借以反映和表达对生存、对社会、对历史诸因素理性而批判的反思。反思精神，构成了1990年代中国美术中"身体"现象的又一中心。1990年代是一个充满问题的年代，这并不是说到了1990年代才面临着这么多的问题，因为不同时代有不同的问题。需要强调的是，1990年代的艺术家更为尖锐、更加热衷也更求主观地揭示发生在身边和几乎所有公共领域的各种问题，并且，在这过程中，"身体"以尽乎全方位的语言方式被竞相使用和解读。

（一）对生存态度的讨论

维特根斯坦认为："人的身体是灵魂的图景"。也正是这个原因，对身体的描述往往就是心理或文化的某种折射和反映。对身体描述的历史，同时也是心理的历史或文化的历史。

1990年代以来使用"身体"语言的作品，其中不少都直接或间接、自觉或不自觉地表达出对生存态度的认识和反思。宋永平的《我的父亲母亲》（1998—2000年）以摄影的方式，记录了在万家灯火中最寻常也最亲切的亲人的形象。在这组作品中可以看到身为艺术家父亲母亲的普通夫妇，从青年到老年的过程。在这个过程中，青年夫妻时期的神采飞扬，跟跨入老年之后健康衰退、疾病缠身的无奈现实形成了鲜明的对比。其中包含着对人生的悲观和无望，包含着对病痛的惨淡和郁闷，包含着做儿女的在尽孝敬老的伦理观念下竟然对老人不能替代的痛苦。也许生命的由盛而衰是一个无可逃避的过程，老、病缠身是生命自然延伸到尽头的必然归宿，固然一种审美精神更乐意去光顾青春的偶像、灿烂的阳光、源源不断的生机、能量和活力，但是对人生晚景这种或许在千家万户中都可能遇到的悲观的感受，同样给人一种直击骨髓的震撼，给人一种至为贴切的生活真实，借以激发对生命的珍惜和思考。

跟宋永平的庄重严肃相比，杨振中的《我会死的》（2000年）则以一种幽默和虚拟的手法探讨关于生命和死亡的主题。作者采访了男女老少不同年龄和不同身份的人，用摄像机记录他们在说"我会死的"这句话时候的身体和表情的反映，从作品中可以见到：有的人忐忑紧张，有的人轻松调侃，有的人毫不介意，有的人若有所思，有的人充满玩味，有的人恍然大悟，有的人漫不经心，有的人迷惘失落。不同人对生命有不同的终极关怀，他们的不同感受无疑成为反思当下人对生存问题思考和感觉的真实文本。

生存不仅仅是个体存在的过程，而且还是一个关系发生学的过程。昔日的同窗伙伴、战友工友，曾经相处并熟悉的人，曾经存在过的圈子和集体，都是衡量人的生命质量和生活状态的参考坐标。海波的《他们系列》（1999年）以及《她们系列》（1999年）便为我们提供了认知这一坐标的个案化的理由。海波拍摄的照片，大多是朋友、父母和自己。海波以老照片为原型，找回照片中的人，找回老照片原来的场景，并严格按照老照片方式重新拍摄，岁月的流逝，人生的无常，聚散离合的非人为因素，社会经历的沧桑变迁，为曾经出现在老照片上的人烙上了时光的印记。在《她们系列之六》（1999年）中，可以见到虽然青春不再来却旧友欣逢的欢欣愉悦；在《他们系列之三》（1999年）中，看到的是战友的缺席，团聚的失语，是"人面不知何处去，桃花依旧笑春风"的遗憾和伤情。如此类似的场面大多数人都经历过并继续经历着，车船码头亲友的迎接，节日假期佳人的欢聚，没事儿开个同学会，有事儿老乡碰个头，这里包含了日常平凡而又再平凡的记忆和内容，在一定程度上构成了眼下真切的生活。

在生存的境遇和态度方面，1995年由北京东村11位艺术家联合创作的行为艺术《为无名山增高1米》，是另一种方式对生存的讨论和反思。这个以摄影方式记录和保存下来的行为艺术作品，一定程度上讨论了人与自然的逆向的愿望与需求。正如岛子谈到的那样，该作品"将人与人、人和自然以及男女两性，重新置于关爱、怜悯和团契的维度上来探讨本源性的存在关系，给出了身体艺术前所未有的中国经验"。[1]

---

[1]　岛子：《行为艺术的国际化与本土化境遇》，见载《成言艺术》第6期。

图26　海波《她们系列》，摄影，1999年作。

（二）对社会状况的关注

　　人类的社会，不是人与人的简单的叠加，更广泛意义上是各种社会关系的总和。个人的个体生存状态或许可以认为是一个短暂的独立的过程，而各种关系的存在却是一个不断传抄、复制、延伸和扩充的过程。人类的群体性和群组特征，决定了对社会状况的研究首先也最重要的是对社会不同群体的状况的研究。

　　方力钧的作品反映的就是这样一个群体。"方力钧1989年以来一系列作品所创造的光头泼皮的形象，即成为一个无聊、泼皮的语符。他本人就是一个光头，光头在现实生活中往往与流氓、泼皮及反面角色有某种联系。"[1] 这种联系，与其说是新生代的文化误区，不如说是1960年代出生的一群人在经历了崇高责任感的唤醒与挫折、圣徒情结的高扬与陨落、新思维的不断建构与消解、理想信念与现实生活屡屡错位之后自我逃离式的精神解脱。方力钧作品中的身体，"成为一种事不关己和不在场的角色，使自己获得一种海阔天空的感觉。同时，作为一种诗意的对比因素，反衬和加强了泼皮与无意义形象的突出。"[2] 方力钧以他旺盛的精力和持之以恒的幽默，塑造了泼皮光头这样一种典型的身体形象，并通过这种典型性，借以为社会上某种年龄、某种人群的共同特征写照。

　　身体在社会中的存在，客观地说是一个不断阐扬个性又不断被社会消解的过程，其结果是群组特征在质和量方面都超限度地反复克隆。金峰的《我的形象的消失的过程》（1998年）以在个人照片上反复书写个人的身份证号码为过程，当身份证号码不断被肯定再肯定的时候，个人照片被涂写得一塌糊涂。作品通过"身体"被糟蹋的过程反映了个人真实身份在社会复杂背景下不确定的模糊。宋永红的《职业微笑》（1993年）描绘的是洗发妹似笑非笑的永恒的笑容，这是当今周遭一不留神就见到的笑容，这笑容真切而非真实，暗含着源自个体却带有职业色彩的迷幻般的心态。王劲松的《大合唱》（1991年）则将大合唱这种习以为常的、正经八百的、轰轰烈烈的共谋和共

---

[1]　　栗宪庭《重要的不是艺术》，第314页，江苏美术出版社2000年8月出版。

[2]　　同[1]，第315页。

振行为，与个体存在的力不从心的焦虑、空虚和幽默结合在一起，反映个体与社会这种模糊互溶的界定关系。

在群组关系中挣扎和挣脱，寻求个体的自我确认和自我对话，这成为1990年代对社会关注的又一层面的问题。确实，1990年代的人总有一种自我缺失时内心深处挥之不去的凄美情结，这在朱发东的作品《此人出售，价格面议》（1994年）、阚萱的作品《阚萱·哎》（1999年）、徐震的作品《喊》（1999年）、杨福东的作品《第一个知识分子》（2000年）中有不同的表达和描绘，这一描绘，在"身体"语言范畴的文化意义，简而言之就是"坚决地回到身体，围绕身体的动机和宿命……发掘着我们平庸但是可爱的生命力。"[1]

（三）对公共问题的质疑

1990年代的社会公共问题，跟人有关，跟人的生存环境有关，跟人的社会需求有关。这种相关性决定了"身体"语言在当代艺术中近乎主打的地位和意义。"现在的艺术就是以一种无所不能的姿态进入了社会的公共领域……同样承担了对社会的舆论监督这样一个职能。"[2] 综观1990年代以来的展览和作品，其中不少在"身体"语言方面都直指社会公共问题。如1991年的"新生代艺术展"、1992年的"中国广州首届九十年代艺术双年展（油画部分）"、1993年的"后89中国新艺术展"、1996年的"以艺术的名义：中国当代艺术交流展"、1998年的"是我：90年代艺术发展中的一个侧面"、1999年的"后感性：异形与妄想"、2000年的"不合作方式当代艺术展"、2002年的"首届广州当代艺术三年展"；以及上海双年展、成都双年展、深圳当代雕塑年度展；以及在广东美术馆举办的一系列展览，如"进入都市当代水墨展"（1999年）、"中国当代雕塑展"（2000年）、"艺术中的个人与社会"（2000年）、"虚拟未来"（2001年）、"新都市主义作

---

[1]　颜峻《身体是慌张的》，见载《艺术世界》2002年第4期。

[2]　王南溟《受宪法保护——当代艺术"合法化"的条件》，见载《美术同盟》网站，2001年9月21日专稿。

品展"（2002年）、"现象：后岭南与广东新水墨展"（2002年）；其他展览如"听男人讲女人的故事"（1996年，成都）、"复制时代的人"（1997年，成都）、"转世时代：2000中国当代艺术展"（2000年，成都）、"身体的资源与物"（2001年，香港）、"青春残酷绘画"（2002年，北京）等，都包含了不少关于"身体"语言的经典之作。

诚如易英谈到的，在这个市场经济发展的时代，"艺术家更关心以个人经验为基础的人的生存问题，这样也迫使中国艺术家关心个人的命运，关心他周围的生活和社会环境。"[1] 巫鸿指出："在1990年代中国当代艺术的所有分支当中，实验艺术最为敏锐地反映了环境的巨变——传统景观与生活方式的消失，后现代城市以及新型都市文化的兴起，人口的大规模迁移……其结果是出现了一大批以种种视觉艺术形式来表现自我的作品，包括绘画、摄影、行为、装置及录像等等，这些作品共同反映的是人们处于剧烈变化的

图27　方力钧《1993年第6号》，布面油画，180×230cm，1993年作。

---

[1]　易英《现代主义之后与中国当代艺术》，该文收入易英文集《学院的黄昏》，湖南美术出版社2001年出版。

社会中对于个性的迫切追求。"[1] 张洹的作品《十二平方米》（1994年）是比较早关注环境问题的典型之作，张洹全身裸体涂满蜂蜜，在北京郊区一间肮脏得令人无法忍受的公共厕所实施该作品，在长达一个小时的时间里，挨着蝇咬蚊叮的自我牺牲，试图通过行为过程寻找人与生存环境这种对抗和不协调的冲突。委实，在都市化进程不断甩开脚步，在生活质量不断提高，生活变得越来越方便的时候，我们同时还存在着一些环境的死角，甚至"高科技"也使我们正在面临越来越多的更为难缠的环境问题。人和环境之间往往是矛盾的，但是这种矛盾却又不是不能调和的。张洹通过他在作品实施过程中的体验到的真实，试图寻找这本质上的某种对应。

赵半狄在作品《赵半狄与熊猫咪》（1999年）中，以诙谐调侃而不失理性幽默的公益广告的方式，试图改善日渐疏离和陌生的人际关系。在作品中，赵半狄使用的自身身体代理大众的形象，以熊猫形象暗喻日渐隔膜的个体。作品中通透出即远即近的人文意味。同时在这过程中，也表达着对环境保护、下岗、假冒产品等社会公共问题的反思和批判。

"艺术家们面对着新都市生活，探索着各种介入方式。"[2] 罗子丹的作品《一半白领，一半农民》（1996年）提出了这样一个问题，是不是经济的彩虹笼罩头顶，就从根本上提升了一个人应有的素质呢？农民脚上厚厚的泥，跟白领手上价值230万元的嵌钻手表，形成了虚拟却真实的对立组合。罗子丹就像双重角色的演员，在长达6个多小时的行为艺术过程中，试图通过表面的阶层问题挖掘更有深度、更有内涵的公共性中的人性。罗子丹的其他作品，如《白领行为》、《我挺立着……》、《人—污染源》、《死去的艺术家和活着的艺术家》等，分别跟环境问题、身份问题、文化问题等抽象但不虚幻的问题结合在一起。其他作品，如王广义在《唯物主义者》（2001年）中，对历史观的重新演绎；莫毅在《城市表情》（1988—1990年）中对当代都市同步传译式的直抒胸臆的表达；王兴伟在《又不是一百分》（1998年）中对家庭教育滑稽却严肃的描述；刘大鸿在《淮海路·上海》（1996

---

[1]　《重新解读——中国实验艺术十年（1990—2000）》，第252页，广东美术馆编，澳门出版社2002年11月出版。

[2]　这段话见于侯翰如的一篇题为《消费更解恨！》的文章。

图28　赵半狄《赵半狄和熊猫咪》，灯箱海报，1999年作。

图29　王广义《唯物主义者》，雕塑，180×80×80cm，2001年作。

年）中"对历史和现实双重批判的深刻寓言"；戴光郁在《迷失香港》（2001年）中对身份的迷惘和对社会认同感的追寻等，都跟现实有关，跟社会有关，跟当下的公共性问题有关。

或许可以说，正是这种对现实、对社会、对公共性问题的反思，构成了身体语言在1990年代区别于其他年代的思想内涵。固然，没有任何理由片面地将1990年代生硬地同其他年代分割开来，尤其是它跟1980年代之间不存在一个突变的转折性的鸿沟。但是，也不可否认，身体语言不管是作为其能指、所指和特指的因素，还是单单其存在方式的因素，1990年代以来多元化的种种语境，确实为"身体"在语言内涵和语言外延方面赋予了新的意义和情结。尤其是在身体语言的历史逻辑底下，还是可以轻易地将1990年代的种种特征，跟20世纪上半叶浓郁的民族主义和民主主义情结；五六十年代的现实主义和写实主义情结；七十年代的典型化、革命化和历史主义情结；甚至八十年代的生活化、通俗化和集体记忆情结等加以类型学的区分和割离。有一点非常明显也非常重要的是，1990年代的疑问状态和反思情结，在文化意蕴方面直指社会和生活的消费核心，将人文精神以更为开宽的语言方式放置在时代语境中。这一变化，一方面基于了对思想启蒙阶段刻意已久的超越；另一方面，作为一种对社会文化转型值得关注的回应方式，它又反映了社会文化状况下必然出现的文化价值观，以及知识与权力的关系演变。1990年代已经不再停留于理想主义、精神主义、奉献主义的范畴；也不再徘徊留连在现代主义西方艺术思想中的体验美学、存在主义、神秘主义和庸俗化的生命哲学；更是抛弃了实用主义、工具理性等激昂和追求着的某种关怀。在1990年代的"身体"作品中，可以见到贴切而朴直的对当代语义的排列、分析和解读，它以其毫不犹豫的态度对发生在周遭的社会变化以近乎诘难的方式提出质疑和反思。在这种反思过程中，身体不再是"物化的身体"或"对象化的身体"，而是以一种主观却并非先验的角度介入其间，成为"元素化的身体"或"状态化的身体"。身体在成为视觉对象的过程中，更大程度或更多成分是以一种文化符号的语汇出现。如果说在前类作品中，身体承担的是作为一种物质的审美，或作为一种精神的载体，在传统语义和新视觉体验之间传达畅神愉悦的感受；那么，在后类作品中，身体作为一种文化符号，或作为一种视觉语汇，在更为宽泛的领域表达着对现实、社会和公共性问题痛快淋漓的演绎。相对而言，后类作品中，身体脱离了具象的意指，它或者是一类人群，或者是抽象意义的人，或者索性就是问题意识中某种对抗或对应着的范畴中的某方面构成物。或者是一种价值的解说，或者是一种状态的呈现，或者是思维和记忆中借以成为元素的情节化的阐释平台，并以此营造身体语言作为一种语言的语言学意义。

三、商业氛围中的生存经验

"我们正处在一个作秀的时代，时装秀，发型秀，内衣秀，汽车秀……秀来秀去，令人眼花缭乱，应接不暇。的确，生活秀如一地鸡毛般飞扬，充斥着我们视力所及的角角落落。"[1] 从理论上说，没有任何理由将当代艺术跟这种"生活秀"画上等号，也没有充分的证据将当代艺术跟这种"生活秀"截然区别开来。尤其是跟"身体"有关或借助身体语言而表达概念和观念的当代艺术作品，总会或多或少地跟这种商业性的"生活秀"发生各种莫名其妙的纠葛，或者至少都带有这种商业文化背景下浸染的悠悠气息。商业性的存在充斥了我们社会的角角落落，它同时也在多种层面、多种范畴改变着我们的艺术和生活。对"身体"语言来说，商业性至少在三个方面产生着潜移默化或直接干预的影响：一是新媒体新载体的艺术形式，使"身体"更坦率地进入到公共审美空间；二是社会生活的变化，为"身体"注入了不断翻新的精神内涵；三是利益的诱惑和驱使，使"身体"在某些场合、一定程度上为金钱力量所左右。

人体摄影进入社会公共审美空间，应该说是1990年代中国美术最惹人关注的大众事件之一。其重要标志是2000年首届全国人体摄影艺术大展的举办。该展览由中国艺术摄影学会、福建省艺术摄影学会联合主办，于1999年11月开始向全国征稿，共收到来自29个省、市、自治区的5000多件送评作品。12位摄影家、教育家、美术家、评论家、模特组成的评委从中评选出包括1金、2银、3铜的共117件入选作品。其后在广州、济南、杭州等地巡回展出。近年来，关于人体摄影的各种展览活动不断爆破冷门：2001年4月，南京市文化艺术中心首次在该市举办以"大漠·人体"为主题的人体摄影艺

---

[1]　杨宇全《人体书法、人体彩绘与脱衣舞》，见载《美术报》2003年1月18日。

术展，包括100多件展品。2003年初，题为"中俄人体摄影艺术展——阳光下的美丽"包括了120多件展品的人体摄影艺术展在广州岭南艺术品商城展出，其后该展览还先后到新会、肇庆等城市巡回展出。2003年初，由广东省青年摄影家协会主办的"人体艺术对抗赛"历时三个多月，先后在顺德、中山、东莞、惠州等12座城市巡回展出，3000多名影友响应并参与。

人体摄影在社会公共审美空间的介入，客观上提升了这一艺术的"发烧"群体和消费群体。确实，以摄影方式探求"身体"语言，相对于传统的艺术方式而言，有更多的探索空间和发展机遇。1975年出生于四川、1995年毕业于四川美术学院油画系的杨勇，便是这一机遇中闯荡的收获者。他的作品如《女人总是美丽的》（1998年）、《没有回家的路》（1999年）、《青春残酷日记之午后遐想》系列（1999年）、《青春残酷日记·砰》（1999年）、《众神的黄昏》（2000年）等，以独具个性的情节化叙述方式，摈弃了普通摄影对环境描写的注意，从"对话式的角度切入"他的作品的主题，[1] 将意指直接纳入到对当下生活的写照。杨勇使用完全不合专业或艺术技巧的摄影镜头，也不为那些凭美丽笑容而生活的女孩子摆弄姿势、讲故事……他只是通过作品直抒那些从农村流入都市要试试自己运气的青春女子。杨勇的作品中有着1970年代人的不少共性，如"不确定的文化价值取向，琐碎、重复、无聊的都市日常生活，敏感、脆弱的神经和对伤害的迷恋，模糊了虚拟和真实界限的语言方式"等。[2] 这种共性的东西，在同年龄的其他艺术家那里有着不同方式的表白。

1970年前后出生的艺术家，如尹朝阳（1970年）、谢南星（1970年）、何森（1968年）、赵能智（1968年）、田荣（1969年）、江衡（1972年）等，对1990年代这个被商业氛围吞噬了各个领域的社会生活，有着最直接、最感性的认知和把握。他们的作品中，自然而然地也就流露出这一代人精神上来历不明的感伤和超越现实的梦幻。这一代人在成长过程中，感受和接受的是商业文化背景下各种图像文化的视觉冲击，以及来自对理想国的泛主

---

[1]　杨天娜语，见载《艺术世界》2002年第2期。

[2]　栗宪庭《不确定，虚拟感官感想的日常生活——杨勇》，见载《艺术世界》2002 年第 2 期。

义、泛文化的逻辑，这就决定了他们的作品中有着特别的精神内涵。何森，尤其在他1990年代后期的作品中，往往是这样一些都市化背景之下的女孩子——她们衣着时髦、浪漫、性感、煽情，惬意地躺在沙发上，她们的身体语言传达出一种身体的舒适以及优越的成长环境中不可掩饰的幸福感和莫名其妙的虚无感受。在这一代人中间，商业街的繁华和物质的丰富给了她们自我关怀的可能性、思想的理想化、个人的主观情绪，以及在虚无之外屡屡暴露的一种惶惑和不安全、不安定感。商业氛围对新一代人的影响，随着她们的成长迅速从精神领域反馈出来，这就是她们往往自觉、不自觉地陷入一种自我虚构的焦虑和痛苦中。这种焦虑和痛苦不是对社会现实的反叛，而是对自我精神的反观，是在不断的自我挣扎中对商业世界多种符号和物质表象的不适应，是在意欲保持与日常性的感应和对抗中寻找自我满足和自我解脱。在江衡的《美女和鱼》系列，谢南星的《令人讨厌的寓言系列》，赵能智的《表情系列》，田荣的《1999系列》、尹朝阳的《青春远去》、《怀疑者》、《红女绿男》、《激》等作品中，看到的也是这样一种情味，体现了在商业氛围中泡大的这一代人的身体经验和视觉趣味的新特征。

商业氛围造就了特殊的人，也造就了特殊的职业。崔岫闻的《洗手间》（2000年）以影像的方式，从对北京一家著名的夜生活场所洗手间梳妆镜的定点拍摄，反映商业氛围造就的夜间工作的坐台小姐的某种生活。坐台小姐是当代都市商业活动和大众消费中出现的一群职业化的群体。一般认为她们跟色情、性交易、毒品、堕落、迷惘、低级、恶性消费等不被社会所提倡的情调和行为相联系，但是这些并不是她们的全部。在洗手间的镜子里，可以看到这原本是私秘场所的洗手间，此时成为小姐们另一处的公共环境："除了化妆打扮，小姐们在洗手间把钱放在胸罩，内裤和鞋里，有时候拿着客人给的钱和东西兴高采烈地蹦来蹦去，有时候也气愤地骂骂咧咧：他妈的，说是给500，数来数去只有400，说不定还有一张是假钞！在这里看不到任何酸苦，她们倒是一味地快乐，在洗手间好像是她们每天工作中最轻松的时候。"[1] 作品中还真实地记录了一个女的给儿子打电话，要儿子听话，

---

[1]　李樱子《前卫女艺术家的两种面孔》，见载《故乡》网站，2002年1月15日发布。

说妈妈就要回来了等。不难推断，这被梳妆镜所折射的来去匆匆的身体的背后，该隐藏了商业氛围中多少种关于生存的故事和传说。

当商业利益不幸扼住艺术喉咙的时候，艺术的发展便也不可回避地接受到来自另一话题的现实关怀。以人体摄影为例，这一年轻的艺术方式在150多年前从诞生的时候起，似乎就一直这样胶着隽永地跟商业活动发生着千丝万缕的微妙的联系。大街小巷充斥眼帘的影楼，在1990年代之后以人体摄影为经营项目的越来越多。在哈尔滨最早是1995年女摄影师焦立华首开该城市在摄影棚女性人体摄影的先河，发展到2001年，这座东北大都市，几幅关于人体摄影的广告牌树立在博物馆附近红军街街头。将人体摄影作为影楼公开的服务项目招揽生意。服务价格从400元到数千元不等，一般来说比拍摄婚纱高出1—3倍。作为一种前卫的消费，到影楼拍摄人体写真集，1990年代以来在武汉、上海、杭州、成都等城市也渐渐出现。网站以及各种媒介关于拍摄人体写真的各种报道越来越多起来。"身体语言解构着艺术与生活的界限，它反视自我的存在，将艺术与自我直接面对观众和社会。"[1] 这面对的过程也是接受商业洗礼的过程。商业氛围为社会发展带来了不少堪称繁荣的视觉经验，同时也带来了不少充满无奈却不可回避的生存话题。伴随着滚滚红尘中万家灯火的日常生活，这种商业气息不但影响了新一代年轻人成长和成熟的全过程，而且也影响着以各种方式生存在其间的各种人群。这一状态的直接动因是1990年代以来日益蓬勃并膨胀的商品经济、市场经济，在这种商品化、商业主义和商品经济大潮中衍生而来的呼应和对话，甚至以一种连根拔取气势将从前为我们所营造和珍视的一些习惯分裂消解，改造和刷新属于这一语境的精神和灵魂。商业性在某种程度上平添了身体语言的不确定性，同时也正是基于这种不确定性，1990年代以来身体作为语言而被赋予了更为敏锐的实验态度：在多种媒材领域的实验；在转述方式方面的实验；在别出新意方面的实验；乃至在商业利益驱动条件下的其他实验。商业性不仅仅是一个利益、价值和收益的概念，它在更大程度上是一种审美经验的潜移默化，以及审美观的价值选择。它以一种微妙的方式影响着艺术的生产者和

---

[1]　黄笃《混合文化空间——对1990年代中国当代艺术的一种描述》，见载《美术观察》2000年第8期。

消费者，同时又以这种持续的影响力渗透到艺术的作品中，渗透到身体语言的方方面面。固然，1990年代后期，尤其是被戏称为"人体摄影年"的2001年迸发出来的关于人体摄影迭起的高潮，众多影楼的呼应，众多影迷的参与，在某种程度上混交和模糊着艺术与商业的界限。但是客观地说，这过程同时也为尝试身体语言提供了更为广阔的媒材空间和审美语境，为身体语言在不确定性的背后提供了实在而宽裕的可能性。在讨论商业性问题的时候，不能不看到它对当代人从心理到行为全方位的影响，看到市场行为对眼下时尚的正面的引领和推动，看到市场背景下关于生存话题更为平静、细节、具体和丰富的"凡人"精神。不管是"物化的身体"或"对象化的身体"，也不管是"元素化的身体"或"状态化的身体"，在某种程度上都或多或少是对这种商业化语境的妥协或对抗，都跟这种商业性有着千丝万缕的对应或对立的关系。

另一方面，也确实存在着这种现象："1992年中国经济的全面市场化进程以及世界政治格局的重大的变化，使得以玩世和政治波普为代表的中国艺术更多地出现在西方，这些以揭露中国社会对于人性的压抑为己任的艺术家们因此得到了来自西方世界的表彰，尽管他们表现的是社会压抑，但是大量的经济收入却使其充分享受了市场化中国的种种奢华，成为中国社会的新贵。"[1] 作为商业社会的必然产物，"新贵"一族的产生或许是不可回避也不可遏止的，它作为一种必然出现的现象势必行将伴随着商业大潮而起伏涨落。

在这种商业化背景之下，甚至也出现了易英谈到的另一种现象："1992年的广州油画双年展首开商业性操作的先例，至今，包括几乎一切大型展览都参照了这种模式。就是那些以前卫自居的艺术，后面也摇晃着某种功利的影子。"[2] "影子"也罢，"新贵"也罢，说到底都是1990年代以来艺术发展状态的一个方面。在"影子"和"新贵"的背后，我们也不可否认地看到商业化因素介入之后的艺术历程，以及身体作为语言在其间必然经历的诸

---

[1]　皮力《重返社会——对中国当代艺术的反思 》，见载《美术研究》。

[2]　易英《现代主义之后与中国当代艺术》，该文收入易英文集《学院的黄昏》，湖南美术出版社2001年出版。

种情状。在看到消费者猎奇心理，以及商家利益驱动的正反多方面社会效应的同时，也应看到这过程中，身体作为语言正在被不断地赋予新的内容。这些新内容至少包含了四个方面：一是在新的媒材领域探索和演绎着的关于身体语言的可能性；二是以新的方式陈述和解读身体语言的潜在内涵；三是以价值中立的态度呈现周遭或为我们所习以为常、或为我们所秘而不宣的诸多状态；四是由消费链接起来的视觉平台上某种大众心态泛滥式的公开实现。当然，也许还有更多的新内容未被发掘或即将出现。正是商业性带来的当代语境，赋予身体语言以逻辑层面上近乎自由的不确定性，使得1990年代以来中国美术中的"身体"语言才具有了成为"现象"的条件，并且这种"现象"正在不断地积累、重组和升华。同时，也正是这种"现象"自身演绎过程中不断趋向的复杂性、丰富性和多元性，使得研究者在以一种历史观照的视角之下，难免滋生出况味生涩的诸多忧虑。然而有一点是无庸置疑的，那就是这种氛围为身体语言在内涵和外延两个层面上所提供的动力和空间，其结果势必将对这一语言的思考提升到更加智慧的日程。

四、道德前提下的是是非非

1990年代身体作为语言的发展过程，同时也是不断被纳入道德范畴加以讨论和争议的过程。其中尤其以公共空间的裸体问题和行为艺术的暴力问题最为突出。

委实，当代艺术中被形形色色以多种方式展现的身体，20年来正在不断占据着为反道德和非道德因素所占据的地盘。1980年代初还被称为精神污染而被批判着的"喇叭裤""大背头"如今早已是过时的时髦。1980年代末还只是被别有用心的小贩偷偷摸摸藏在怀里四处游售的有关人体艺术的出版物，日前已经作为不少书摊招揽顾客的法宝。各种俊男靓女的形象，出现在每天的报纸和电视上，成为大街小巷追星族的偶像，同时也成为今天青春（女性）文化的主要部分和社会问题。身体尤其是女性的身体，便也借这种"观念开放"的机遇越来越彻底地暴露出来。确切地说，身体的视觉符号在这商业大潮中成为最容易煽情的构成物。一味追求身体的视觉刺激，也必然导致身体在道德的平台上不由自主地屡屡犯忌。

值得注意的是，1990年代以来关于裸体问题的讨论，针对国、油、版、雕领域的并不多，针对人体摄影、人体彩绘、人体书法和行为艺术等新的艺术形式领域的有很多。讨论的主要阵地是首先网站，其次才是国家正式出版物。讨论问题的核心，往往集中在公共空间裸体进行表演的道德问题。尤其是这两年来，关于对舒勇的讨论，对黄河摄影大赛的讨论，对济南荷花节以及发生在衡阳、杭州、厦门、长沙等地公开进行人体彩绘表演的讨论，对成都街头若干行为艺术的裸体问题的讨论等。当代艺术的"身体"问题，简而言之，似乎用一个"脱"字就可以简练地加以概括和总结。这不但体现在艺术消费者的群体心理中，还深藏在部分迎合"时尚"的艺术创作者中间。他们简单地认为"只有用最少衣服的肉体、用最少的材料才能表达最贴近人性的涵义。"[1] 但是，当艺术进入公共领域的时候，这种简单化的"脱"就难免受到社会日常行为规则的评判和制约。李华新在谈到济南街头的人体彩绘的时候认为，那只是"以艺术的形式，色情着，诱惑着，让这种几乎无处不可利用的方式消解艺术的魅力并使其低俗，其实就是人体彩绘的真谛。"[2] 围绕"脱"的讨论文章，诸如《质问裸体行为艺术，脱衣，给我一个理由先》、《裸体女人成画笔，行为艺术引争议》、《牛肚里钻出裸男，行为艺术还是胡闹》等文章在各类网站上多不胜数。再看一下邵双平对"两年前第一个五一黄金周七天大假，去过杭州一家主题公园的一些游客"所意外地遭遇的一场人体行为艺术的描述，就可以看到这里的商业本质。"若干个赤身裸体的女模特摆成各种样子，几个看似一脸认真的所谓艺术家正在进行人体写生……在这些游客进入参观之前，不忘向他们收取四十元人民币"[3] 或许，在"人文关怀"已经成为无意识的顺口溜的今天，裸体的道德尺度需要重新加以讨论和界定。问题的关键不在于"裸体"，而在于裸体在公共场合以不适当方式出现的时候带来的不适当的后果。这也是在公共空间的裸体问题在1990年代以来被反复讨论的主要原因。

固然，关于身体，在不同的时代、阶级、种族和性别之间，有着不同的理解和认识。但是这种差异性从来没有成为终止对身体问题加以讨论的理

---

[1]　罗子丹《群体、自我的反思——有关行为艺术》，见载罗子丹个人网站。

[2]　李华新《绘画艺术——人体彩绘是高雅还是低俗》，见载《木子书屋》网站。

[3]　邵双平《有多少行为强奸了艺术？》，见载《新桂网》网站。

由。从后现代的理论的角度来说，似乎这种创作和犯忌本身就构成先锋性或实验性的本质，但是在行为艺术中出现的血腥、暴力、自虐等现象，还是激起了艺术消费者和理论家对行为艺术的道德外延加以界定的思考和争论。这一争论最集中体现在2001年第4期《美术》杂志的专栏，是近年来关于当代艺术所有争论中堪称又一白热化的亮点，而其中的道德核心问题就是对身体的处置问题。

以朱青生为代表的一方，对行为艺术持维护态度，认为在开展对行为艺术的批判之前，应该"先进行客观性、科学性的历史介绍，防止行外人士把这些艺术的专门活动误当作是社会上的反常行为"。朱青生主张将对行为艺术的讨论建立在学术性的探讨和历史性的学理背景之下。朱青生举引fracey warr新近出版的专著《艺术家的躯体》（the artist's body）认为"行为艺术以及身体艺术属于现代艺术，与传统的美术有巨大的差异"。文章还明确提出"对于行为艺术中身体艺术的讨论，目前还不具备基础背景知识"。

以邵大箴、陈履生、张晓凌等专家学者为一方，针对行为艺术中的伤害、吃人、人油、尸体、自虐等现象给予尖锐批评。张晓凌认为这种极端化的行为是"以艺术的名义强奸艺术，个中原因，自然是为了名利。他们已大体上摸清了欧美雇主的脾胃，既要取悦于其意识形态判断，又要设法填饱其对'东方文化'饥饿的胃口"。陈履生认为"（中国）早期的前卫艺术作为对西方流行方式的一种模仿，人们并没有太在意它在文化上的意义和学术上的价值。但是到了2000年，前卫艺术的畸形发展，法律、道德、人性、公共利益、人类文明等许多领域作出了令世人瞠目的挑战。连那些当初力捧中国前卫艺术的西方人也开始为一些极端的表现而震惊。"

历史地看待中国的行为艺术，不难发现这一开始于1980年代中期的新艺术形式，融合了装置艺术和表演艺术的具有强烈的实验精神，以自身语言的丰富性和多样性，近年来建立起来一种非主流的审美价值，反映了中国社会变革的意识。行为艺术的不少圈子如 "大尾象工作组"（1991年1月在广州成立，成员有陈劭雄、梁矩辉、林一林等）、"新历史小组"（1992年5月在武汉成立，成员有任戬、余虹、张三夕等）、兰州艺术军团（1992年12月在兰州成立，成员有成力、马云飞、叶永峰等）还有其他团体，在1990年代"沿着由观念对象化的行为到生存状态化的行为这样一条脉络发展着。"

[1] 在运用新的艺术形式，思考和探究当代社会问题，起到了重要的作用。但是，在对行为艺术的定位和讨论中，有一个问题是明显而直接的，那就是，是不是行为了，就艺术了？"对身体可能性的发难，是行为艺术的另一个主旨，并以挑战身体的私人性开始。"[2] 而这样一种自我挑战，在现实生活中，往往跟日常生活规范发生这样那样的冲突。1990年代以来的不少行为艺术过程，受到了国家执法人员甚至是公安人员的干预而结束，这一方面要从社会审美和社会道德规范的可容度考虑，在另一方面，是不是也反映了行为艺术在"公共性"问题上的某种失语状态呢？

身体作为语言的过程，同时也是不断跟道德尺度冲撞和磨合的过程。不管是语境的营造方式，如上述在公共空间的裸体问题；也不管是语句的陈述方式，如血腥、暴力和自虐等问题，都有一个不可回避的接受道德标准评判和衡量的问题。这一问题并不是1990年代才出现的，只不过是1990年代被更多地加以关注和讨论而已。对"身体"的保守和开放的态度，在不同时期因为不同的道德界定而呈现出不同的状态。比如古代希腊，在体育竞技场，裸体竞赛不但为道德所容许和接受，而且成为力量与美所崇尚的时代追求。再如20世纪以来欧洲不少沿海城市的裸泳浴场，也是在特定的场合将公共空间的裸体问题给以合理化的认可。又如20世纪早期中国美术史上的"模特风波"，说到底也是一个在特定的公共空间关于裸体问题的道德尺度的话题。这一话题的本身，即"裸"与"不裸"，单独不构成问题，之所以能够成为问题，一个重要原因在于关于身体语境的界定，受到特定时间、特定空间的道德尺度制约。在特定时空范围内为道德所容许的状态，在语境转换之后未必继续为道德所接受，古代希腊有裸体竞赛，这并不意味着生活中的古代希腊人便也不着寸缕；欧洲有裸体浴场，不等于所有的浴场都可以裸体；被界定在画室中的裸体模特，一旦成为公园中换取"四十元人民币"的观赏物，其文化含量和审美意义也就发生了变化，势必受到道德因素的制约。

其实，行为艺术中的暴力问题，在本质上也是一个道德标准的问题。比

[1]　高岭《中国当代行为艺术考察报告》，见载《今日先锋》（第7辑），天津社会科学院出版社1999年7月出版。
[2]　陈洮《行为艺术有界限吗？》，见载《天涯》1999年第4期。

前者复杂的是它包含了两方面的因素，一是暴力的视觉呈现方式，二是隐含在作品背后的深层次的文化内涵和文化态度。简单地说就是"怎样表现"和"表现什么"的问题。综观近年来关于行为艺术的争论和争议，维护者一方更侧重于行为艺术的文化意指，反对者一方则侧重在行为艺术的表现方式。两者其实是互相影响、互相依存的两个方面。

首先，作为一种视觉呈现方式，我们不能否认行为艺术中参差不齐、良莠并存的状况，这正如谈中国画和油画的时候，我们没有理由片面地否定一个画种。身体作为语言，在行为艺术中有作为其特殊性语法结构和表达方式，作为一种区别于传统解读规律的方式，它一方面有一个不断被接纳和适应的过程，另一方面又有一个在约定俗成的道德尺度下被扬弃和取舍的过程，这一过程也是一种艺术语言自我发展和自我完善的过程。反对者一方对行为艺术中的"过火"行为的批判和抨击，无疑正是身体语言在"被接纳"和"求完善"的过程中必然经历的成长的烦恼。关于身体语言的语法坐标，便也在这过程中，在不断的禁忌和犯忌中得以新的突破和界定。

其二，必须注意到这种新语言形式背后的文化内涵和文化态度。对一种语言的解读，最准确的方式就是遵循这种语言自身的规律，捕捉语汇语义的内在含义。值得注意的是，行为艺术中的身体，并不是简单的可以理解为"物化的身体"或"对象化的身体"，也不简单地是"元素化的身体"或"状态化的身体"，而是一种错综复杂的"文化的身体"。固然行为艺术过程中有一个"再造身体"的过程，但是这种渗入了新的文化内涵的"身体"已经超越了表演者自身身体的含义，而衍生出更为复杂也更为丰富的新的含义。对行为艺术维护者的一方所珍惜和强调的就是这方面内容。在行为艺术的审美过程中，我们所看到的身体，往往是一种视觉符号，是一种在特定的语境条件下借以阐述某种观念、思想、意志和主题的构成物。在这样的语境下，呈现出来的诸多暴力等行为，往往隐喻着对社会现象、社会问题和某些特定的公共性话题的揭示和诘难。更为值得引起警觉的是在作品表象背后反映的文化问题。

当然作为一种视觉呈现方式，我们必须也有必要以一定的规范将这种"暴力"表征限制在特定的时空范畴，也有必要警觉它可能的非理性的泛滥所造成的道德和社会的负面后果。如果单以身体语言来说，片面而不加区别地将行为艺术一概否定似乎是不恰当的。在另一方面，行为艺术走向公共领域的过程中，必然也必须在"身体"语言方面下足功夫。费大为认为："中国当代艺术中最有价值的部分，应该是那些在艺术语言层面上展开的探索，而一切用陈旧的手段来表现激动的情绪的作品都不是真正的文化变革。"[1] 或许我们可以把这种从"物化的身体"或"对象化的身体"，到"元素化的身体"或"状态化的身体"乃至"文化的身体"的诸种语言空间的探索视为这种文化变革，而这种变革，势必有一个跟社会公共性空间以及社会公共性规范全方位的磨合过程。这一过程，就身体作为语言的角度来说，有着重要的文本意义和语言学价值，岛子认为"行为艺术的全部特征可以概括为两个字——震惊，以区别于传统艺术的特征——神韵。为此，它不断突破艺术所设定的边界，而向画框之外的社会、伦理、政治、性别、法律飞地游击，以获得更大的自由空间。"[2] 这种对边界的突破是要付出代价的，这代价就是陈履生在新著《以"艺术"的名义》指出的："牺牲公共秩序、道德文明和生命尊严"的代价。这一"代价"，从"语言"发展史的角度，不管是正面积累起来的经验，抑或是反面沉淀下来的教训，都不可置疑地有着值得思考的成分。代价，包括代价的载体以及由代价而诱发的诸多思考和讨论，共同构成了颇具实验意义和研究价值的历史文本。从这一文本中，即将也必然生发出身体作为语言而衍生的多元化的文化意蕴。

作为身体语言本身，在私人秩序和公共秩序之间，也许从来都是这样不可避免会发生持续的冲突。对这一冲突的解决，也许需要有一个可以操作的制度，需要有一个公认的游戏规则，需要有一个在中国语境中借以体现新的审美精神的文化理念。这一点也许诚如朱青生指出的："正像如何在中国语境中寻找到有意义的艺术话语是我们当代艺术需要深入考虑的问题那样，建立一套比较完整的制度，以保障当代艺术的展览和通过展览促进艺术在本土的发展并建立起我们艺术的文化与质量，也已摆在了我们的面前。"[3] 经历了1990年代以来繁复多变的演绎和发展，身体作为语言在众多层面和众多角度赢得了不断的自我超越式的突破和刷新。作为一种颇有意味的文化现

---

[1]　费大为《展览和展览策划》，见载《美术观察》1999年第5期。

[2]　岛子《行为艺术——从仪式震惊到暴力丑学》，见载《世艺网》网站。

[3]　朱青生《中国当代艺术的国际处境》，见载《读书》1998年第11期。

象，身体语言在同当代人文精神呼应和对话的过程中，在对当代文化语境的认知和营造的过程中，在对价值命题的解构和重构的过程中，建立了将自身变成"现象"的可能性和可读性的条件，以及将这种"现象"转化而成为耐人思考的"文本"。对这一语言文本的梳理和讨论，势必需要建立在制度规范和观念体系的前提之下，而对旧规范和旧体系的解构和突破的过程，同时也就是对新规范和新体系的思考和总结的过程。身体作为语言，也势必行将以其勃勃悸动的生命力，在新的话语背景底下探求当下语境的历史逻辑。这一过程尽管有些漫长，但是已经不再遥远。

第二节　经验中的"陌生感"
——1990年代以来中国美术现象研究之二

[本节导读]　　本节从特定情境复述中的陌生感和多种话语方式中的陌生感两方面，对1990年代以来中国美术现象中的陌生感问题加以考察。本节的核心观点是，纵观1990年代以来的中国美术，可以见到这种"曾经有过的视野"在"失去"过程中必然带来的"陌生感"，以及由"陌生感"现象所预见的前所未有的探索和实验，这也是当代中国美术在"发展论"方面的价值和意义。本节内容，成稿于2004年5月。

在1990年代以来中国美术发展脉络中，有一个不可回避的现象就是"陌生感"。这一现象不同程度地潜在于国、油、版、雕、装置、影像和行为艺术，它对于艺术家和公众有着不同的意义：一方面，它反映出艺术家从思想观念到创作手段都力图跟传统方式拉开距离的尝试；另一方面，它也反映出公众在面对这些作品时不同程度的失语和困惑，由此导致艺术家源于周遭现实并试图以新的话语方式营造的艺术世界，在公众眼里反而有着某种莫名其妙的文化隔膜。这隔膜的结果，就是公众对当代美术作品普遍而不同程度地感觉到陌生。

"陌生感"现象在中国当代美术现象的相关研究文章中，没有得到足够的重视和讨论。但是，这并不意味着它不存在。就像每一个时代都面临的问题一样，艺术家以感性而直接的方式，再现当前的生活状态，或者通过特定的视觉语言，把对当前时空范围之外的情境通过当前的话语方式表述出来。这种表现的过程有着一定的前卫倾向，就像贡布里希谈到的绘画总是处在趋前的运动之中。而跟艺术家相对应的另一社会群体即公众，他们对作品的审美过程，往往还会停留在从前的状态和惯性当中。"公众根据历史经验和既定习俗来评价新事物。公众往往会把新事物料想成旧事物的翻版，因而也就不会理解艺术上的新发展。"[1] 存在于艺术家和公众之间的这种文化错位和审美差异，在1990年代以来的中国美术中表现得尤其突出。"陌生感"现象，不仅构成了1990年代以来中国美术作为视觉文化的一个特征现象，而且还成为中国美术在当代语言转型过程中绕不过去的必然话题。

一、对特定情境复述中的"陌生感"

跟1980年代的最大不同点在于，1990年代以来的中国美术逐步摆脱了在1980年代还较为浓厚的对西方现当代美术盲目模仿的痕迹，冲破了种种牵襟扯肘的局限和束缚，沿着个性化、独立化和多元化的路子更为明确地实现了自我身份和自我价值的认可。不管是新的创作手段、新媒体和新观念的运用程度，还是作品中使用的新语言方式和在其中寄寓的新话语内涵，都蔚为丰富并且甚为稳健地体现在作品当中。1990年代以来的中国美术作品，在某种程度上更加贴切地回到了本土语境，不少脱颖而出的作品都有着对当下状态的亲和力。尽管公众对这些作品中使用的新的视觉语汇及其当下语义还不太了解，客观上存在着审美接受的距离，但是这种"陌生感"并不妨碍作品本身的语言意义。

（一）对历史语境的复述

---

[1]　　J·J·德卢西奥·迈耶《视觉美学》，李玮、周水涛译，第210页，上海人民美术出版社1990年5月出版。

海德格尔认为："历史实际上既非客体变迁的运动联系，也非主体的飘游无据的体验接续……历史的历事是在世的历事，此在的历史性本质上就是世界的历史性。"[1] 从这个角度看，"此在的历史"不但包含了"客体变迁"即其所存在的特定时空的种种因素，而且还包含了"主体"即历史叙述者所处时空的若干因素。对历史语境的复述，其实也就是这样被"主体"因素覆加过的"客体"的反映。

美术作品对历史语境的复述，就是再现"此在的历史"的过程。1990年代以前历史题材的作品，对历史语境的复述往往习惯于使用平铺直叙、正面描绘以及情节的表面化和表象化方式，如杨之光的《毛主席在农讲所》（1959年）、胡一川的《前夜》（1961年）、林塘的《百万雄师过大江》（1971年）、王式廓的《血衣》（1973年）、林宏基的《烽火少年》（1977年）、朱乃正的《国魂——屈原》（1984年）等，不管是题材的选取、情节的构思还是观念的倾向，尽管在"直接叙述"中还交错使用了"倒叙"、"插叙"等叙述性的话语方式，但是其视觉信息的流动基本上还是单向的、外化的、直接的。而且，这些作品在复述历史的过程中，往往在创作前就有一个预设的中心话题。这种状况，长期以来在公众的审美过程中形成了牢固的心理定势。它既构成1990年代语言转型的原始背景，同时也为1990年代中国美术中的"陌生感"现象埋下伏笔。

1990年代以来，"过去记忆中的中国已经不复存在，中国这条船已经开到了另一个时空之中。"[2] 伴随着社会发展带来的各种变化，物质消费和精神消费以变动的节奏不断地建构、解构、分立和整合，对既往历史和发生在身边正在延伸的历史，从新的角度加以考察，成为态势中的必然。朱其将这种社会转型期"艺术家个人化的文化态度和人格变异"概括为"对于艺术的社会禁忌和情感极限的突破、对于艺术概念自身的解构、对于知识分子心理意识和自我解体。"[3] 以此作为1990年代中国美术中的问题诠释。

[1]　海德格尔《存在与时间》，陈嘉映、王庆节译，第456页，三联书店1987年12月出版。

[2]　现代艺术编辑部《我不会仅用记忆去理解——费大为访谈》，见载《现代艺术》总第6期，2001年7月出版。

[3]　朱其《1990年代的观念艺术和艺术中的观念性》，见载《重新解读——中国实验艺术十年（1990—2000）》，广东美术馆编，澳门出版社2002年11月出版。

类似的情形比比皆是，比如，叶永青的《大招贴》（1990—1992年）是对文革的历史的复述，它通过对特定符号的提取实现了对"叙述"为特征的传统话语方式的改造。经历过文革历史的人对这段历史有着复杂的感情，发生在这段历史中的视觉符号往往贯穿着公共性体验的整个过程。叶永青在文革大字报以及在商业社会非常普遍的招贴栏和广告牌之间寻找共性的链接，"大字报"作为特殊年代里面"个体"跟"群体"对话的媒介，在语境转移后被赋予一种象征了混乱、冲突、破坏等新的语义。巫鸿认为《大招贴》"运用了大字报的形象，以此浓缩逝去的时代。"[1] 而这种浓缩就其语言方式而言突破了习惯的审美心理定势，在熟悉的视觉符号中制造了带有"陌生感"的新的历史语境。

图30　徐冰《鬼打墙》，装置，1990—1991年作。

---

[1]　巫鸿《回忆与现实》，见载《重新解读——中国实验艺术十年（1990—2000）》。

将历史标志性建筑物赋予新的文化内涵，寻找隐藏在其中的种种情愫。比如，徐冰选取了"长城"为话语媒介，他的《鬼打墙》（1990年）是他跟一群学生和农民一起工作了24天，从30米长的长城上制作的拓本。长城是人类历史上建设时间最持久的建筑工程，从春秋战国到明代前后持续了2000多年。明代长城西起嘉峪关，东至鸭绿江，全长7300多公里，它不但是世界古代历史上最大的防御工程，城墙连同沿线的隘口、军堡、关城、市镇构成完善体系，而且还是内涵丰富的文化遗产。慕田峪关口、黄崖关、居庸关、雁门关、嘉峪关、山海关等关口都包含了渊源深厚的地理人文。徐冰把这一标志性的、文化纪念碑式的建筑物转化成充满视觉张力的黑白符号，"符号不是对形式的简单说明，而是通过形象和述事对现实和历史的深刻切入。"[1] 这种话语方式，同样产生了对传统审美定势的冲击。1990年代以来跟"长城"有关的作品还有郑连杰的《大爆炸：捆扎丢失的灵魂》（1993年）、展望的《在长城上镶"金牙"》（2001年）、何成瑶的《开放长城》（2001年）、刘成英的《公正》（2001年）、周斌的《砸墙》（2001年）、岳路平《长城盒子》（2001年）等。

对当前历史的关注和复述，往往也有着"陌生感"的因素。比如王劲松的《标准家庭》（1997年），这件由200张彩色照片组成的作品，反映了自1979年中国普遍提倡独生子女以来中国家庭结构的变化。据统计，1995年中国3.2亿个家庭中，独生子女家庭占20.72%，大部分集中在经济文化发达的地区。王劲松的《标准家庭》正是创作于第一批独生子女18岁即将走入社会，图像中衣服装饰的差异体现了经济情况、气候状况、社会身份和个性爱好等的不同。独生子女走入社会后将带来怎样的新人文景观，这是一件行将揭秘的社会事件。作品向人们展示了一个正在到来的未知的历史时代。

地图的历史，同样是人的历史。2001年10月在意大利雷阿宫博物馆举办世界地图绘制历史展览，在这个名为"世界的标记与梦想"的展览上，展示了从公元前6世纪的巴比伦石碑至今的各种地图，这些地图都是人类既往历史的再现和记录。跟这种一般意义的"地图"不同的是，洪浩的《世界地

---

[1] 易英《1990年代的中国实验绘画》，见载《重新解读——中国实验艺术十年（1990—2000）》。

图》系列（1992—1996年）反映的是虚构的未来的历史，他以特有的睿智演绎了关于"地图"的历史语境。洪浩把这些丝网印刷品做成传统线装书中的插图样式，其中《万国导弹布防图》、《世界行政新图》、《世界地形图》、《世界测绘新图》、《最新实用世界地图》等，每幅虚构的地图都反映了对世界未来历史的悲观见解。对于习惯于把地图作为地理信息载体的公众，洪浩的作品显然以其荒诞离奇和无法逃避的恐怖充满了种种难以言表的"陌生感"。

　　跟历史语境有关的作品，还有许江的《世纪之弈·石碑》（1998年），在被摧毁的城市和倒塌的纪念碑之间，用两个对弈者脱离形体的手"象征了文明毁灭背后互相对抗的历史力量"。[1] 魏光庆的《红墙·家门和顺》（1992年）把中国传统木刻图式和故事内容，与红砖墙和富士胶卷的图案组合在一起；王友身的《清洗·1941大同万人坑》（1995年）用循环水装置对物理记忆加以逻辑层面的扩展和延伸；王广义的《大批判》（1991—1992年）把文革式的政治招贴和商业时代的消费广告结合在一起；《唯物主义》（2001年）在工农兵形象当中寄寓了带有模糊性的朴素力量；袁耀敏的《秦俑》（1996年）对男权历史的女性主义批判；陈劭雄的《花样反恐》（2003年）对国际和平的揶揄般的想象力等，从不同的角度把公众的视野从熟悉的物象和构建中牵引开来，跨越种种"陌生感"传达出关于"此在的历史"的视觉语义。

（二）对生活状态的复述

　　1990年代以来，一个与1980年代有着很大不同的新的社会正在我们的生活中出现并开始逐步定型化。中国社会在各个方面的制度性改革，"不仅造就了整个中国文化领域的广泛的结构性变异，同时，它也在中国人精神生活的内部，产生了相应的深刻变动，不断促成了广大民众在精神取向和价值观念等方面的迅速变更，进而形成了整个中国社会在文化层面上的精神分化与

---

[1]　　巫鸿《本土与全球》，见载《重新解读——中国实验艺术十年（1990—2000）》。

重组。"[1] 清华大学孙立平教授在《断裂——20世纪90年代以来的中国社会》中提出"城乡发展差距"、"地区发展差距"、"居民收入差距"等10个困扰着经济社会协调发展的问题。[2] 在1990年代以来剧烈的社会变化当中，随着传统人文和生活景观逐步消失，后现代城市和新型都市文化逐渐突兀到眼前，由此也带来了美术领域包括绘画、摄影、行为、装置、影像等多种视觉方式在创作方面的变化。

1990年代以来的文化讨论中，"都市化"是一个出现频率相当高的一个热门语汇，它跟当代的生活状态紧密联系在一起。人口的迁移、城市的变迁、街市的变化、观念的更新、生活节奏的加快、人际环境的刷新，在这过程中，"陌生感"以不断累加的话语内涵，有时甚至侵犯性地介入都市语境。都市题材在1990年以来的美术作品中占有相当的分量。倪卫华、王家浩的《线性都市——利用艺术》（1997年）把上海地图加以"后现代"的结构，原有的线性图像被打乱后带来的不知所云，一方面以从未发生的视觉体验反映了对新型建筑、道路错综复杂和抽象线条的迷恋，另一方面也以乌托邦的想象力建构了未来有别于其前身的都市生活。新都市以其骄傲的三度空间和快速流动的现实场境，在不断更新的"陌生感"中营造都市人的新的生活。

"艺术家不是一个孤立的事实，他是某种环境和某种伴随物的结果"[3] 陈劭雄的《第二大街》（1997—1998年）是概念化的对都市的个人观照，这条并不存在的街道中包含了都市普遍存在的各种设施：树木、电话亭、红绿灯、交通工具、交通标志，还有各种身份来来往往的行人。街景的场面反映了都市的种种游戏规则：人与人之间自顾不暇、彼此毫无交流的状态，构成一个没有秩序、没有叙事也没有视觉焦点的逻辑混乱集合。陈绍雄

[1] 王德胜《世俗生活的审美图景——对1990年代中国审美风尚变革的基本认识》，载"学生大"网站。

[2] 孙立平《断裂——20世纪90年代以来的中国社会》，社会科学文献出版社 2003年10月出版。孙立平的观点另见于《1990年代中期以来中国社会结构演变的新趋势》，见载《当代中国研究》2002年第3期。

[3] 雷蒙德·威廉斯《文化与社会》，第224页，北京大学出版社1991年出版。

以"目击者"的旁观态度，"建造一个转瞬即逝的城市风景纪念碑"。[1]

有一个不可否认的事实就是，个人的成长经验总会带着社会生活的痕迹。"谁都逃不过这个社会和这个时代的变化给个体的人所带来的影响，因为那些背景和烙印都是这个时代留下的。"[2] 喻红在1998年之后创作的《目击成长》系列，把个人成长过程跟社会生活的琐碎片段结合在一起。"喻红是一位冷静的叙述者，用中性的旁观者的语调，客观如实地描述流逝的岁月里她那些难以忘怀的经历。"[3] 作品通过宣传画、桌椅、服饰、日常用具等不同时期非常特殊的东西，以及不同年龄阶段的不同表象，投射了社会生活的历时性过程。"一个人的成长史就是社会变化的历史"。[4]《目击成长》阐述了个人记忆与公共话语在一定程度上的交错和重叠，这也正是"新生代"艺术家作品中共同的视觉况味。易英认为"新生代画家是以个人的眼光来观察生活和记录生活，不是按照既定的公式来描绘现实。"[5] 这一论断解释了在"新生代"的作品中所表现的生活屡屡令人感到既贴切又遥远，并且有着挥之不去的"陌生感"情愫的内在原因。

1990年代中国审美风尚的变革，表现为"世俗化"、"娱乐化"和以消费为特点的生活审美。[6] 曾浩的《下午5：00》（1996年）在矛盾而统一的画面中，展现了多元而充满歧义的"陌生感"：衣着体面的"白领"们以及代表着他们的追求和成就的种种物质财富，被描绘成缩微的玩具。人物表情的公式化，以及画面中保留的大面积空荡，演绎了在这个世俗和娱乐的生活状态中难以消解的时间和空间概念的混乱。在这样的状态下，都市人的文

---

[1]　陈劭雄语，见载《重新解读——中国实验艺术十年（1990—2000）》，第272页。

[2]　刘淳《现实世界与心灵幻象的融合——喻红访谈录》，见载刘淳《艺术人生新潮——与41位中国当代艺术家对话》，云南人民出版社2003年1月出版。

[3]　徐虹《看喻红成长的三十六个瞬间》，见载《现代艺术》总第7期，2001年9月出版。

[4]　同[2]。

[5]　易英《1990年代的中国实验绘画》，见载《重新解读——中国实验艺术十年（1990—2000）》。

[6]　王德胜《世俗生活的审美图景——对1990年代中国审美风尚变革的基本认识》，见载"学生大"网站。

化身份问题，成为需要落实的社会必然。从历史背景来讲，我们可以看到1990年代以前"中国的政治意识形态是一种气势恢宏的民族和国家的历史话语，与之相关联的是民族和国家的叙事学"，而到了1990年代，"诸多信息都透露出1990年代的精神指向是回归当下的生活景况"。[1]

知识分子的社会身份问题是1990年代以来跟生活状态内在联系着的敏感问题，知识分子作为社会精神产品的生产者，在不同历史时代有不同的生活状态。"1990年代的文化转型直接导致中国知识分子的普遍身份焦虑，在这种自我身份认同中，知识分子们夹杂着失意和愤慨、忧虑与无奈。"[2]杨福东的《第一个知识分子》（2000年）揭示了商业社会冲击下，知识分子立场、态度受到无形的挑战，这是一个找不到对手却客观存在的"精神战斗"，也是中国知识分子在无可奈何的命运面前无法排遣的情绪反映，是1990年代特殊历史氛围决定的文化处境。

不但知识分子如此，其他人群也是如此。罗子丹的《一半白领，一半农民》（1996年）以戏剧化的理性解读方式，虚拟了"白领"和"农民"在文化身份转化中的种种尴尬，这种源自身份的冲突和转移现象，表达了适应新的社会经济体制过程中的文化质疑，以及在动态的文化坐标中的矛盾和困惑。

商业社会带来了职业化的现象，社会在无形中塑造了种种严肃而滑稽的"角色"。宋永红的《职业微笑》（1993年）展示的就是这样一个幽默而荒唐的景象，从极其"Professional"的动作和表情中，看到的是商业社会中的冷漠和病态。曾梵志的《协和三联画》（1990年）展示的是医生和病人的关系，令人感到源自心灵的震颤和不安，服装和床单等物品的冷静的色彩，在人物呆滞的神情下透露出一反常态的躁动和陌生，使人无法从眼前的景象联想到心灵归宿的慰藉和温情。

（三）对记忆的复述

---

[1]　李弢、洪园波《1990年代中国的文化语境》，见载"成言艺术"网站。

[2]　同[1]。

"记忆"是"陌生感"的孪生词汇，不管是"回忆"和"追忆"对"陌生感"的抵制和克服，还是由"失忆"所造就的精神失语状态，都直白地反映出"记忆"和"陌生感"就像"形和影"那样不可分割的血脉关系。"1990年代文化与1980年代文化相比，是轻松、平和的，究其根源，就是历史记忆的淡化，甚至泯灭……我们所看到的轻松与平和不过是失去历史关联，也就是无记忆的寻找先天性地失重之后的悬浮形态：没有深度的平滑和没有触击的碰撞。"[1]　1990年代跟"记忆"有关的中国美术作品中，包含了个体记忆、群体记忆以及在这些过程中的"失忆"等内容。

　　海波的《他们系列》（1999年）和《她们系列》（1999）就是以照片装置的方式唤起对于过去岁月的回想，尽管作为"回忆"蓝本的1970年代的旧照片还不能单独构成记忆的经典，但是作为对比和回应的新照片在一定程度上把视觉人文的种种断想，从记忆跑道的终结拉回到青春历史的起点，这种"对失去的时间的固执的复制"。[2]　使人想起1990年代初流行的《霸王别姬》主题歌《当爱已成往事》里的一句"纵然记忆抹不去，爱和恨都还在心里"的唱词，透过这种回忆，颊齿耳目之间难免会唤起若干在失去岁月里久已淡忘的陌生。

　　"记忆作为艺术家的一种叙事资源，不只表现了一种经验性的存在，更多时候常常体现出某种精神的还原，折射着艺术家的价值观和情感取向。"[3]　与海波"跳跃式"的记忆方式不同的是，隋建国、展望、于凡的《女人·现场》（1995年）以线形的、连续性记忆的方式，展示了又一种个体生存的青春轨迹。三位艺术家的妻子或母亲，在各自成长阶段的老照片、日记、书信、证件、收藏品、手艺活、奖状证书等为唤起记忆提供了时间逻辑的线索。它以不可质疑的真实性呈现了历史中的私人生活和私人记忆。由于它创作和展出于1995年在北京召开的第四届世界妇女大会，该作品也以其当下的历史性，营造了"一个能使普通中国妇女参与国际事件和当代妇女解放

[1]　肖鹰《〈阿姐鼓〉与1990年代文化》，见载"学生大"网站。

[2]　海波《与图片作品有关的几段文字》，见载艾未未《中国当代艺术访谈录》，Timezone 8 Ltd. 2002年11月出版。

[3]　冯博一《穿越"百年记忆"》，见载《现代艺术》总第6期，2001年7月出版。

运动的另类空间"[1]。透过这些由零碎材料构建起来的记忆编年史，可以看到个体记忆对"陌生感"的种种克服。

"在生命过程中的任何时刻拣取到的任何碎片，都包含着丰富的意涵；过去生活的回忆，都会留在艺术家的心底里，帮助艺术创造重现生活实际。"[2] 宋永平的《我的父母》（1998—2001年）以一种近乎无奈的特殊方式陈述了关于艺术家父母亲个人生活的最后记忆。艺术家把这作为记忆的纽带，意图通过作品"让他们（父母亲）感觉这个社会还知道并关心他们，他们和这个社会还有一种联系。"[3] 宋冬的《父子》（1998年），将父亲讲述自己简历的投影投在自己的脸上，自己也讲述自己的简历，以此营造喃喃的回忆氛围，并带给人一种跟轮回相关的感慨和联想。女艺术家宋红在1995年创作一系列的作品包括《音乐》、《育之花》、《生之恐惧》等，是她从怀孕到生育过程中的不同心理感受的真实记录。林天苗的《辫》（1999年）用白棉线织就了一个温和、平静的自我形象，剩余白棉线纷繁交错地拖置在图像的背面，隐喻了人前身后乱糟糟的个人记忆。

在1990年代以来的中国美术作品中，与个人记忆相对的是关于"群体记忆"的作品。在这类作品中，"我"是一个在"群体"中被隐匿的概念，"本我"、"自我"或"超我"都是在"非我"的群体语境中得到视觉和文化的认可。固然，把历史和现实联系起来的往往是个人的记忆。但是，在这种群体化了的"非我"之中，寻找"此我"与"彼我"沟通对话的精神桥梁，有时候有着更为强壮的生命力。张晓刚的《血缘·大家庭》（1994年）从开始的时候就定位在"画出历史的东西"，体现的是艺术家坚信的"集体主义的观念、方式变了，但本质没有变"[4] 的跟"群体记忆"有关系的时

---

[1]　隋建国写给顾丞峰的信，引自巫鸿《回忆与现实》，见载《重新解读——中国实验艺术十年（1990—2000）》。

[2]　丁亚平《艺术文化学》，第368页，文化艺术出版社1996年7月出版。

[3]　刘淳《我不在乎别人说什么，我在于我自己能做出什么——宋永平访谈录》，见载刘淳《艺术人生新潮——与41位中国当代艺术家对话》。

[4]　刘淳《作品一定要和自己的生活、经历有关——张晓刚访谈录》，见载刘淳《艺术人生新潮——与41位中国当代艺术家对话》。

间流失。作品中使用的"血线"、"像章"等，以单纯、直接、平静而冷漠的形象，拷贝了关于历史既往的种种遥远而陌生的回忆。

庄辉的《集体照》（1997年）是另一种隐匿了自我形象的群体记忆，艺术家把自己安置在主体语境之外，他用可以旋转180度的摄影机拍摄在乡村、工厂、部队、公司和学校等各种社会人群，在一个相对独立的话语空间中寻求内在的记忆流动。艺术家是一种观望的角色，而照片中的每一个"个体"在这样的语境下具备如此的"双重属性"：一方面，他们是群体中的"个体成员"，是各自独立地承担"群体记忆"功能的"主体载体"；另一方面，他们又是其他成员记忆链条中的有机环节，是记忆的"单子"，是"被记忆"的构成要素，是消解了"本我"意义的"客体内容"。这种双重性决定了《集体照》在一定范围具有的公共性的话语权利，它把一段至少存在于某个集体内部并在这个集体内部实现信息互动的"记忆"凝固在视觉的瞬间。

冯梦波的《私人照相薄》（1996年）中也找不到"自我"的存在，老照片、老影片、老海报、老招牌、旗袍、马褂、婚纱、红领巾，还有三好学生奖状，这一切在千家万户的"私人照相薄"中都可能出现并至今保存着的视觉符号，以解构的整合方式组织成一段又一段没有"情节"的情节。与其说这是文本的视觉含混，不如说这是带有群体特征的记忆断裂，以及在后现代话语空间中对历史逻辑的某种超越。它跟个人有关，但是又不属于个人；它属于一个群体，但是这个群体在岁月的淡漠中拉开了与"当下"的距离。从中固然还可以捕捉到某些或许还算得上温润的红尘旧事，但烟云消散之后的空虚和失落，还是在作品中隐隐唤起审美的"陌生"。

王劲松的《大合唱》（1991年）在某种角度来说对上述作品有过之而无不及，其中不仅没有"自我"，甚至连"他我"也在一种正经八百的轰轰烈烈中抹去了具体的面容。《大合唱》是对群体共谋行为的记忆，其中包含的游戏规则的权力化以及个体意义的消解，往往使人联想到某些"失忆"情结。"失忆"带来的"陌生"有着比"回忆"更加不可阻挡的冲动，近年来包括美国、英国等海内外表现"失忆"情节的电影，如《我是谁》（1998年）、《失忆症》（2001年）、《鬼影人》（2003年）、《记忆碎片》（2003年）、《我的失忆男友》（2003年）、《记忆裂痕》（2004年）、《记忆拼图》（2004年）、《五十次恋爱》（2004年）等，对"失忆"和

"记忆"的关系提供了逻辑而有力的旁证。在王劲松的《大合唱》中，可以感受到某种"失忆"后的"陌生"。

黑格尔曾经这样谈到："只有心灵才是真实的，只有心灵才涵盖一切，所以一切美只有在涉及这较高境界而且由这较高境界产生出来时，才真正是美的。"[1] 在1990年代以来的中国美术作品中，还有一些是直接体现"记忆"被淡化后的"陌生感"，比如张培力的《继续繁殖》（1993年）包括25张系列黑白照片，它是用同一张照片一遍又一遍地不断复制，直到最后照片上的图像变得模糊而难以确认。"《继续繁殖》尖锐提出过去是这样在时间中淡去"[2] 而这种"淡去"必然产生的"陌生感"，与审美欣赏有关，与记忆有关。

图31　王劲松《大合唱》，布面油画，150×150cm，1991年作。

[1]　黑格尔《美学》第一卷，第5页，商务出版社1984年出版。

[2]　凯伦·斯密斯《从零到无限：1990年代中国当代摄影之发展》，见载《重新解读——中国实验艺术十年（1990—2000）》。

二、多种话语方式中的"陌生感"

1990年代以来的中国美术作品中的"陌生感",如果说是在作品中体现出来的,倒不如说是在作品中制造出来的。这样说固然显得有些牵强,但是它能够表达出艺术家的主体性在创作中所发挥的作用。公众对作品的解读只是问题的一个方面,在另一方面艺术家确实也采取了多种新的话语方式,有意识地在作品中"制造"陌生感。这突出表现在以下8个方面:

(一)掩盖

把"掩盖"的手段和过程纳入作品当中,在"即时性"的视觉特征之外引入"历时性"的因素,从而"制造"某种与传统审美方式非常不一致的"陌生感",这在1990年代以来的中国美术作品中比较多见。有代表性的作品如邱志杰的《重复书写一千遍兰亭序》(1990—1995年)、陈劭雄的《风景2》(1996年)、金峰的《我的形象的消失过程》(1998年)、陈心懋的《史书系列·错版》(2000年)等。这些作品的共同特点就是以"自我复制"或"自我隔断"为媒介,直到原始图像模糊和消解为止。

邱志杰的《重复书写一千遍兰亭序》(1990—1995年)就其话语方式来说,是对传统书法"书写性"的逐步解构,对文字性的破坏并把它改变成纯粹的"墨迹"的过程,同时也是文化层累观念不断注入作品的过程。艺术家用录像记录了书写前50遍的过程,《兰亭序》作为"天下第一行书"被一遍又一遍地自我覆盖,这种貌似无意义的行为恰恰就是作品的意义所在。它使人想到顾颉刚"古史辩派"提出的"层累地构造历史"的学说,以及传统文化在不断的自我复制中延续、转型和跨越。由作品带来的关于文化和历史问题的反思,并不仅仅是一种"书禅"那么简单,它还包含了内在的价值趋向和态度。

陈劭雄的《风景2》(1996年)是透过一片挡在镜头间的玻璃拍摄街景,玻璃上面画了一些动物、飞机、坦克等形象。由此得到的录像短片,便也是在这样被"自我隔断"后的街景的图像。玻璃上的涂鸦构成了视野中对风景的涂鸦,被涂鸦过滤后的街景呈现出莫名其妙的形象。这是一种"介入式"的"掩盖"方式,隐喻了感官判断中先验概念的话语霸权。

金峰的《我的形象消失过程》（1998年）在"书写性"的方式上是邱志杰的《重复书写一千遍兰亭序》的翻版，在"介入"方式上是陈劭雄的《风景2》的延续。不同的是，在《我的形象消失过程》中，"我"是一个固定不变的元素，"介入"到"我"前面的透明玻璃在被反复书写"我"的身份证号码之后，"我"的形象在布满多层文字的玻璃后面"消失"了。这种消失，不同于《重复书写一千遍兰亭序》中的"本我"的消失，也不同于《风景2》中"只遮不掩"的消失，而是被"隔断"所掩盖的消失。

陈心懋的《史书系列·错版》（2000年）也是一种隔断式的掩盖，它跟《风景2》和《我的形象消失过程》中的"介入式"的"隔断"不同，而是以未完成的局部涂污来实现画面的"自我隔断"。在《史书系列·错版》中，有意错印的木版印刷品还可以依稀辨认出经典著作的残迹，被污损的影像透露出"欲说还休"的感怀。"自我隔断"是一种最为快捷便利的话语方式，它能够以最接近"即时性"的速度完成"掩盖"的意图。

（二）变换

在1990年代以来的中国美术作品中，"变换"有着多重的含义，大致包括主客体角色的互相变换、主述对象的角色异化、主述角色的自我变换、空间意义的话语变换等四种类型。这些"变换"的共同点是把"被变换物"从原始语境中抽取出来，在新的语境中重新赋予新的语义。

汪建伟的《观看》（2002年）是带有互动特征的主客体角色的互相变换，作品的主体因素是由数十位模特组成，在观众"观看"作品的时候，他们也正在被模特观看。"看"与"被看"在同一时空中互文见义，两者互相之间无休止地被对方不断地转译。究竟是观众在看作品，还是作品在看观众，这构成了发生学的逻辑悖论，反倒有点像1930年代的一句诗："你站在桥上看风景，看风景的人在楼上看你。明月装饰了你的窗子，你装饰了别人的梦。"[1] 主客体角色的互相转换，为作品的"陌生感"提供了恒定持久的原动力，它构成了1990年代以来中国美术作品中的语言特色。

---

[1]　　这段诗录自诗人卞之琳的《断章》，1934年10月作。

主述对象的角色异化，在某种程度上有着非常幽默的文学风格。徐冰的《文化动物》（1995年）以"角色对立"的方式实现了主述对象的角色异化。徐冰把意欲表达的中西方文化分别异化成一公一母两只发情的猪，他们之间活生生的动物性关系，以及由此引发的冲突、对立、暴力、斗争、需求、互补等关系，暗示了中西方文化之间胶着而隽永的分、合、异、同。作品还通过"角色对立"隐含了对由这种"性"行为造成的未知结局的前瞻和预见。类似作品还有黄永砯的《世界剧场》（1993—1995年）等。跟徐冰的"角色对立"不同的是，赵半狄的《赵半狄与熊猫》（1999年）采取了"角色分离"的方式，艺术家在"自我"之外虚设了一个对话式的"他我"即熊猫，以此借助"角色分离"实现主述对象的角色异化，把跟"公益性"有关的诸多内容，如交通规则、下岗问题、医疗卫生、环境保护、毒品、艾滋、偷猎、社会道德等，以情节性的对话方式消除了说教式的单调而紧张的阅读关系，在社会审美的陌生地带开拓了富有张力的预留空间。

主述角色的自我变换，在1990年代以来的中国美术作品中也比较多见，其特点是将主述人"我"以不容商议的肯定态度"介入"到作品对象中，以此完成作品语义的表达。林一林的《我在右》（1997年）把一左一右成对摆放的石狮全部移植到左边，而主述人"我"以石狮的姿势蹲在右边的狮子座上，从而制造了"我"对石狮的"介入"以及"我"与石狮的话语对抗。"我"从一个旁观的他者角色演变成"局中人"的角色，反映了当代文化中身份移位的现象。这类作品还有仓鑫的《身份互换》（2000—2002年）、李海兵的《我是谁》（2002年）等。

空间意义的话语变换，比较精彩的作品如张永和的《一室一厅》（2002年）和陈劭雄的《一室一厅美术馆》（2003年），这两件作品不但各自构成空间意义的话语转换，而且还先后构成话语共谋关系。"一室一厅"是源于建筑学的词汇，其源语义指的是居室看见的功能间隔，它与同类的词汇如两居室、三居室、明卫、明厨、复式结构等都是跟当代人生活状态息息相关的热门词汇。张永和把它借用来作为装置作品的名字和主题，居室的空间意义被巧妙加以转化，构建了一个其实不是居住环境的居住空间。颇为后现代意味的是，2003年在广东美术馆举办的"距离"专题展中，陈劭雄把《一室一厅》利用起来，变成了新的作品，名为《一室一厅美术馆》。陈劭雄在其中展出了包括影像、装置、绘画在内的12位艺术家的作品，把它变成了号称世界最小的美术馆。从《一室一厅》到《一室一厅美术馆》，这种变化本身就是一种空间意义的话语转换，它说明空间意义的话语转换，不但有其"即时性"的意义，而且还具有"延伸性"的可能。

（三）虚构组合

虚构是想像力的产物，通过虚构把现实可能性的元素打乱后重新组合，转化成"不可能"的现实，这在1990年代以来的中国美术作品中十分常见。如果单就装置艺术的状况来说，"虚构组合"的主要方式包含了以下三种：

（1）打破时间感的虚构。马尔库塞认为"艺术的使命就是让人们去感受一个世界"，[1] 而对时间的超越，在貌似荒谬的景象当中能够制造出新的审美感受。艾未未的《水晶灯》（2002年）就是这样的虚构，它把水晶灯和脚手架这两样根本不相关的事物组合在一起。从建筑过程的时间维度来讲，脚手架代表着建筑的开端，而水晶灯代表着建筑装修完毕的终点，两种事物的时间距离有着永远不可能聚合的现实理由。在《水晶灯》中利用的正是这样的"不可能性"，它把建筑过程的"时间性"彻底消解，把跟建筑过程有关却永不关联的两个部分链在一起，以此打破现实世界和当下文化中对"必然性"的执着和误区。

（2）打破空间结构的虚构。艾未未的《明式家具》（1999年）是对中国家具的中国解构，他把真实的明代家具用传统木匠的制作技术加以拆解，然后以不伦不类的"理解偏离"的方式对这些桌子、椅子、木凳重新组合，使他们成为没有实用意义的后现代作品。《明式家具》是对传统家具概念的革命，是对隐藏在木匠活背后的规则的嘲弄和转移。它以破坏空间程序的方式对既定模式发出视觉的挑战，"对观者来说也营造出一种熟悉的陌生感"。[2]

（3）对不同物性的虚构。胡向东的《理想种植》（1998年）向人们展

---

[1]　马尔库塞《审美之维》，第212页，三联书店1989年出版。

[2]　冯博一《明式家具说明》，见载《重新解读——中国实验艺术十年（1990—2000）》。

示了一个跟"种植"有关的理想境界，他用树脂做成的假的"水晶"白菜，跟真实的白菜种植在一起。假的"水晶"白菜透明而晶莹，为真实的、普通的大白菜平添了优越的富贵气息。在"种瓜得瓜、种豆得豆"的传统思路中，这里种植的"水晶白菜"能够长出新的"水晶白菜"吗？这只是一个虚设的种植理想，它通过一种物性对另一种物性的条件转移，营造了超越现实的情境虚构，从而使观众在"陌生感"之中升起一缕童话的幻想。

（四）重复情结

　　行为艺术和影像艺术的发展，为1990年代以来的中国美术作品增添了前所未有的话语内涵。最突出的表现是"时间性"以其直接的介入方式更加源

图32　艾未未《明式家具》，装置，1999年作。

源不断地进入到中国美术的语境。海德格尔认为："历史性作为生存的存在机制归根到底是时间性"，[1] 在时间性的前提下衍生出来的重复情结，成为行为艺术和影像艺术常用的重要表达手段。

颜磊的《化解》（1993年）是比较早采用"重复"作为话语方式的作品，其中所重复的画面内容是一双手不停地玩各种"翻花绳"的游戏。在无聊而没有终止的周而复始的状态中，游戏被不断地重复着，这有点像传统文化五行水火的相生相克，一个轮回的结束同时就是另一个轮回的开始，环环相扣，没完没了。在这不断的重复中，游戏带着延续性的连贯特征，把观众的视觉记忆从不留痕迹的视觉衔接中，引申到广阔的感性空间。"重复"以其特有的话语方式，把极为寻常的游戏串联起来，在漫无边际的"陌生感"中，构建了"即此"而"非彼"的视觉语境。

如果说颜磊的《化解》还只是单纯而具体的一组动作的周而复始，那么，在王功新的《凳》（1996年）中，动作的重复已经在这种单纯的基础上赋予新的视觉内容。王功新把老式木凳和固定安装在凳子中的具有电器化时代特征的小型电视荧光屏组合在一起，这种装置材料的选取和组合方式，其本身就是关于"时间"的隐喻。而电视机屏幕上唯一的影像就是一根在木凳表面摸索扣划的食指，食指以不同的节奏在凳子表面移动，并重复着"摸索"的动作。尽管"摸索"的动作没有变，但是"摸索"的位置随着时间的推移在不断地发生改变。类似这样的作品，"它既是一个简单的心理过程，又是一种人类对图像幻想和失去光阴的一种自我强迫的心理情绪。"[2] 这种对"摸索"的重复，克服了"周而复始"式的简单重复，把关于时间的流逝和所遗留的痕迹嵌入到情节化的记忆过程。

邱志杰的《物》（1998年）虽然也是"重复"，但是在"重复"的内涵方面比颜磊的《化解》和王功新的《凳》更为复杂。在这段录像作品中，画面是手不停地划火柴，照亮各种各样的物品。火柴从亮到灭，在黑暗中又一根火柴被划亮，接着又是燃烧结束后的黑暗。每次划亮火柴之间的黑暗时间

[1]　海德格尔《存在与时间》，陈嘉映、王庆节译，第474页，三联书店1987年12月出版。

[2]　林东威《凳》，见载《重新解读——中国实验艺术十年（1990—2000）》。

都不一样，《物》的4盒录像带分别在艺术家居住过的4个房间中拍摄，黑暗一次又一次的重复，火柴一次又一次地划亮，这"光"与"暗"交叉并置的重复，以及每次火柴光照亮的不同"物体"，分别说明了在断裂和延续中的种种生命的因缘。

在1990年代以来的中国美术作品中，还有一种"重复"方式，不同于前述的颜磊、王功新和邱志杰所使用的"重复"，而是源自机械性原理的、在"时间性"前提下并以"空间迁移"为特征的"重复"。相关的作品如林一林的《安全通过林和路》（1995年）、梁矩辉的《游戏一小时》（1996年）等。林一林的《安全通过林和路》以砖墙挪移的"重复"方式，把一堵墙从街道的这边移动到另一边。梁矩辉的《游戏一小时》完成于建筑工地升降机在上下往复不断的机械运动中的"重复"过程。这两件作品都跟城市建设有关，表述了跟城市问题有关的体验和思考。

（五）反常规

运用"反常规"的方式对"常规"进行"逆反"或"破坏"，从而建立起不同于常规的新的规则，这是当代艺术中普遍使用的手段。对"常规"的每一次突破和刷新，都会带来不同以往的种种智慧和体验。在1990年代以来的中国美术作品中，这种"反常规"的方式几乎存在于每一个可能性的角落。对物理规律、自然规律、商业规律、人权道德和社会观念的反向思维，促使不少作品实现了某种程度的自我超越。

王鲁炎的《w自行车》（1992年）是对"物理规律"反常规思维的结果。它通过在自行车后轴添加两个小轮，改变了自行车运转的物理规律，被改造后的自行车变成了独特的观念艺术作品。自行车是全球通用的交通工具，中国大陆的自行车产量自1988年开始就已经位居世界第一。1999年达到全球产量（1.2亿辆）的40%。自行车作为出行、娱乐、休闲和健身工具，与当代生活建立了不可脱节的联系。而王鲁炎对自行车观念方式的改造，使自行车的常规的机械运动规律在动力方向上转变成完全相反的物理指令。《W自行车》以完全陌生的态度把日常交通工具推向反常规的娱乐，并表达了现行"常规"的可动摇性和可拆解性。对自行车的反常规改造，类似作品还有林天苗的《走？》（2001年），该作品把自行车加以"非实用化"的拼接和重组，有着跟《W自行车》异曲同工的作用。

王功新的《布鲁克林的天空》（1995年）是对自然规律的反常规实验。艺术家把"天"装到"井"里面，试图透过"井"这样一个充满穿透力的视觉通道，看到地球另一头的头顶的天空。尽管这件作品的灵感源自美国的民间故事，但是它跟中国文化的一些典故，如《太平御览》中的"盘古开天"，《孟子·尽心上》中的"仰不愧于天"以及《昌黎先生集·原道》中的"坐井观天"等也有一定的渊源。王功新在《布鲁克林的天空》预设的"俯井观天"的情节，这种用"俯视"对"仰视"的改造，怎么讲都是对"天在上"、"地在下"这一自然规律的反向操作，它并不是某种逻辑混乱的结果，而是智慧资源被超越后必然出现的陌生感受。

王晋的《冰·中原》（1996年）以与公众直接交流的方式完成了对商业社会规律的反常规。买方、卖方、流通渠道和流通媒介等因素是商业社会的构成要素，而为郑州中原商城开业仪式量身定做的《冰·中原》，把各种各样大大小小的商品冰冻在长30米、高2.5米的冰墙中。这些商品在开业仪式上任由观众随便拿取，作品现场甚至引发了大规模的哄抢。这是一次关于商业常规的开放式的检验，观众的立场和参与作品时的冲动与狂热，无疑展现

图33　王功新《布鲁克林的天空》，装置，1995年作。

了消费道德常规的非理性，同时也非常直接地消解了关于常规的经典解说。

朱发东的《此人出售，价格面议》（1994年）是关于人权道德的自我梦呓，尽管商业社会的买卖行为以无孔不入的渗透力量蔓延到社会的各个角落，但是"此人出售"之类的广告终究是人权道德永恒的禁忌话语。朱发东以犯忌的方式"兜售"自己，徘徊于北京的大街小巷、劳务市场、快餐店、美术馆甚至北京大学，通过这个过程建构起作品中特殊的公共传播媒介，并表达与公众口味相左的持续态度。

梁矩辉的《游戏一小时》（1996年）是关于"社会观念"的话题在冲突中的共建。1996年，中国社会的电脑普及率，远远达不到目前这样的程度。在电脑上（而不是在游戏机上）玩游戏，还意味着是精神奢侈的文化生活。在这样的社会语境底下，艺术家在建筑工地的裸露电梯里玩一个小时的电脑游戏，显然就具有文化"超消费"的倾向。它构成了与当时的社会观念很不合拍的"反常规"，升降机对建筑工地的实用意义在这过程中被异化，在纵向运动的升降机里面的电脑游戏，暗示了具有高科技含量的未来寓言。

（六）特殊元素

在1990年代以来的中国美术作品中，对特殊元素的运用，同样成为话语方式中的"陌生感"的基本构建。比如以徐冰、谷文达等为代表的把文字作为基本元素运用到作品中；以蔡国强为代表的借助火药的有关特性创作的有关作品；以谷文达为代表的把头发作为创作媒介的有关作品等。

在1980年代后期，徐冰、谷文达等就已经开始以文字为基本元素的创作，徐冰以把英文字母演绎成中文偏旁部首加以重新组合的方式创立了一套"新英文书法"，谷文达则是以汉字系统的自我解构和重构的方式改造书写规范。徐冰的作品《天书》（1991年）、《ABC》（1991年）、《文化谈判》（1993年）、《方块字书法入门》（1994—1996年）、《喜马拉雅山山麓的写生》（1999年）、《英文方块字电脑字库》（1998—2001年）、《猴子捞月》（2001年）、《鸟飞了》（2001年）、《读山水·袁江之后》（2001年）等，通过作品力图改变人们对文化、文字的固有观念。谷文达的作品如《伪字系列——静观的世界》把非汉字书法引入水墨画创作。在1990年代以来跟文字相关的作品还有王南溟的《字球组合》（1992年）、张强的《张强踪迹学报告A-B模型》、邱志杰的《重复书写一千遍兰亭序》（1990—1995年）等。

蔡国强是把火药引入当代艺术创作的推动者，1980年代初他就已经开始用火药作画，到了1990年代他把火药用在更宽泛的文化层面上。他的不少作品如《原初火球》（1991年）、《延长万里长城一万米》（1993年）、《地球也有黑洞》（1994年）、《有限的暴力——彩虹》（1995年）、《有蘑菇云的世纪——为20世纪作的计划》（1996年）、《我是千年虫》（1999年）、《龙年》（2000年）、《喷泉素描》（2001年）、《日蚀》（2002年）、《移动的彩虹》（2002年）等，都巧妙借助了火药的爆发力营造"光"和"火"的体貌，利用燃烧过程的历时性因素，或燃烧后留下的自然痕迹，达到预期的视觉效果。蔡国强的实践，客观上还拓展了关于火药的更为广阔的文化可能性。

谷文达近年来创作了不少以头发为元素的作品，其中有代表性的作品如《联合国：人与空间》（1999—2000年），该作品用来自18个国家的超过400家理发店收集来的人发，制造了一道包括世界所有国家的国旗的幕墙。谷文达的"头发"作品，在从材料到语言全方位的"陌生感"中，演绎着跟国际化有关的文化话题。

（七）特殊载体

从某种角度来说，当代艺术的人文特征还体现在，它把跟人的身体发生密切关系的各种日常用品，推向了更具高度的人文关注。这些东西包括衣服、鞋子、衣箱、床垫、被单、车座乃至人的身体。这些东西不仅仅成为1990年代以来中国美术作品中常见的表现对象，而且还往往被用来作为构造作品的载体。

蔡锦的《美人蕉·106》（1997年）是用油画颜料绘制在自行车车座上的一系列"美人蕉"作品，该作品于2002年11月在广东美术馆参加首届广州当代艺术三年展的时候，也是按照自行车车座的装置方式予以展出的。车座的特殊造型跟"美人蕉"花瓣的接近，但是这种"接近"，非但不能强化观众对"花"的审美理解，反而使观众获得了前所未有的"陌生感"。"仁慈的自然施于艺术家能力，使他能通过他创造的作品来表达他最秘密的冲动。"[1] 由特殊载体带来的特殊感受，其实也是关于感性的另类诠释。

在作品中把衣服作为表现对象或创作元素，这类作品有刘建华的《隐秘·不协调系列》（1994年）、展望的《诱惑：中山装》系列（1994年）、周啸虎的《心欲之旅》（1999年）、陈羚羊的《越晶晶》（2002年）、彭薇的《彩墨锦绣》系列（2003—2004年）以及隋建国的《中山装》（1998年）、《衣纹的研究》系列（1998年）、《马克思在中国塑像》（2002年）、《十字架上的耶稣》（2002年）等。除此之外，也有一些作品，超越了把衣服作为表现对象和创造元素的层次，直接用衣服作为创作的载体。这类作品有孔永谦的《主题性文化衫》系列（1991年）和王强的《无题》系列（1998年）等。孔永谦把"文化衫"作为载体，捕捉文化时尚的最新脉搏。王强把衣服当画布，在各种年代的旧衣服的衬里上作画，"敏锐地讨论了衣服和身体的关系"。[2]

箱子，在1990年代以来的中国美术作品中，是又一种常见的载体。箱子是通俗而非常有效的道具，它把观众的意识引向带有浓厚私密感的公共空间，以及类似京剧传统剧目《柜中缘》的戏剧化的效果。陈妍音的《箱子》系列（1994年）受启发于图钉扎在纸盒子上留下的斑驳痕迹，作品上密密麻麻的小眼以及密集排列的木刺和铜管，暗喻了生命的感受。尹秀珍的《衣箱》（1995年）把自己30多年的旧衣服仔细叠放在一个旧衣箱里，连同不曾"失忆"的"过去"被水泥封闭。马燕泠的《箱》（2001年），在箱子中被捆绑着的女裸体，尽管有点类似日本著名摄影师荒木（Araki Nobuyoshi）在《A World of girls》系列（1983年）中的"捆绑女人"的有关表达方式，但是外在的"箱子"又很大程度地纠正了对这种"倾向"的理解。廖雯认为"《箱》的捆绑装箱，唤起的是童年时期很多人都有过的喜欢在箱子、衣橱里沉溺于自我世界里的经历，有一种特别的自我躲避的感觉。"[3] 刑丹文的《梦游》（2000年）也使用了箱子，两部10分钟的录像，一部投在

---

[1]　弗洛伊德《弗洛伊德论美文选》，第78页，知识出版社1987年出版。

[2]　汪民安《金钱、性和感官生活——王强近作解读》，见载《今日先锋》总第12期，天津社会科学院出版社2002年3月出版。

[3]　廖雯《女性艺术一二三——1990年代以来作为当代艺术问题的女性艺术》，见载《重新解读——中国实验艺术十年（1990—2000）》。

背景的墙上，另一部垂直投在悬空的透明的有机玻璃制成的传统明式的箱子里。录像把艺术家生活和经历过的西方世界，配上中国传统音乐等声音，营造梦游般的感觉。

　　鞋子也是一种常见的载体，尹秀珍的《酥油鞋》（1996年）、《尹秀珍》（1998年）等作品都是把"鞋子"跟源自内心深处的文化关怀联系在一起。前者在拉萨展出，把高原文化的象征物"酥油"放在数双鞋子里，演绎公共视野中的群体记忆。后者则是尹秀珍将自己从小到大的10张不同的照片，放进10双有不同时代特点的"一根带"的布鞋里面，以此表达跟成长的记忆有关的隐秘情节。跟"鞋子"有关的作品还有李邦耀的《重新看图识字1—30号》（2000—2001年），在系列图像中的"耐克"、"梯士托尼"等名牌"鞋子"，是对一种品牌的朴素陈述；喻旭东的《网络鞋》（2002年）以把"鞋子"进行抽象的方式，表达了对高科技"千里之行，始于足下"的思考；彭薇的《绣履记》（2002年）则是以闺阁特有的细腻，透过对不同款式的各种鞋子的描绘，传达出对传统生活的贴切而悠长的缅怀，以及对当下

图34　刑丹文《梦游》，影像装置，2000年作。

生活的深厚而精致的感情。

（八）特殊的制作手段

1990年代以来的中国美术，在相当程度上跟创作手段的不断翻新有着密切的联系。手段本身不构成作品，但是当手段成为促成作品的有机因素的时候，手段的运用就会以全面的态度成为作品的驱动力。1990年代以来特别是在影像艺术、行为艺术等新的艺术方式中，特殊的制作手段有着非常宽阔的施展空间。

天津艺术家莫毅的《城市表情》（1988—1990年）采用的是透过瞬间的随机方式的创作，在这个过程中，　拍摄者尽量消除主观倾向对作品的干预。他把照相机系在脖子后面或拴在腰下，在大街上行走，用快门线拍下所拍到的路人的表情。与《城市表情》类似的作品，还有朱加的《永远》（1994年）、佟飚的《触及》（1995年）、杨振中的《梦游疗法》（1998年）等。朱加用一架小型的摄像机固定在三轮车的车辐条上，在北京街头骑行，随着骑车速度的变化，拍摄到的街道图像360度不断旋转。佟飚将摄像机放在背上，镜头朝后。在助手的协助下奔走于公园、人行天桥和商场，所拍摄的图像都超越了种种预见。杨振中则是将摄像机固定在遥控模型汽车上，任其在地板上运动并连续拍摄。这种随机的创作方式，带来了作品解读中的多种可能性。

跟上述不同的是，还有一种特殊的制作手段，是在艺术家预谋的前提下，捕捉"拍摄者"对"公众环境"及其在场群体的"无意识"的共谋。这类作品有阚萱的《阚萱，哎》（1999年）、徐震的《喊》（1999年）等。前者拍摄于北京复兴门地铁的地下通道，艺术家从一个站台奔向另一个站台，边跑边喊自己的名字，录像中可以看到周遭人群对这一行为的不同反应。后者是艺术家在不同公共场合高声怪叫，"以厚颜无耻的丑陋乖张为代价，终于捕捉到了集体无意识中脆弱的瞬间。"[1] 这一瞬间固然来自某个社会群

---

[1]　吴美纯、邱志杰《喊》，见载《重新解读——中国实验艺术十年（1990—2000）》。

体，并且可能发生在任何一个社会群体当中。但是当公众以作品欣赏者的身份面对作品的时候，难免会产生一种挥之不去的经验中的"陌生感"。

罗一平在谈到绘画信息的"接受论"的时候认为，"在绘画信息的接受的每一个阶段也有如此的特点：失去一种曾经有过的视野，然后从一种无际的景地走向能指（signifier）的羊肠小道。"[1] 其实，这一"接受论"的观点，不仅适用于绘画信息领域，而且也是所有美术领域共同特点的总结。纵观1990年代以来的中国美术，可以见到这种"曾经有过的视野"在"失去"过程中必然带来的"陌生感"，以及由"陌生感"现象所预见的前所未有的探索和实验，这也是在当代中国美术在"发展论"方面的价值和意义。

第三节　多元叙事
——1990年代以来中国水墨文化研究

[本节导读]　本节围绕多元与现代的关系，结合对58位艺术家的250多件作品的具体分析，从语言的变革、情结的趋向等方面对1990年代以来的中国水墨文化提出若干独到见解，并对中国水墨文化的未来发展提出展望。本节内容，成稿于2004年8月，应邀参加江苏省人民政府主办的"首届南京水墨画传媒三年展高层论坛"研讨会，2004年12月在南京举办，并见载《墨语·江苏省国画院美术史及美术理论研究集刊》（第1辑），天津人民美术出版社2005年10月出版。

1990年代以来中国水墨文化发展呈现出"多元"态势，一方面给中国水墨文化带来了更为宽绰的生存空间，另一方面，也为中国水墨文化的前景提出了新的期待。特别是在全球化和现代化的语境底下，中国水墨文化转型过

---

[1]　罗一平《美术信息学》，第178页，中山大学出版社2002年8月出版。

程中必然面临的问题，比如：（1）多种视觉载体的可能性问题；（2）本土话语方式的可行性问题；（3）社会传媒渠道的必然性问题；（4）当代文化生态的前瞻性问题等。这些问题，不但激荡在艺术家的创作态度和实验历程中，而且同样促进着学术界对不断自我刷新的中国水墨文化加以动态梳理，并为重构中国水墨文化的价值体系求证相应的逻辑依据。

本文对1990年代以来中国水墨文化的考察，立足于两条主要线索：（1）中国水墨文化的语言变革；（2）中国水墨文化的情结趋向。这两条线索有着不同的文化意义，前者为中国水墨文化的发展开辟了更多的平台和通道，后者则体现着中国水墨对当代文化的介入与超越。尽管如此，如果把"中国水墨文化"放置到总体意义上的"大文化"的时候，还是可以发现这两条线索之间互相依存、互相促进的关系。我们可以看到，尽管前者（语言变革）的铺垫，使中国水墨文化具有了蔚为强悍的内驱力和可持续发展的语言"能指"空间。但是，如果没有后者（情结趋向）的延展，中国水墨的形式语言就会缺少足够依偎的温床。而恰恰是后者的发展，保障了中国水墨跟当代文化之间的精神同构，并连同活灵活现的语言形式一起赋予中国水墨文化以开放而隽永的生命。

一、关于"多元"

1990年代中国水墨文化的"多元"，在历史逻辑上是1980年代的发展和延续。

1980年代对传统水墨的种种质疑和突破，不管是以吴冠中、谷文达、刘国松、周韶华等为代表的艺术家从不同角度在作品中对水墨传统语言的转换；还是以吴冠中关于"绘画形式美"、刘国松关于"革中锋的命"、李小山关于"中国画走向穷途末路"等为代表的前卫的理论倾向，对中国绘画传统理念的冲击，尽管这些创作和理论观点，在当时就已经起到了振聋发聩的文化觉醒作用。但是，从文化延续性的角度来讲，1980年代所发生的这一切，其在当代视觉文化史的上下文关系，只是到了1990年代，经过中国水墨文化近乎风暴般的"多元"发展之后，才更为清晰地凸现出来。

1990年代是中国水墨文化的重要转折，不仅体现在"特殊的社会环境使1990年代初的文化思潮呈现出一种与1980年代迥异的面貌……1990年代的中国当代艺术被深深地卷入到国际化的艺术格局中。"[1] 更为重要的是，在这些外部要素之外，中国水墨发展的内部要素也发生了重要的变化，突出体现在"到了1990年代初，全新的水墨艺术形态大约以新水墨写意、新的彩墨抒情、新文人画及正在崛起的不属于上述任何一派的——现代水墨艺术等，堂而皇之地登上了画坛。"[2] 惟其如此，1990年代以来的中国水墨文化呈现出多元态势，也就是一件顺理成章的事情。

但是，中国水墨文化有着相当丰富的内涵。其中的多元性在上述因素之外，还有着更为复杂的内容。比如，"现代性"的问题。关于"现代性"，朱青生谈到："现代水墨有两个范畴，第一是现在活动着的人用水墨材料作画，第二是用水墨这种方法对现代性问题的回答，即用水墨实现现代化的实验。"[3] 这段话所谈到的关于"现代性"的两个范畴，其实包含着这样三个概念：一是"人"，二是"作品"，三是"实现"。

在这三个概念中，我们可以看到：尽管"作品"是水墨文化最为关键的构成要素，但是在这个视觉文化系统中，如果只有"作品"是远远不够的，还得要有"人"以及"实现"的因素。"人"、"作品"、"实现"三者以"作品"为轴心，共同构成对现代性问题的回答，也即"实现现代化的实验"。

假如"人——作品——实现"可以成为中国水墨的多元文化通向"现代性"或"现代化"的逻辑坐标，那么由此反观1990年代以来的中国水墨文化，我们可以看到更为细节的原始数据，其中包括外在因素诸如：（1）中国水墨文化的全球化背景；（2）中国社会文化的本土语境；（3）当代大众审美标准的多极化等；以及在这些外在因素之外有可能发掘到的跟"多元"紧密联系着的内在因素。所有的这些因素都以"作品"为轴心，链接着"人——作品——实现"的逻辑，其中一头是由艺术家、理论家、策展人、

---

[1] 皮道坚《张力表现》，见载《中国水墨实验20年（1980—2001）》，广东美术馆编，黑龙江美术出版社2001年8月出版。

[2] 徐恩存《现代水墨艺术——焦虑与突围》，第23页，吉林美术出版社1999年5月出版。

[3] 朱青生《现代水墨画独立存在的理由》，见载《第一届深圳国际水墨画双年展文集》，广西美术出版社1998年11月出版。

收藏家等"人"的因素，另一头是借助各种传媒和中介支撑起来的对作品的展示、批评、研究、出版、收藏和流通的平台，也就是由"人"和"作品"共同执行的对"现代性"或"现代化"的"实现"。如果说1990年代以来的中国水墨文化是"多元"文化，那么这种"多元"，就是在这样的脉络底下存在着并不断地延伸着。

近年来，关于水墨文化"多元"状况的研究和阐述，在时间阶段的划分方面存在着不同的看法。主要的分歧倒不在于把1990年代跟1980年代的区分，而在于对1990年代之后的研究分类有所不同。主要有以下三种看法：

第一种看法，皮道坚将1980至2001年的历史分成三个阶段，即"新潮涌动（1980—1989年）"、"张力表现（1990—1996年）"、"实验走势（1996—2001年）"。[1] 其中，对1990年代的分段是以1996年为界，主要理由是：（1）"到了1996年以后，实验水墨作为最具创作活力的艺术力量而倍受批评界关注，成为中国当代艺术的一个新的生长点和热门话题已是不争的事实"；（2）1996年在广州召开的走向21世纪的中国当代水墨艺术研讨会，"拓展了对现代水墨的研究视域，引发了后来一系列新的话题"；（3）"1996年以后，被称为实验水墨的抽象水墨发展势头十分强劲"。[2]

第二种看法，鲁虹将1979至1999年的历史分成四个阶段，即"水墨画酝酿变革（1979—1984年）"、"水墨画面临急变（1985—1989年）"、"现代水墨渐成气候（1990—1994年）"、"当代性的建构（1995—1999年）"，其中，对1990年代以来的分段是以1995年为界，主要理由是："1995年以后，现代水墨在艺术语言上已经基本完成由传统向现代的转型"并且"学术成果顺利地扩大到整个水墨画界"。[3]

第三种看法，郭雅希将1985至2003年的历史分成三个过程，即"启蒙

---

[1]　皮道坚《水墨实验20年——一个由出位而重新到位的精神文化之旅》，见载《中国水墨实验20年（1980—2001）》。

[2]　皮道坚《实验走势》，见载《中国水墨实验20年（1980—2001）》。

[3]　鲁虹《现代水墨20年》，第246页，湖南美术出版社2002年1月出版。

（1985—1989年）"、"渐成阵势与学科建构（1989—1999年）"、"拓展延伸（1999年之后）"。[1] 其中，对1990年代的分段是以1999年为界，主要理由是：（1）张羽、郭雅希策划"对话·1999艺术展"；（2）《走势》第四辑出版；（3）徐恩存《现代水墨艺术：焦虑与突围》出版。

以上三种看法对1990年代以来的历史的分段，在文化逻辑上都有各自充分的理由，但是，在多元化的水墨文化语境中，又都面临着一个共同的难题，那就是不管怎么分段，都会因为1990年代以来客观局面的错综复杂而导致其中难免会有某种程度的牵强。因为综观1990年代以来中国水墨文化，尽管在专题或综合性的展览、批评、研究、出版、研讨会、媒体、市场乃至国际交流等方面，一直好戏连台，发生了不少堪称标志性的事件。但是，假如我们过于强调其中的某个事件，并把它作为划分时段的依据，势必会带来对另外一些事件在历史上下文清理过程中的偏离。之所以会造成这种难题，倒不因为我们不能分，或者分不清，而是因为不管怎么分，都只能是一种比较模糊的划分。而且，不管怎么分，都很难在这错综复杂的过程中最大限度地把握平衡。这是1990年代以来中国水墨文化的多元性特质决定的。

笔者认为，对1990年代以来的中国水墨文化的阶段性划分，最好不要急于强调某个标志性的事件，也不要急于通过某个或某几个标志性的事件把这十多年的历史分出具体的阶段。因为这段历史距离我们实在太近，而且它也不像1980年代那样有着类似"85"、"89"之类的公认一致的标志，1990年代的中国水墨文化是一个多线索、多内容、多形式的发展时期，即便为了研究的方便必须划分出一个时段，笔者倾向于使用"1990年代中期"这样含糊的字眼，把1990年代早期作为对1980年代的延续，把1990年代后期作为更加多元的现实。就研究而言，笔者认为徐恩存的做法就相对简化得多，他跳出了时间维度的怪圈，把1990至1996年的历史从"哲学指向（理性的思悟）"、"文化情结（重返家园）"、"精神意蕴（境界的升腾）"三个方

---

[1]　郭雅希《中国实验水墨发展考察报告》，见载《中国实验水墨（1993—2003）》，黑龙江美术出版社2004年4月出版。

面加以阐述。[1] 这种对时间坐标和时间标尺的回避，在对某些问题展开阐述的时候，反而有着更为灵活的余地。

二、多元：语言的变革

中国绘画语言变革从未有过停顿，但是没有哪次变革像1990年代以来中国水墨语言的变革所具有的这样颠覆般的能量和冲击，它以近乎全方位的角度，刷新了中国绘画的既往经验，乃至在某些场合，"水墨画"以其公开的文化身份成为中国画的代名词。

关于这场语言变革的起因，卢辅圣认为："水墨画以其媒介创造的异军突起之势，宣告了智慧论对本体论、人本主义对形式主义、自我中心主义冲动对主体自律行为的挑战，同时也启动了自身的语言创造进程。"[2] 事实上，在1990年代以来的"变革"脉络当中，不仅包含了"智慧论"与"本体论"、"人本主义"与"形式主义"、"自我中心主义冲动"与"主体自律行为"等范畴，除此之外，还有一个重要的范畴就是"现代化"或"现代性"的范畴。

美国学者艾恺（Guy S ·Alitto）对"现代化"作过这样的解说，他认为"现代化"是"一个范围及于社会、经济、政治的过程，其组织与制度的全体朝向以役使自然为目标的系统化的理智运用过程"。[3] 艾恺的解说，交代了"现代化"的四个基本内容：

（1）外延特征具有普及性，它涉及到社会、经济和政治的过程；

（2）精神特征具有人文性，它以役使自然为目标；

（3）表现方式具有系统性，它是一个系统化的过程；

（4）语言内涵具有思辨性，它是一个理智运用的过程。

从艾恺对"现代化"的解说考察1990年代以来中国水墨文化的状况，可

---

[1]　徐恩存《现代水墨艺术——焦虑与突围》，第23页，吉林美术出版社，1999年5月出版。

[2]　卢辅圣《水墨画与后水墨画》，见载《第一届深圳国际水墨画双年展文集》。

[3]　艾恺《世界范围内的反现代化思潮》，第5页，贵州人民出版社1991年出版。

以发现两者之间有着恰切的一致。而且，也正是因为1990年代以来中国水墨文化具有普及性、人文性、系统性、思辨性的"现代化"特征，成为决定了新的中国水墨文化对传统的一贯以来的话语系统从偏离到远离，并越来越明确地走向多元的独立发展的重要原因之一。

1990年代以来中国水墨文化中的多元性，是伴随着"现代化"或"现代性"而存在的，由此引发的对水墨语言的变革，包括对传统话语系统的蜕变以及对新的话语系统的思考，都跟"现代化"或"现代性"有着密切的关系。正如刘曦林谈到的："并不一定在水墨画前冠以'新'或'现代'字眼，单单树起'水墨画'这个旗号，已意味着试图冲决正宗中国画界域和更加强调媒材特性的指向。"[1]

(一)笔墨、水墨及其他

1990年代以来中国水墨文化中纠结最深、讨论最广、争议最大和影响最远的话题，就是"笔墨"的问题。在有些讨论中采用了不同的说法，诸如：（1）郎绍君自谓："关于笔墨及其在当代水墨画中的作用，我陆续发表过一些意见，被朋友们称作笔墨中心主义"[2]，其中涉及到"笔墨中心主义"这个概念；（2）刘骁纯在"中国当代水墨画现状展"（1996，北京）的《前言》中谈到："这些艺术家的总体倾向，与延续多年的新文人画存在着明显的不同，其最直观的不同在笔墨，简而言之，可称为非文人笔墨。"其中涉及到"非文人笔墨"这个概念。尽管两个概念说法不一，但是从语言学的角度来看，其核心词汇都是"笔墨"，而不管是"笔墨中心主义"还是"非文人笔墨"，有关的讨论无外乎都是围绕着"笔墨"这个核心词汇而展开。

1992年吴冠中在香港《明报周刊》发表《笔墨等于零》，其后，万青力发表《无笔无墨等于零》，把进入1990年代之后的关于中国绘画的讨论推向

---

[1]　刘曦林《中国画：向现代形态转换的求索》，见载《九十年代中国美术（1990—1992）》，第10页，新疆美术摄影出版社1996年出版。

[2]　郎绍君《论笔墨》，见载《第一届深圳国际水墨画双年展文集》。

新高度。1993年"首届美术批评家提名展（水墨部分）"（北京）的研讨会上就"笔墨"问题争论相当激烈，彭德针锋相对地提出了"笔墨中心是一种倒退"的观点。这些史料表明，至少在1993年之前，理论界关心和讨论的核心词汇还是"笔墨"。尽管此时也有不少人已经开始讨论"水墨"这个概念，但是就文化总体层面来说，对"水墨"概念的关注程度和对"水墨"这个词汇的使用频率，都远远不及"笔墨"。

应该注意到，1990年代中期之后，学术界对"水墨"这个概念，有着越来越多的关注和讨论。而"水墨"一词也渐渐成为各种讨论中的高频词汇。1996年"走向21世纪的中国当代水墨艺术研讨会"（广州）提出的三个中心议题：（1）架上解构潮流与当代水墨艺术；（2）当代水墨艺术中的文化碰撞和艺术策略；（3）1990年代水墨艺术的当下性和国际性。这三个中心议题，都是围绕着"水墨"这个核心词汇展开的。这次会议"反映出当时理论界在新的理论背景下对水墨问题的思考从形式理论向文化理论的转向"。[1]

两年后在"第一届深圳国际水墨画双年展"（1998，深圳）的研讨会上，结合水墨画的发展脉络及趋势，邵大箴、郎绍君、皮道坚等8位专家和周韶华等77位艺术家撰文对中国水墨文化展开分析和展望。其中固然也在多处讨论着"笔墨"的问题，并使用着"笔墨"这个词汇，但是出现次数最多、关注最密切的词汇已经不是"笔墨"而是"水墨"。

广东美术馆近年来策划举办的展览，如"进入都市：当代水墨实验专题展"（1999年）、"中国·水墨实验20年"专题展（2001年）、"现象：后岭南与广东新水墨"专题展（2002年）等的研讨会上，与会专家的中心词汇也还是"水墨"，众多的学者围绕着"水墨"这个词汇，对中国水墨文化展开多角度的讨论和分析。

如果把1990年代以来跟水墨相关的展览、出版和学术活动做一个语言学历史的清理，不难发现在这个过程中，仅仅就词汇的出现频率来讲，都呈现出这样的特点：原先占据核心地位的"笔墨"这个词汇，渐渐被新的词汇

---

[1]　《水墨实验大事年表》，见载《中国水墨实验20年（1980—2001）》。

"水墨"在越来越多的领域所取代，这种变化最明显的情况发生在1990年代中期并一直延续到现在。只要翻阅1990年代中期相关的杂志、画册等出版物，在这些"文本"中可以随便找到不少这样的例子。比如：（1）1995年，刘子建在评议"95张力与表现水墨展"时认为这个展览"意味着水墨创新开始进入语言自律和多元建构时期，使水墨语言的现代转换越来越接近成功"。[1] 刘子建在此反复强调的"水墨"一词，就像一个文化的缩影，把1990年代中期中国水墨文化的当下关注聚焦到"水墨"这一新的核心词，这个词汇不同于传统话语系统的"笔墨"核心。（2）1995年，皮力谈到"水墨语言的当下表达是中国艺术发展的一个标志性问题"[2]；（3）1996年，钱志坚谈到"即使是在当今以观念标榜的时代……任何企图在观念上求取突破的声明，看起来就有点像是口号式的呐喊，因为每一个企图其实首先都是为了水墨的延存，尽管它们在艺术上的指向是这样那样的不同"。[3] 皮力、钱志坚等批评家反复使用"水墨"这个词汇。这种发生在1990年代中期的语言现象，客观上说明了对中国水墨文化的关注必然脱颖而出的历史方向。如果把刘骁纯在1993年谈到的"艺术史是艺术确认自身而又解体自身的历史"[4] 放置到1990年代中期由"水墨"这个词汇构建起来的新的语境当中，可以见到，包括艺术家和理论家在内的对"水墨"这个词汇的高频使用，已经反映出建立在传统媒材基础上的中国绘画艺术"确认自身而又解体自身的历史"，这种既确认又解体的矛盾统一，是伴随着中国水墨文化的"现代性"或"现代化"而走向"实现"的。

1990年代以来中国水墨文化向"现代化"的多元转型，大致包含着互相依存的两种范畴：（1）水墨物质形态转型的范畴；（2）水墨精神形态转型的范畴。

---

[1] 刘子建《从大陆现代水墨创新的几个截面看刘国松的影响》，见载中国台湾《刘国松研究文选》，1996年出版。

[2] 皮力《艺术家工作室报告——刘庆和的水墨话语及其文化指向》，见载《画廊》1995年第5、6期。

[3] 钱志坚《现代水墨画——一个可能的情结陷阱》，见载《画廊》1996年第3期。

[4] 刘骁纯《对话之对话》，见载《广东美术家》总第4期，1993年出版。

就物质形态的转型而言，1990年代最突出的表现在于：水墨作为"实现"艺术的媒介，在"人——作品——实现"的逻辑坐标下，不断拓展自身的语言"能指"空间。传统型水墨艺术家对笔墨的强调也罢，锐意进取的新锐艺术家对水墨新语言的迷恋和探索也罢，在水墨物质形态的语言转型方面，双方的目标是一致的。仅有的区别在于对传统笔墨语言方式继承和保留的程度。在这个问题上，作为"水墨"体现出来的是对"笔"的注意力偏移，以及对"墨象"语言可能性的探索。而即便是坚持传统笔墨论的理论家，在"实现"的诸要素中，也同样强调"变革"的重要性。邵大箴谈到："坚持以笔墨为中心，是无可非议的，但是与此同时，不要忘记这笔墨规范有恒定的一面，也有变化发展的一面。"[1]

在探索水墨物质形态的语言转型方面，吴冠中是最为典型的个案。他在1980年代初提出的"绘画形式美"以及1990年代初期提出的"笔墨等于零"，在文化的标签效应之下，近乎巧合地将他1980年代的作品和1990年代的作品区分开来。 如果说吴冠中在1980年代的作品，如《双燕》（1981年）、《春秋》（1986年）等还着力于对空间构成的探索和基于构图方式的"绘画形式美"的种种思考。那么，1990年代之后的作品，如《春如线》（1996年）、《人之家》（1999年）等，则更多地体现出对"笔墨"的消解，以及对"水墨"物质形态语言的拓延。我们甚至可以把《春如线》和《春秋》这两件相隔10年的作品加以对比，从中看到《春如线》的注意力，已经更多地着落在将"水墨"作为"实现"作品的媒介，并着意于借助和发挥"水墨"媒材内在的流动性和不确定性等"能指"因素。可以说，吴冠中在这一时期的作品中，表达了更为关切的对"水墨"材质语言的回归指向。

李世南称："中国画的一线、一点、一笔、一墨都看成是一个符号，一个词汇，它可以为传统所用，当也可以为现代所用。"[2] 作为物质形态的语言转型，对水墨文化的最大意义在于它为新的水墨语言提供了更为开宽的

---

[1] 邵大箴《保持传统特色与多元发展趋势》，见载《第一届深圳国际水墨画双年展文集》。

[2] 李世南《何谓中国画》，见载《第一届深圳国际水墨画双年展文集》。

发挥余地，语言"能指"空间的扩建，增强了水墨语言的表现力，以及"实现"在更大程度上的可能性。李世南的作品《灯》系列（1990年）在追求水墨语言的现代转型方面就探索着这样一种视觉的可能。

王川的作品，则是通过各种各样的"墨线"确立了他的现代水墨风格。《No.21》（1995年）呈放射状朝三个方向延伸的线；《No.23》（1995年）枯藤般直立的线；《No.25》（1995年）蜿蜒而下的线；《No.36》盘桓扭曲的线……王川用浓墨的"线"来破解画面，它既是对画面空间的截断，又是以流动书写方式重构新的空间。

胡又笨的探索，则是对"笔"的消解，他使用了水墨、丙烯、油质剂颜料、橡皮锤、木棒、宣纸等材料。作品《抽象系列14号》（1997年）、《溟》（1998年）、《黑色系列100号》（2000年）、《抽象系列100号》（2001年）等，是基于制作前提下的对传统"笔墨"规范的放弃。

图35　吴冠中《人之家》，纸本水墨，70×70cm，1999年作。

就精神形态的转型而言，1990年代最突出的表现在于：水墨作为"实现"艺术的媒介，在"人——作品——实现"的逻辑坐标下，以物质载体的方式构建着通向精神王国的话语平台。"实验性水墨艺术的日趋活跃与成熟，是1990年代中国画坛的一道越来越引人瞩目的风景线。"[1] 而这道风景中的最大难题在于，作为赖以"实现"的各种构成物，跟"现代"的精神世界之间缺少一种约定俗成的对应关系。不像传统绘画领域，不但"有一套极为简练的语词系统，来诉说笔墨的种种形态品质"[2]，而且特别是文人画梅、兰、竹、菊等符号，都有一个相对固定和程式化的精神解说。精神性话语和现代性特征的衔接，一直是艺术家在"实现"问题上无法回避的障碍，郎绍君把这些障碍概括为"观念"、"习惯"、"批评"、"环境"、"语言与技巧"等五个方面。[3]

刘子建对水墨精神语言方面的探索，覆盖着他在整个1990年代的创作。他自称这是以"水墨"取代"笔墨"，以"墨象观"取代"笔墨观"。跟他的老师李世南相比，刘子建对精神语言的探索走得更快，也走得更远。皮道坚认为他"在自己的技术性操作中突出运用了各种以水带墨的技巧……水墨画的流动感及其随机渗化特质所带来的种种奇妙变化，还有图式的抽象化处理，均给人以十分新奇的感受"[4] 刘子建在"实现"过程中，使用的工具包括不同型号的排刷、毛笔、制作肌理用的瓦楞纸，以及糨糊和一些特殊的自制品。而画面的构成物，除去各种水墨造型，还有包括特殊符号、球状物、不规则碎片、破网、意义模糊的交叉线，以及工业垃圾（齿轮）、建筑垃圾（马赛克）等。作品《逃遁》（1990年）、《黑色空间里的时间碎片》（1994年）、《时间碎片》（1995年）、《状态·坍塌》（1996年）、《时间碎片》（1997年）、《寂静中，倾听流逝的声音》（1999年）、《2001·作品3号》（2001年）、《愈来愈亮的金银之光·1号》（2002年）

---

[1]　皮道坚《实验性水墨与当代文化问题》，见载《第一届深圳国际水墨画双年展文集》。

[2]　郎绍君《论笔墨》，见载《第一届深圳国际水墨双年展文集》。

[3]　参照郎绍君《都市水墨及其现代经验》，见载郎绍君《守护与拓进——20世纪中国画谈丛》，中国美术学院出版社2001年8月出版。

[4]　皮道坚《子建墨象之维度》，见载《20世纪末中国现代水墨艺术走势》（第1辑），天津杨柳青画社1993年11出版。

图36　刘子建《寂静中，倾听流逝的声音》，纸本水墨，145×245cm，1999年作。

图37　周京新《笑话》，纸本水墨，68.5×68.5cm，1999年作。

等，共同特点是作品中所有的形和结构都没有完整的轨迹，画面的物象、图形和块面都在不断的撕扯中被分割、错乱、打破和互相切入。作品营造的"碎片"情结和"回忆"情结，以及透过这些情结对精神焦虑所做的种种超越和突围，表现了当代精神文化的混乱和易碎，以及在某种断裂情境中对心灵秩序的反向疏离。

周京新的作品，如《企业家》（1996年）、《阳光》（1997年）、《夏令》（1997年），以及1999年在广东美术馆"进入都市：当代水墨实验专题展"中展出的《闲人》、《变色镜》、《画室女孩》、《蓝蓝的天》、《思想者》、《笑话》等，着意于追求"水墨雕塑"的精神语言，捕捉书写性的流动感受。正如他自己谈到的"只要做到心中有谱，运用到位，它们能够表现出超乎众多陈规定法的某种质量。"[1]

话题回到艾恺关于"现代化"的解说，可以发现包含在"现代化"当中的"普及的外延"、"人文的精神"、"表现的系统性"以及"语言的思辨性"对1990年代以来中国水墨文化精神形态的改写是全方位的，而且也是超越题材的。比如聂干因《乡伶》（1990年）、《剧照》（1992年）以及许固令《脸谱》系列（1997—1998年）等作品对戏曲语汇的运用，贾浩义《汉子们》（1993年）、《浑然天地》（1997年）等作品对天地氤氲的追求，董克俊《小虫》系列（1997年）和《最后的风景》系列等作品对生存态度的感受，往往都是通过水墨语言的介入、浮出、覆盖、破坏、错位等手段，表达当代水墨文化特有的精神性内涵。这也是1990年代以来中国水墨文化"多元"与"现代"关系的一个重要表现。

（二）视觉呈现方式的多样化

"1990年代以来的中国水墨艺术分外喧嚣躁动、热闹非凡。抽象水墨、观念水墨、视觉张力、观念表达、从架上走向装置，或以现代主义形式，或

---

[1]　周京新《我画人》，见载《第一届深圳国际水墨双年展文集》。

以后现代观念，以及传统文人玩家心态，不一而足，蔚为壮观。"[1] 在这样的多元化局面中，有一个非常直观的现象就是水墨视觉呈现方式的多元化：传统的二维平面方式的作品继续存在并唱主角，但是，以三维空间方式为特色的水墨装置和水墨行为表演越来越多地被采用。

之所以会出现这种现象，主要原因有以下三个方面：

（1）水墨语言自身发展的需要

海德格尔认为："历史是生存着的此在所特有的在时间中发生的历事，在格外强调的意义上被当作历史的则是：在相互共在中过去了的而却又流传下来的和继续起作用的历事。"[2] 结合水墨语言自身的发展历史，我们可以看到二维方式（或平面方式）为特点的水墨呈现方式，在视觉文化中曾经起到的重要作用，以及其内在的重要性被延续并继续发挥作用的事实。但是，在问题的另一方面，我们还要注意到水墨语言"在所特有的时间中发生的历事"即水墨作为语言跟当代社会文化特定的整体状态之间的关系，以及在这关系中决定着水墨文化的"存在"的依据。换而言之，水墨语言的发展，跟"特定的时间"即当下的"现代性"有着必然的联系，由"现代性"伴随而来的关于水墨视觉方式的突破和变革，最终通过水墨语言自身的变革来实现。

（2）社会审美方式的多元化

马尔库塞在《审美之维》中谈到："艺术的使命就是让人们去感受一个世界。"[3] 1990年代以来中国社会文化环境的变化，以及由此带来的人们对新的审美方式的要求，对二维方式的水墨语言产生了足够的冲击。正如马克思谈到的，语言是一种实践的、既为别人存在并因此也为我自己存在的现实的意识。[4] 这种蕴藏在语言中的"实践性"和互为的存在性，决定了社会审美方式的变化，势必会反映到水墨语言变革当中，比如，水墨装置和水墨行为，以及其他方式的水墨语言，最终会以公共性的文化身份出现在公众

---

[1] 董克俊《水墨·家园的光明》，见载《第一届深圳国际水墨双年展文集》。

[2] 海德格尔《存在与时间》，陈嘉映、王庆节合译，第446页，三联书店1987年12月出版。

[3] 马尔库塞《审美之维》，第212页，三联书店1989年出版。

[4] 《马克思恩格斯选集》第1卷第35页，人民出版社1972年出版。

的视野。

（3）策展人、展览机制、展示方式对水墨创作的影响

1990年代以来有一个重要的文化现象就是策展人队伍的壮大，以及展览机制和展示方式的膨胀发展。策展人队伍，不仅包括游离于体制之外的自由策展人，还包括体制内的"职业"策展人，此外也包括相关的专家学者。策展机制的灵活多变，体制内的、体制外的、长久的、临时的等，以及阵地战、游击战、兵团战、散兵游勇战等多种"战略战术"和"打法"，客观上制造了1990年代视觉文化得以蓬勃发展的天赐良机。展示手段也在不断更新，对简陋空间"将简就简"的利用、对高尚空间"精打细算"的运用、对自然空间别出心裁的构想、对固定空间灵活多样的重新安排，以及随着展示条件的改善，在展示活动中对综合材料的配套使用、对多媒体手段的综合使用等，客观上促进了水墨文化以前所未有的态势、义无返顾地走向多元。

1990年代初期的作品是王川在深圳博物馆实施的《墨·点》装置和行为艺术（1990年12月）。王川在300米长的白布上，制成240 x 120 cm的展示框幅，包裹、循环于180平方米的展示空间。作品的视觉元素只有白色和墨点。王川自谓"因为点圆具有成熟的历史身份，所以我知觉上浪漫地选择了点的切入，从一个点的元语言扩大或再扩大的视觉形象拓展，从中国水墨范式模式中发现符号的元语言能指，完成第一次对架上平面笔墨情结的取消和超越。"[1] 顺便指出的是，王川所说的"第一次"并不是水墨文化史上的"第一次"，而是仅指他个人的第一次。因为1987年谷文达就在西安实施过《水墨道场》的水墨行为作品，但是这并不影响对王川作品的文化诠释。"这是作为一个笔墨历史的逻辑结束，也是笔墨符号推进的逻辑归宿。它的意义在于我们时代是一个没有符号的零，将水墨情结的内容消解。"[2] 王天德于1996年在复旦大学实施的《圆桌会议》是这时期又一件经典作品，"把环境包装在水墨中……使水墨与生活中的物体发生交流，进而产生特殊

---

[1] 王川《关于水墨材质的文化身份问题》，见载《第一届深圳国际水墨双年展文集》。

[2] 王川《关于我的水墨实验》，见载《广东美术家》总第3期，1993年出版。

的关系。"[1] 这件作品从观念层面整体性地提示了水墨艺术参与当代文化问题的可能性。[2]

这期间比较有代表性的作品还有戴光郁《吸纳·冥想》（1999年）、《植物人：行为呈示与图式结果》（2001年）；张强《踪迹学报告》（1996年）；朱青生《水墨表演》（1997年）；王南溟《字球组合》（1998年）、胡又笨《空间流》（2001年）、《砖的结构》（2001年）；邹建平《中国灯笼》（2001年）；邱志杰《磨碑》（2001年）等，水墨装置和水墨行为作品，为1990年代中国水墨文化增添了新的景致。

（三）多元的叙事方式

1990年代以来中国水墨文化叙事语言的类型学分析，尽管目前在理论界

图38　王天德《圆桌会议》，装置，1996年作。

[1]　鲁虹《"穿过马路"》，见载《画廊》1996年第3期。

[2]　鲁虹《现代水墨20年》，第131页。

还是一片空白，但是它并不说明这种叙事方式的"类型化"不存在，也不说明对这种叙事方式的研究将始终保持这样的失语状态。法国学者让·克罗德·高概（Jean-Claude-Coquet）认为"叙事，是使得逻辑的内容联接和论证的修辞联接成为可能的表达方式。"[1] 结合1990年代以来的中国水墨文化，我们可以看到作为"逻辑的内容联接"和"论证的修辞联接"，即发生在具体作品中的视觉要素之间的话语关系，因其文化特征的不同，从叙事语言的类型学角度来看，笔者认为大致包含着陈述型、介入型和并列型等三种类型：

（1）陈述型

米歇尔·福柯对"陈述"有这样的描述："陈述，在它出现在它的物质性中的同时，也带着某种结构的出现。它跻身于各个网络之中，寓居于一些使用范围中，把自己奉献给可能的转换和变化，被纳入在某些操作和某些策略中。"[2] 就视觉话语而言，陈述型的话语特征是线性的，在"人——作品——实现"的逻辑坐标底下，水墨语言对"现代性"问题的回答，是通过某种线性的逻辑加以实现的。这种线性特征，依据其不同的递进走向和相互关系，大致又可以分为"直叙"、"倒叙"和"转叙"三种情况。

第一种情况——直叙

直叙在本质上遵循着"反映论"的某些规则和规律，这种类型的作品强调的是"看"，其中既包括艺术家在作品"实现"的过程中，对所要反映的景象的预设；也包括观众通过作品传达出来的各种视觉元素来了解作品，并进而窥及艺术家的预设景象。直叙传达出来的是以"作品"为媒介的读者和艺术家之间的双向交流。它提供的是一种正方向的信息流动，它的落脚点是"作品"，是借助作品完成的艺术家和观者双向的在现在时的状态下的对"你"的关注。

具有直叙特点的陈述型作品比较多，比如方向《薄雨浓云》（2000年）、《泳池》系列（2000年）、《秋水》（2004年）、《暮归》（2004

---

[1]　高概《话语符号学》，王东亮译，第11页，北京大学出版社1997年出版。

[2]　米歇尔·福柯《知识考古学》，谢强、马月译，第115页，生活·新知·读书三联书店2003年1月出版。

年）、《春风》（2004年）；卢小根《阳光的日子》系列（2002年）等，这种方式的优越性在于，艺术家按照预设的方式提供"图像"，观者循着这种预设把握"图像"。这一过程是艺术家和观者双向交流的过程，其中使用的人称概念是"你"——艺术家用"你"指称观者；同时，观者用"你"指称艺术家。对话就发生在艺术家和观者之间，所有对话的主语都是"你"。尽管这一情境有着文化虚设的倾向，但是通过作品完成的艺术家和观者的信息流动，以其便利的方式普及并"实现"。

第二种情况——倒叙

倒叙在本质上遵循着"回忆"的某些规则和规律，这种类型的作品强调的是"想"，其中既包括艺术家在作品"实现"过程中，把有关景象跟过去的"我"连接起来；也包括观者在解读作品的过程中，对景象中被艺术家预设的那个过去的"我"加以认知。倒叙传达出来的是以"作品"为媒介的这样两种交流方式：一是艺术家的"现在时"对"过去时"的交流；二是观者对艺术家的"过去时"的交流。它提供的是一种负方向的信息流动，落脚点是"作品"，是借助作品表达出来的艺术家的过去的那个"我"。当然，这里的"我"，有时候是艺术家个人回忆的结果，是过去的"本我"；有时候是艺术家在某种公共话语背景底下的文化记忆，其中的"我"，是"他我"或者说是在过去时态底下被异化过的"他我"。不管怎样，倒叙都是在过去时状态下的对"我"的关注。

具有倒叙特点的陈述型作品，呈现出来的便是那个过去的"我"，其中贯穿着艺术家记忆的痕迹。比如王彦萍《奔跑的云》（1990年）、《玫瑰色画室》（1992年）是在第一次婚姻解散之后的创作；《母与子——沙发》（1997年）等则创作于第二次婚姻并做了母亲之后。艺术家自身社会经历和现实生活在变化，作品中折射着的那个过去的"我"也在变化，这样的生命记忆使人想起喻红的《目击成长》，尽管画种不同，但是陈述方式是一致的。王彦萍的近作如《屏风》系列，其中使用了小桌、木凳、玻璃瓶、悬挂的衣物等视觉元素，画面物象以清晰的回归指向，陈述着那个过去的"我"。这种方式的作品还有关玉良《中国戏》（2002年）等，不同之处在于关玉良《中国戏》中的那个"我"，不是艺术家个人记忆的"我"，而是在公共话语背景底下的、存在于文化记忆中的"他我"。

第三种情况——转述

转叙在本质上遵循着"他者"的某些规则和规律，这种类型的作品强调的是"讲述"，其中既包括艺术家在作品"实现"的过程中，把有关景象以第三人称的"他者"方式加以话语的改写；也包括观者在解读作品的过程中，对景象中被艺术家以"第三人称"处理过的那个"他"加以了解。转述传达出来的是以"作品"为媒介的这样两种交流方式：一是艺术家以"我"的身份对"他"的描述；二是观者对艺术家所描述的"他"逐步予以接受。转述提供的是一种被处理过的信息流动，扮演讲解角色的是艺术家，"实现"的途径就是对"他"进行视觉语言的讲解。作品中既没有"我"也没有"你"，只有"他"。而且，"他"是一个跟"你"和"我"都没有直接关系的因素，或者甚至就是一个逻辑的虚构。总而言之，转述是在第三人称状态下的对"他"的关注。

具有转述特点的陈述型作品，呈现出来的是第三人称状态下的"他"。"他"可能是现在时，也可能是过去时，甚至可能是将来时。时态是无关紧要的，话语身份才是真正的枢纽所在。这方面的作品如何枫《夏季风景》（2002年）、《花与少女》（2004年）、《果儿与少女》（2004年）等，作品中的那个少女，处在第三人称的状态。不管场景（夏季、花、果）发生怎样的变化，始终都可以用"他"即第三人称来陈述。需要注意的是，"他"不仅存在于水墨人物画中，也同样诉诸于水墨花卉和静物。如林蓝《清华》（1998年）、《酸甜》（1998年）、《枇杷》（2003年）、《佛香》（2003年）等，作品中呈现出来的那个"他"是不同于艺术家和观者的第三者。在"他"的描述过程中，有时候纸张跟水墨的关系，也起到重要的点缀作用。林蓝对她常用的纸张有这样的陈述："常用的是一种以金箔为底，以类似于和纸性质的半生半熟的纸作面的日本纸，箔底很厚且不吸水，纸面很薄却对水的痕迹敏感，墨色粉水在纸面流动，由湿到干的过程会有意想不到的变化。每一次尝试都有不可知的因素在其中，每一次偶然效果又会互动地触发出新的感觉与绘制冲动。"[1] 这使人联想到水墨画家张进对高丽纸的偏爱。

[1]　林蓝《必然与偶然》，见载《新状态展·第七回·林蓝·彭薇》作品集，广东美术馆主编，四川美术出版社2004年5月出版。

（2）介入型

介入型的话语特征是信息的介入和阻断，在"人——作品——实现"的逻辑坐标底下，水墨语言对现代性问题的回答是通过一种视觉元素对另一种视觉元素的介入来实现的。跟陈述型话语的不同之处在于，介入型的作品不可能向观者提供某种线性的逻辑，更不可能获得一种视觉上持续的顺延。它的画面特征是被介入的，而且这种介入的结果，是两种元素在激烈的冲突中相反相成地统一。在介入型的话语特征中，我们见不到直叙方式中那种现在时的"你"，也见不到倒叙方式中那种过去时的"我"，也见不到转述方式中那种第三人称状态下的"他"，我们见到的是媒介的相互侵入，以及由侵入带来的视觉急变。艺术家是编剧是导演，是幕后的策划，他呈现给观者的是一台独幕剧，是在角色冲突中演绎而成的话语叙事。并且，在这个叙事过程中，介入之物毫不客气地以"定语"的身份，对被介入之物产生视觉上的重新界定。而且，由于介入的相互性，导致这种界定的过程，同时也是将主体对象化的被界定的过程。言外之意，当"A"以定语的身份界定"B"的同时，"A"也正在被"B"所界定着。

介入型的叙事方式，在1990年代以来的水墨作品中使用得比较多。一个重要的原因在于，它通过不同元素之间的互相界定，有助于提高画面语言在总体意义上的表达力度。这方面的作品如李东伟《静观·天长地久》系列，该系列作品是李东伟在1990年代至今一直都在创作。作品中有两个主要的视觉元素，即"山水"和"青花瓷器"，李东伟把这两件在视觉造型和内在物性都相去甚远的物象纠合在一个画面上，穿插在一起。两种视觉元素之间产生着多向度的冲突：坚实与易碎、雄壮与轻巧、苍莽与灵秀、浑朴与妍丽、天然与人为、无限与有限等，这一系列的矛盾冲突被贯穿在两种物象的交织当中。山体受到瓷器介入的界定，与此同时，瓷器也受到山水介入的界定。两种元素共同促成作品的"实现"。

这类作品还有汪天亮《甲戌》系列、《水墨结构》等，汪天亮用文字符号对画面物象加以侵入，在这两种互相之间没有直接逻辑联系的元素中，艺术家找到了一种介入后的视觉共象。这种叙事方法，在水墨装置、综合媒材和水墨行为作品中，被更多地运用着。

（3）并列型

并列型的话语特征是信息补充，在"人——作品——实现"的逻辑坐标底下，水墨语言对现代性问题的回答是通过一种视觉元素的并列来实现的。它跟介入型的一致之处在于不可能向观者提供某种线性的逻辑，或视觉上的持续的顺延。它不可能在画面中呈现类似于现在时的"你"、过去时的"我"或第三人称状态下的"他"。尽管如此，并列型跟介入型也有本质上的区别：介入型以侵入和破坏为特征，而并列型以并列和补充为特征。在并列型的话语方式中，见到的是多媒介并列之后的视觉景象。艺术家是编剧，是导演，是幕后策划人。但是他呈现给观者的不是介入型那样的独幕戏，而是类似于"折子戏"的一幕接一幕的话语叙事。它的语法特征是强调"这一幕"跟"下一幕"之间互相补充的互文关系，但是这种互文关系不是以时间性状而是以空间形状呈现出来的。由此，决定了在叙事过程中，并列的元素之间互相成为其他元素的"补语"，他们中互相补充着对方的语义。

如果说介入型是一种破坏和限定，那么并列型则是一种补充和拓延。言外之意，当"A"以补语的身份对"B"、"C"、"D"加以补充说明的时候，"A"也正在被"B"、"C"、"D"分别而同时地补充说明着。这种补充说明关系，类似于G.N.M.Tyrrell在《The Personality of Man》中描述的图书馆和教育的关系："Libraries made education possible,and education in its turn added to libraries"在"A"、"B"、"C"、"D"等视觉元素的并列关系体现出来的正是这样的"复利"法则（followed a kind of compound-interest law）。[1]

并列型的叙事方式在局部和整体之间的关系，有着"1+1>2"的规律。有关的艺术家，比如左正尧对这种叙事方式的创作有着持久迷恋。1980年代他就以"正反"式的并列叙事方式创作了系列作品。在这个基础上，他更是使用了多种元素的并列方式展开创作，他的新作 《Nelly和Nicole画像的局部》（2002年）、《有Nicole画像的片断》（2002年）、《过程》（2002年）、《门对你说》（2002年）等，都是这种叙事方式的典型作品。蒋悦《水墨日记》（2003年）、《秦唐墨象》（2003年）等，也使用了并列型的

---

[1]　　G.N.M.Tyrrell，《The Personality of Man》，转引自L.G.Alexander，《新概念英语》第4册第27课，上海世界图书出版公司1993年5月出版。

叙事方式。通过视觉元素的定向并列，在他们的作品中呈现出"用水墨实现现代化的实验"。

三、多元：情结的趋向

1990年代以来中国水墨文化的多元化，不仅体现在水墨语言自身的变革，而且还体现在水墨所表达的文化情结的多元趋向。从宽泛的层面上说，后者其实也是一个语言问题，因为前者讨论的是语言的"能指"问题，而后者涉及到语言的"所指"问题。不管水墨语言"能指"怎么发展、发展到哪个地步，水墨语言要成为活解的语言，它归根到底必须具有跟"能指"相关联的"所指"，正如符号学领域的基本常识所揭示的那样，语言的"能指"不能脱离"所指"而独立存在，而语言的"所指"也不能脱离"能指"而独立存在。惟其如此，在水墨文化的研究中，文化情结的趋向问题，不但是一个关乎"能指"的存在意义上的问题，而且还关乎"所指"包含着哪些内涵的问题。换而言之，也即朱青生谈到的"用水墨这种方法对现代性问题的回答，即用水墨实现现代化的实验。"

对1990年代中国水墨文化的认知、诠释和研究，在众多机构和专家学者的共同努力下，有关工作已经做得比较充分也比较具体。尽管目前已经有着各种方式的丰富的"文本"，但是对相关课题的深入，在"人——作品——实现"这个逻辑坐标中，归根到底还得依循"作品"这个根本的原则，并把着眼点回归到"作品"实际的表象。米歇尔·福柯认为："虽然表象、语言、自然秩序和财富等的分析相互之间是极其连贯和一致的，但还是存在着深远的不平衡。这是因为表象支配着语言、个体、自然和需求本身的存在方式。因此，表象的分析对所有经验领域来说都具有一种决定性的价值。"[1] 1990年代以来中国水墨文化中的"表象"跟与其相关的"所有经验领域"的关系，其实也是如此。在水墨文化中呈现出来的多元的情结趋向，作为"表象"，其实反映着这一时期以来中国社会文化的诸种状态，也即艾恺

---

[1]　米歇尔·福柯《词与物——人文科学考古学》，莫伟民译，第277页，上海三联书店2001年12月出版。

谈到的"涉及到社会、经济和政治的过程"等"现代化"的问题。

1990年代以来中国水墨文化中的多元情结，可以概括为发现、体验和反思。其中，跟"发现"有关的文化情结包括寻找、动机或预设的精神归宿等；跟"体验"有关的文化情结包括感受、记忆或当下状态等；跟"反思"有关的文化情结包括问题意识、批判理性以及对文明和文化的反思。

（一）发现情结

"发现"这个词，并不是从1990年代才开始引起研究者的注意。在1980年代，文艺评论家顾晓鸣就曾经谈到："当代最不起眼却是最重要的词汇是：发现。"[1] "让我们到美术馆去、到音乐厅去，到文学家作曲家的斗室中去……你会看到那些身手不凡的艺术家们付与全身心的努力是：发现。"[2] 顾晓鸣反复谈到的"发现"，其实同样适用于1990年代的中国水墨文化研究。因为哪怕仅仅是对这一时期以来的水墨作品作浏览观，都可以轻易地在其中找到"发现"的情结。具体地说，就是来自艺术家的主体精神的自觉，对当代变化着的社会政治、经济、文化以及当代人生存状况、生存方式和生存状态的"发现"。这种"发现"的直接后果，就是将1990年代以来的水墨作品，跟这一时期的物质和精神文化的某些特质，紧密联系在一起。作品通过水墨的视觉呈现方式，在"人——作品——实现"这个逻辑坐标底下，追寻"表象"方式对当代文化关系的解说。这些关系包括：

（1）人与自然的关系

阎秉会的作品往往就是对人与自然的关系的"发现"。这一点，正如他自己所说："我们的所有悟性，无一例外地建立在对大自然生命的某些规律和秘密的发现、认识上，艺术作品正是表现各种领悟而凝聚成的语言形式和结构。"[3] 他在1990年代的作品，画面都跟大山大水有关，或者是更为

[1]　顾晓鸣《现代人寻找丢失的草帽》，第1页，湖南文艺出版社1987年出版。

[2]　同[1]，第2页。

[3]　阎秉会自语，引自徐恩存《现代水墨艺术——焦虑与突围》，第207页，吉林美术出版社1999年5月出版。

辽阔的自然。在他的视觉陈述中，这些自然山水都不同程度地烙上人为的痕迹。如果说他在《冥》（1992年）、《十万莲台》（1992年）等作品的倾向还不算很明显，那么此后的作品如《椅上江山》（1995年）、《焦渴江山》（1995年）等，通过旧式靠背木椅对自然山水"介入型"的叙事方式，表述了当代人对自然万物的感受和沉思。其他作品，比如《空象》（1993年）、《心象》（1994年）、《原初的感觉》（1995年）、《韵》（1996年）等，固然使用的是陈述型的话语方式，在人和自然的关系方面，并没有刻意于"人"相对于"自然"的存在和破坏，但是其中使用着的第三人称的"他者"状态，把作为自然的神秘性和包容性体现得淋漓尽致。

刘一原对人与自然的关系的陈述，有着另外的表达方式。"刘一原笔下的大自然，既是一种精神境界的象征，又是我们返照人生的一面镜子。"[1] 在他的作品中，起伏律动的线条节奏，以及广角镜头般扩大的局部场景，往往引发着大自然对人既贴近又疏离的两难关系。不管是《炼》（1994年）、《森—林—木—十》（1995年）、《遮蔽的风景》（1996年）、《秋野之吟》（1996年），还是《晚秋的乐章》（1997年）、《呼啸的形体》（1998年）、《灵犀》（1999年）等，"在他的画中，你看不到田园诗意、山川名胜、荒山茅舍、牧人归羊，他的作品是不带风光属性的人格化的大自然的迹象与氛围。"[2]

李劲堃的作品中同样体现了人对自然的观照和热情，而他陈述于作品中的自然，有着本土的东方审美方式。作品《残照》（1999年）、《良宵》（1999年）、《如火的夕阳如诗的秋风》（1999年）、《最后褪去的绿色》（2000年）、《深秋山如醉》（2000年）、《花雨》（2001年）、《白流》（2001年）、《霜天晓雾》（2001年）等，有着东方人所习惯和热衷的面对内心探究心灵的一种表达方式。

（2）人与历史的关系

[1]　　《中国水墨实验20年（1980—2001）》，第68页。

[2]　　殷双喜《孤旅心痕——关于刘一原的画》，见载《20世纪末中国现代水墨艺术走势》（第3辑），黑龙江美术出版社1997年1月出版。

汉斯—约克·克诺普指出"阐释历史不断变化的内涵，首先必须意识到文化究竟是精英的还是大众的，是吉维尼尼一般的阳春白雪还是星球大战般的大众潮流。这正是应被置于美学和伦理阐释的重现和责任感之上的判断"[1]，综观1990年代以来的中国水墨文化，可以见到凝结在作品中的"历史感"呈现出"不断变化的内涵"，并充满了"水墨实现现代化的实验"。

魏青吉的作品就带有这样的典型性，在《关于T系统的构想1512》（1996年）、《面壁手记·无畏》（1996年）、《对术语的注解No.3》（1996年）、《非情节性叙事No.9703》（1997年）、《非情节性叙事No.9804》（1998年）、《记忆的属性9903》（1999年）、《关于名词的注释》（2000年）、《幸福的属性》（2001年）、《就像花儿一样》系列（2001年）等作品中，借用语义含混的抽象符号，借以在人与历史的关系

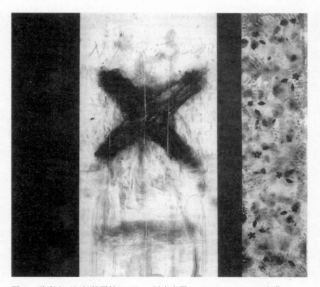

图39　魏青吉《记忆的属性9903》，纸本水墨，180×195cm，1999年作。

[1]　汉斯—约克·克诺普《言说的权利——何为世界文化之家》，见载《地点与模式——当代艺术展览的反思与创新》，广东美术馆编，广西师范大学出版社2004年1月出版。

中寻求"发现"。"魏青吉的作品冷峻的意味，凭借的是一种神秘的移情方法，由于当下与历史传统难以逾越的阻隔，使之难以重返历史，遂分裂为一种现代语言符号之谜，如神秘的T形。"[1] 除此之外，在魏青吉的作品名称中包含着的"构想"、"叙事"、"属性"之类的语汇，客观上也反映出艺术家对历史的思考和态度。

梁铨的作品借助了撕纸术、装裱术、拼贴等手段，直观地就使人联想到中国历史学研究中著名的"层累地缔造历史"的学说。他在1992年以"中国册页"为主题创作的一系列作品《前进》、《大家庭》、《交响乐》、《蓝色的雾》、《大海的夜》、《田园曲》等，无不是通过倒叙的语言叙事方式，把作品中的视觉图像连同与之相关的文化记忆中凝聚于与众不同的历史情结。他后来的作品，如《竹系列之一》（1996年）、《呼吸》（1996年）、《梅花》（1996年）、《竹幕之一》（2001年）、《竹幕之二》（2001年）等，透过一种挥之不去的古典审美精神，对人与历史的关系加以视觉的重新解读。

李伯安的作品《走出巴颜卡拉》被郎绍君称为"20世纪水墨人物画的一个大写的句号"[2]，他的《太行山人》系列，用浓郁的墨象述说着他所"发现"的历史。林木认为："李伯安在这片苍茫的土地上，在这些剽悍的人群中，感受到的却是一种深沉的历史感。"[3] 这方面的作品还有陈心懋《史书系列》（1998年），该作品在参加第二届上海双年展的时候，分成大小共15件展出，展线总长度达到20米。作品所意欲表现的，还是对人与历史的关系的"发现"。

（3）人与自我的关系

海日汗的作品中，浑然无我，却自有我在。不管是《撒满》（1993年）中那两个素面朝天者的惶惑，还是《圣问》（1993年）中躁动不安的灵魂，以及《荒芜》（1993年）中焦渴的激情奔放，都贯穿着一个字眼，那就是"人"。海日汗在作品中要"发现"的就是这样的人与自我的关系，这种关

---

[1]　徐恩存《现代水墨艺术——焦虑与突围》，吉林美术出版社1999年5月出版。

[2]　郎绍君《从太行到巴颜卡拉》，见载《李伯安画集》，河南美术出版社1999年10月出版。

[3]　林木《论李伯安的水墨人物画艺术》，见载《李伯安画集》。

系受到来自多方面的骚扰，但是这种关系的实现最终有赖于人跟自己的拷问和对话。他的其他作品如《清爽的晨风》（1997年）中那种异域式的奔跑、《白夜》（1997年）中那种"花事既零吟莫倦，松风还可慰宵辰"的况味，以及《碎屑》系列（2001年）中带有群体无意识的倾向，都把来自人性的返观自照呈现出来。

武艺的作品以一种平和的态度表达了对"人"这个主题的发现。《辽东组画》（1993年）中的人有着某种公共语境底下的群体特征，而《夏日组画》（1994年）则有着隐约的自我发现的渴望。《状态之一》（1995年）、《状态之二》（1996年）呈现出来的是个别人对群体的疏离，以及在这种对比关系当中营造起来的个体的私密交流。《无题之一》（2001年）、《无题之二》（2001年）更是一种"我"的存在，其中的"我"寄居着诗意般的充实和快慰。

黄国武的作品中包含着丰富的人际关系，其中有朋友友谊，如《朋友》系列（1999年）；有家庭温情如《福像》系列（1999年）；有自我独处如《逆光1999》系列（1999年）、《逆光·沉浮》系列（2001年）等；有运动造型如《我爱金沙滩》（2001年）、《泳》（2001年）等；也有超越时空的交流如《焦点人物》系列（2002年）、《震撼》（2002年）等。黄国武对人与自我的"发现"是多种角度的，在他的作品中看到的是滚滚红尘中以多种方式生活着的人。

（4）人与宇宙的关系

张羽通过对"光"的追求来"发现"人与宇宙的关系。这种现象在1990年代早期还不甚明确，他的《随想集·第九章·黑太阳》（1993年）中的女人，以及女人后背的日全蚀，对"光"语言的运用还半遮半掩。后来的作品，《墨象笔记》系列（1994年）、《墨魂集》（1994年）、《灵光》系列（1995—1998年）、《灵光2001—1号·残圆与破方》（2001年）、《2000·5号·纯粹状态》（2000年）等，越往后期的作品，越体现出对"光"的着迷。他在墨象中烘托出来的宇宙景象，便是在这种"光"语言的引导下完成水墨现代化的转型。

石果的作品有着另外的特点，在人与宇宙的关系方面，借助于对卦象的图像映照，以期实现别致的视觉效果。石果在1990至1994年间，创作了一系列跟卦象有关的水墨作品。这些作品尽管解读起来比较抽象，但是如果结

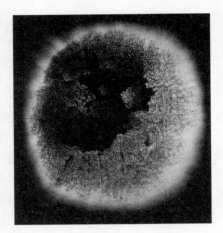

图40　张羽《灵光・第46号・漂浮的残圆》，
　　　纸本水墨，200×200cm，1996年作。

图41　方土《天大地大系列》，纸本水墨，
　　　230×145cm，1996年作。

合《周易》的卦辞，有关的"所指"就能够获得近乎便利的文本通道。比如《一卦·乾·九五》（1991年）在《周易》中的卦辞"飞龙在天，利见大人"；《三十一卦·咸·九五》（1993年）的卦辞为"咸其悔，无悔"；《三十三卦·遁·初六》（1994年）的卦辞是"遁尾厉，勿用有攸往。"《四十六卦·升·上六》（1991年）的卦辞是"冥升，利于不息之贞"等。石果后来的作品，则是以团块为特征，如《团块·阴阳同体No.7》（1997年）、《团块的包装No.3》（1999年）、《标志框架与团块No.21》（1995年）、《骨相研究》系列（2001年）、《字异象大》系列（2002年）等，作品通过空间感的呈现，表达了石果关于人与宇宙的"发现"。

这类型的作品还有如李华生《1999年5月至7月》（1999年）、《2000年3月3日》（2000年）、《2000年3月7日》、《2000年6月5日》（2000年）；方土《天大地大》系列（1996年）等。

（二）体验情结

诚如前文已经谈到的，跟"体验"有关的文化情结包括感受、记忆或当下状态等。就审美心理而言，体验就是外在事物对心灵的映射，是心灵对外在事物的感知。当代社会发生的种种更改和变化，通过心灵的渠道反映到视觉文化当中。1990年代以来中国水墨文化的体验情结，大致包括以下三种情况：

（1）都市体验和乡土体验

关于都市体验，随着城市化的进程和社会环境的变迁，以都市为特色的视觉文化全方位地冲击着人们的生活。"现在时态的中国都市化风景体现在生活的许多层次，中国的城市化过程也是世界文化大整合的过程，其中酝酿着新艺术和视觉文化发展的诸多可能性，酝酿着新的城市化视觉风景。"[1] 笔者曾经就此发表过专题文章《都市述评》[2]，在此不再重复。

---

[1] 张朝晖《老房子到新建筑——中国的新都市主义及其艺术》，见载《新都市主义》作品集，广东美术馆编，澳门出版社2002年7月出版。

[2] 王嘉《都市述评——关于"新都市主义"对当代都市文化的解读》，见载《美术馆》总第3期，广东美术馆主办，澳门出版社2002年10月出版。又见本书第二章第一节。

在都市体验的另一方面，乡土体验的存在仍然是不可回避，也无法回避的事实。尽管"在我们社会的激速变迁中，从乡土社会进入现代社会的过程中，我们在乡土社会所养成的生活方式处处产生了流弊。"[1] 但是对土地和乡土挥之不去的感情，连同传统的脉搏一并依然跳跃在不少艺术家的作品中。2001年在广东美术馆举办的"中国·水墨实验20年"专题研讨会上，刘骁纯提出了《大水墨·大乡土》的相关概念，认为"他们的乡土绘画是对都市化和现代化的一种忧虑和反思，是都市人寻找精神家园的象征。"[2] 尽管在讨论会上，因为时间关系，刘骁纯并没有就此展开话题，也没有明确指定其中包含了那些艺术家或那些具体的作品，但是，笔者认为刘骁纯关于"大乡土"的提法，跟笔者主张的当代的"乡土体验情结"颇多共谋。笔者认为朱振庚、张浩、张进、刘进安等艺术家的作品中，就体现着这样的乡土体验情结。

朱振庚善于通过画面的氛围营造乡土气息，作品始终弥漫着类似民间宗教崇拜的怀旧。在《降龙》（1995年）的淳朴厚重中隐隐埋藏着"燕子不归春事晚，一汀烟雨杏花寒"的邻家叙事；在《古风》（1995年）的轻裘肥马中隐隐埋藏着"行宫见月伤心色，夜雨闻铃肠断声"的人间伤怀；在《钟馗嫁妹》（1997年）的行色掩映中，隐隐埋藏着"碧树鸣凤涧草香，绿阴满地话偏长"的边缘况味，其他作品，如《土门神的异化》（1998年）对民间图像的改造；《都市变相》系列（2001年）对文化态度的彷徨；《猫·人·鸟》（2001年）对日常资讯的演绎，都以超越其形式的本土精神传达着跟乡土有关的种种体验。

张浩的特色在于他善于利用民间艺术符号制造画面特有的乡土情怀。"作为一个来自北方土地的儿子，张浩在他的作品中始终保持了北方乡土特有的文化气息。"[3] 他的《照壁》（1991年）、《山顶的庙》（1992年）《太行行动》系列（1993年）、《经历之一》（1994年）等借用了北方的视

---

[1] 费孝通《乡土中国》，第7页，三联书店1985年出版。

[2] 刘骁纯在"中国·水墨实验20年"专题研讨会上的讲话，见载《广东美术馆年鉴·2001卷》，广东美术馆编，2003年7月出版。

[3] 鲁虹《现代水墨20年》，第283页。

觉元素，黄土地、山坡、庙宇、神，以及其他风物，传达着围绕于土地并跟土地密切相关的精神语境。

跟朱振庚、张浩的不同之处在于，张进对乡土体验的陈述，是通过动物造型实现的。他的作品《蝴蝶》（1994年）、《飞鸟》（1995年）、《果树下的熊》（1995年）、《玉米地上的野猪》（1995年）、《野猪》（2001年）、《山兔》（2001年）、《花与熊》（2001年）等，单就这些作品的名称，就已经直白地暗示了画面的总体趋向。再加上张进对高丽纸的偏爱，以及对偏离于都市的动物世界的关注，使得他的不少作品都沉浸在如此的乡土当中。

刘进安的不同之处在于他直接描绘太行山地区的居民，尽管这种试图在精神上回归乡土的尝试，在都市化的今天难免表现出历史乌托邦的情绪，但是在《墨道》（1993年）、《陈述》（1994年）、《无畏》（1994年）、《我们都是》（1995年）、《云渡青林》（1996年）等作品在叙事方式中采取的冷静的"转述"的方式，还是烘托着不同于"你"，也不同于"我"的第三人称状态的"他"。兴许也正是这种微妙的"他"的身份，使张进的作品在跟乡土体验的对话过程中拿捏得恰到好处。

（2）多种方式的本我体验

弗洛伊德将"本我"解说为天性、本能、七情六欲或感情，提出"人人都有本我"，并把"本我"跟"自我"和"超我"并列为人格的三种要素。对于"本我"，哲学界有各种各样的阐释和延说，就1990年代以来的中国水墨文化而言，这种"本我"确实也是以无孔不入的力量贯穿在不少作品当中，成为水墨文化的一道景观。这方面大致有以下三种情况：

第一种情况——生命体验中的本我

对生命体验的感知，在1990年代似乎更加敏感，也更加丰富。这是由社会文化发展的大背景决定的。徐虹曾经谈到："多元化的选择导致个人化和私人化空间的加大，关注每一个个人就是关注人类整体……已成为当今文化的最大特色。"[1] 客观地说，水墨文化中的某些精神特质正是对大文化背

---

[1]　徐虹《单纯的空间》，见载《单纯空间——中国当代女陶艺家作品集》，广东美术馆编，2001年7月出版。

景的再现。

陈铁军和李孝萱的作品中都包含着生命的体验，都在视觉呈现的过程中沾染着天性的情感。所不同的是，陈铁军在水墨中引进了标志的红色，色彩的刺激强化着躁动不安的体验。作品《颠倒的人》（1994年）、《行走的人》（1995年）中的"人"；《猩红的树》（1995年）、《红色的树》（1996年）中的"树"；《运动的墙》（1996年）中的"墙体"；以及近年来的新作《美女图》（2000年）、《美女与虎》（2000年）中的"美女"，在悠邈的对抗空间中，折射着倒叙式的话语方式底下的"本我"的存在。李孝萱在个人生命经历中的心灵伤害，反映到作品中是关于对人的天性的"本我"的精神体验。这种体验既是私人化的，又带有公共话语的种种特征。不管是早期的《我们吃力：时刻忘不了的呼吸》（1990年）、《垂照：上升与下降》（1990年）、《女人与思想家》（1993年）、《大轿车》（1995年）等，还是近期的《走入圈套的人与车》（1998年）、《灼热的新和冷漠的实际》（1998年）、《没有着落的想象》（1998年）、《不能歇息的流转》（1998年）、《股票》（1999年）、《感情记忆的消失》（2001年）等，都把生命体验的本我记忆自然地流露出来。

第二种情况——日常生活中的本我

在日常生活的体验中陈述"本我"的状态，这是最直接也最便利的事情。查尔斯·哈里森认为："艺术家把我们对物质的注意力集中到他定义的语境里，于是，我们可以看到的：物质不存在于它通常的角色和作用中，而是作为一种改变了的生活态度的潜在化身。"[1] 1990年代以来的不少水墨作品，都跟日常生活有着亲密的建构。

田黎明的作品中有着十分明确的日常特征。我们甚至可以毫不费力地言说出一系列他的有关创作。如《空气》（1994年）、《三个泳者》（1996年）、《97·教室上午10点半》（1997年）、《98·晚餐6点半》（1998年）、《98·教室下午2点半》（1998年）、《99·教室下午3点半》（1999年）、《都市假日》（2000年）、《郊外》（2001年）、《过路》（2001

---

[1]　查尔斯·哈里森《变化的意识和全新语境》，见载《美术馆》创刊号，广东美术馆主办，澳门出版社2001年9月出版。

年）等。通过斑驳的光影图像，我们看到的是周遭韧熟的寻常场面。在这样的话语当中，感受到的是"一花一世界"的自在，是"行尽烟波家万里"的温情。它把"我"之"本我"跟日常生活紧贴在一起。

李津的作品呈现出十分寻常的红尘烟火，不管是有着传统意韵的豆棚瓜架，还是每天都离不开的饮食生活，其中总有一个"我"的影子。一方面，这里的生活是"我"所见到的生活；另一方面，这里的生活又是把"我"包含在其中的生活。"我"同时扮演着这样的双重角色：既是生活中的观察者，又是处在生活中的被观察者。在这样的两重性的衔接和对照过程中，"实现"意味着"我"对"我"的体验。李津的作品，《红色大餐》（1996年）中包含的油盐酱醋茶的物质万象，《闲》（1998年）中包含的"闻钟声、烦恼轻、智慧长"的精神境界，"基本是对自我生活的体验，目的是想强调存在于现代都市中的悠闲气氛。"[1] 值得注意的是《花伊人》系列（1994年），画面上半部明确带有女性同性恋的倾向的图像，尽管跟"我"似乎有些不搭界，但是画面下半部的笔迹笨重的《心经》原文，以文字文本的"介入型"叙事方式，把整个画面拉回到扪心自问的"我"的实体当中。由此决定了画面"五蕴"都只是乌托邦的假象，而"皆空"才是自我拷问的结果。

第三种情况——对象化中的本我

关于"对象化"，一般认为这个概念在马克思主义哲学中是一个跟"实践"密切关系着的概念。根据杜华的研究，"对象化实质上是指特殊对象性存在物——主体人基于自身需要，为了一定价值目标的实现，把自己的本质力量'化'于对象，从而改变对象自身存在的形态和性质，使其成为主体的作品或现实的活动和过程。"[2] 而"对象化"中的"本我"，其实也就是主体的活动和过程。

杨诘苍的作品中，就表现着这样的对象化中的"本我"。这在一定程度上得益于他使用的"倒叙"的话语方式。如果说这一点在他的作品《千层墨1》（1994年）、《千层墨2》（1995年）、《千层墨3》（1995年）等还表

[1]   鲁虹《现代水墨20年》，第227页。

[2]   杜华《对象化——人的本质的全面昭示和完整实现》，见载《济宁师专学报》1998 年第 1 期。

现得不够突出，那么在他的作品《心律》（2001年）中则已经非常典型了。作品题跋："七月十九日，在巴黎凡蒂尔医院检查身体，从这张形而下的心律扫描长图想到创作另一件形而上的心律水墨长卷"非常明确地交代了作品隐蔽的动机，以及隐藏在作品当中的那个对象化的"本我"。在《复数十字》（1999—2000年）中呈现出来的也是如此的意蕴。

李岗的《心象系列》在直观上使人联想到"牵一根线条去散步"的潇洒，但是作品中更为可贵的还是借助物象构成而制造出来的对象化的"本我"体验。作为一位有活力的艺术家，李岗没有把视觉的轨迹停留在"线"和"象"的交痕，而是在某种淡泊、宁静和悠远的情绪当中，把握对作品中的那个"我"的体验。作品的叙事方式无疑是倒叙式的，这种线性的话语方式，客观上强化了画面的预期效果。徐恩存认为："《心象系列》作为水墨画，它打开了健康的心理表现空间和语言对话机制，这是真正的精神世界。"[1]

（3）当代语境中的女性体验

"女性体验"在当代很容易陷入两个误区，一是"泛女性"的误区，只要谈到女艺术家，或者画面出现女性形象，就过分地把视线聚焦在"女性"这个主题词，以至于会忽视掉其他的更为重要的因素。二是"女权主义"的误区，也就是从"女权"的态度看待作品，这样很容易把作品孤立起来，同时忽略掉一些重要的信息。"泛女性"和"女权"都是非常微妙的话题，其出发点是好的，但是假如它是用一种话语霸权取代另一种话语霸权，结局也必然是自我局限。

但是"女性体验"在1990年代以来的中国水墨文化中，的确存在着。郎绍君谈到："表现女性生命体验，这是女画家常新的主题，也是一个普通的现代艺术课题。"[2] 有关艺术家除了包括前面提到的林蓝、何枫、王彦萍等，比较典型的还有纪京宁、何维娜、王公懿等。

纪京宁这样描述她的作品："我用一个女人的心去揣摩身边的女人，用

---

[1]　徐恩存《现代水墨艺术——焦虑与突围》，第200页，吉林美术出版社1999年5月出版。

[2]　郎绍君《都市水墨及其现代经验》，见载郎绍君《守护与拓进——20世纪中国画谈丛》。

一个母亲的心去观察身边的母亲。"[1] 她的作品提供了多角度的关于女性体验的个案，其中包含着各种各样的体验内容：《盲女》（1998年）对特殊人群的体验；《室内之一》（1999年）对母婴关系的体验；《室内之二》（1999年）对闺房密友的体验；《麻将》（1999年）对游戏状态的体验；《舞蹈课》（1998年）、《女子舞蹈》（1999年）对形体训练的体验等等。还有一件耐人寻味的作品是《三个吸烟的男人》（1999年），体现了从女性角度对某类男性的观察：硕健的身材、紧绷的面孔以及直钩钩的目光等，所有这些图像无疑都是分析女性体验的活的社会学文本。孙振华认为："她的画看似平淡，却总是弥漫着女性的孤独、忧郁和敏感，并且表达着女性的经验和个人生活化的感受。"[2] 这是对其作品的最好概括。

何维娜的作品往往使人联想到张爱玲的小说、邓丽君的歌曲及洁尘的随笔，这带着几分小资情调的体验情结，一直把人的视野推向理想国的彼岸。但是何维娜的这种情结中又包含着的明确的性别特征，以女性特有的体察方式映照着女性的氛围。作品《浴室·画室·月光》（1996年）、《浴室·桑拿房》（1997年）、《早上的浴塘》（1997年）、《三只斑点狗》（2000年）等，都跟女人洗澡、女人逗宠物这些女人的私人行为有关。之所以说它是女性体验，还有一个原因在于图像中的女性，不再扮演"被看"、"被窥视"或"被欣赏"的角色，而是在"看"与"被看"之间、"窥视"与"被窥视"之间、"欣赏"与"被欣赏"之间寻求只有女性角度才乐于寻求的视觉平衡。

王公懿作品中的视觉流动感很容易使人联系到女性体验的种种情结，以及S·波尔顿谈到的："最基本的法则就是：存在于空间的所有东西同样存在于时间，今天的艺术家本着这样的常识开辟未知的道路。"[3] 作品通过直线和曲线的对比，黑和白的对比，浓密的色块跟疏密不等的墨质喷溅效

---

[1]　纪京宁《自序》，见载《进入都市·当代水墨实验专题集》，第107页，广西美术出版社1999年9月出版。

[2]　鲁虹《现代水墨20年》，第283页。

[3]　S·波尔顿《说就是创造》，见载《美术馆》创刊号。

果的对比，建构了独特的女性精神空间。有关作品如《落叶知秋》（1998年）、《一片花瓣》（1998年）、《这是五月的树叶》（1998年）等，以其女性感知方式才达到的细腻程度，捕捉着寂寂中隐约的天籁之音。

（三）反思情结

在"人——作品——实现"的逻辑坐标底下，反思情结其实包含着这样的逻辑路线：（1）源于周遭现实的问题意识；（2）在作品中采取的视觉叙事方式；（3）通过作品获得的对"反思"的"实现"。

反思情结在1990年代以来的中国水墨文化中，之所以成为重要的文化内容，除了跟"反思"这一社会行为本身有关联之外，也跟中国水墨特有的呈现方式有着密切的关联。

需要指出的是，1990年代以来中国水墨文化中的"反思"，仅仅是视觉呈现上的"反思"，尽管艺术家在作品中寄寓了浓郁的人文关怀，但是作为艺术自身，通过作品把这种问题意识以及对问题的观察出现出来，就已经完成了其界域内的使命。从这个角度来说，中国水墨艺术以其特殊的视觉人文方式，揭示出艺术家所眼见和所思索的社会问题，这已经可以构成一种逻辑的圆满。

艺术因其自身的文化性状，未必总是能够向社会提供某种救赎方案，1990年代以来的中国水墨文化就是如此。尽管其中极少存在着指点迷津式的智慧或谋略，但是艺术对包含在反思情结中的周遭的"现在进行时"的现实和现象的清理，足以体现着视觉文化内在的理性和力量。这也正是艾恺关于"现代化"解说中的第四方面的内容，即"思辨性"的问题所在。换而言之，水墨文化对社会现实的思辨，其本身就是用水墨"实现现代化的实验"。

1990年代以来中国水墨文化中的反思情结，大致包含着以下两个内容：

（1）对社会问题的反思

也许邵戈算得上是当代对"城市垃圾"这一文化话题最具反思精神的艺术家，他反复使用"城市垃圾"这一主题词，建构起他多种内容的系列作品。并借此表达对工业化、都市化蓬勃发展的负面情形的忧思。值得注意的是，他在画面上撤的押花小印，同样反映了艺术家的种种反思。如"不当观众"以第一人称的姿态表明了艺术家挥之不去的文化责任感和知识分子天理道德的社会良知。另外还如"似梦似真"、"无可奈何"等，则反映了艺术家无法把对社会问题的反思直接兑现为现实的无奈。在当代城市中积习的各种物质和精神上的垃圾，正在成为社会的累赘，成为美好理想的绊脚石。邵戈的反思，表现出格外的思想力度。

郑强的《都市》系列作品，包括《穿行》（1995年）、《寻找》（1995年）、《升腾》（1996年）、《溶变》（1996年）、《欲飞》（1996年）、《浮动》（1997年）、《蚀》（1998年）等，画面图像并不是危言耸听的说教，也不是噩梦游移的虚惊，而是对都市问题的切实的反思。这种反思，使人想到艾恺对"现代化"定义中的第四方面的内容，即"理智的运用过程"，它在本质上是思辨的，惟其如此，它呈现出来的便也是世态万象、人间男女关于七情六欲的种种迷茫。他的《新编穴位图谱》系列（2001年）更是将当代社会某一方面的物语（如：性、桑拿、按摩、发廊、香水等等）安放在理性思辨的天平上，任观者在意志与表象的世界中拷问。

朱新建将思索的矛头，直接针对1990年代以来的跟女性有关的视觉消费。尽管这是一个令"女权主义者"十分敏感的问题，但是这一现象作为1990年代客观存在的社会现象在很多地方一直存在并盛行。朱新建以幽默、调侃、反讽甚至有时也带有一点不严肃的态度，提出了这个社会问题。女性作为"被看"、"被窥视"、"被欣赏"的角色，推向了"被消费"的社会平台。作品《月明山水》、《美女图系列》等，对格调的降低、对通俗的捕捉、对女性角色的演绎，使我们看到了一个社会学考察式的深刻的反思情结。

（2）对文化问题的反思

刘庆和对当代都市文化的反思情结，表现为某种精神的饥渴和焦虑。他在作品中塑造的人物，很少有田黎明式的诗意，也基本上见不到李孝萱式的慌张。他以一种属于自己的视觉方式，呈现给观者的是第三人称状态下的"他"，然而这里的"他"又存在于"你"和"我"的周围，甚至换一个人来看，"你"和"我"都有可能变成另一个视觉坐标下的"他"。刘庆和的作品，如《王先生》（1994年）、《流星雨》（1998年）、《都市上空·日落》（1996年）、《临风》（1999年）、《渔》（1999年）、《黄金时间》（1999年）、《焦虑的人》（1999年）、《午夜的风》（1999年）、《风景二十一》（2001年）等，尽管这些作品对文化问题的思辨缺乏具体的针对性，但是这些这些作品中反映出来的思考，跟当代都市文化密切相关，并在一定程度上成为刘庆和对当代都市文化的个人揭密。

方土近年来的作品，直指社会问题。把反思的落脚点投放在当代科技文化的话语平台之上。作品《CD系列》（1999年）、《IT分子》系列（2001年）、《网》系列（2002年）等，通过形象的视觉再现手段，以直述式的话语方式，爽快淋漓地建立起透过作品与观者的对位呼应的关系。把思辨的矛头指向当代网络问题和音像问题的思考，隐喻着富有前瞻性的文化关怀。这些精神的意指，跟当代正在解决的如网吧、网上污染、图像传媒等社会问题紧紧结合在一起，展示了中国水墨文化与当下话语"所指"之间的一致关系。

图42　黄一瀚《卡通一代·迷幻靓影》，纸本水墨，230×230cm，2001年作。

黄一瀚以"卡通一代"为主题的系列创作,直接切入对青少年问题的现实关怀。"卡通一代的成长期,正好遇上国内实行改革开放、商品经济发展的时期,使得他们拥有更多的自我展现的空间。后现代的多元、综合因素的渗入,使得他们从身体到灵魂在东西方文化之间产生撞击和变异,中国人与美国人、日本人、欧洲人之间的身份和文化的模糊与徘徊,个个都是国际混血儿。他们是不确定的一代,未完成的一代,梦游的一代"[1],关于卡通一代及相关的艺术,王林认为:"重要的不在于他们大肆张扬卡通形象而显得与众不同,而在于他们的创作,揭示了正在发生的变化:在新的文化条件下人类将重新认识自我。"[2]

周湧的作品中存在着两种情况的文化反思:一是对现世的生活文化的反思,如作品《小家庭》系列(2001年)、《新生活》系列(2001年)等,反思的指向十分明确,正如作品自带的说明文本的内容,诸如"想休学,去打工"、"多种树,空气好"、"父母不知道,我们同居"等,表现了对生活的态度和与此相关的当下文化的反思;二是对文明的反思,如作品《复制的自由女神》(1998年)、《身份》(1998年)等,以视觉的方式叙述了关于文明的当代寓言。

四、多元:展望未来

1990年代以来的中国水墨文化,是一个在动态中伸展的多元文化。这种多元特质跟当代文化的"现代性"有着紧密的联系。"多元"的内涵,不仅存在于以"作品"为核心的"实现"过程,而且,"多元"还跟多种多样的解读方式有关系。1990年代以来理论界蔚为活跃的研究风气,以及从文化学、语言学、图像学、社会学、历史学、符号学等多种角度对中国水墨文化的研究,不仅具有学术上的现实可能性,而且还有着文本建构上的历史必然性。多元的图像文本,以及对同一文本存在着的多元的解读方式,两者的结

---

[1]　黄一瀚《中国新人类卡通一代概念内涵》,见载《中国新人类·卡通一代》,湖南美术出版社2002年8月出版。

[2]　王林《生活在问题中》,见载《中国新人类·卡通一代》。

合共同推动了1990年代以来的中国水墨文化以不可抑制的生命力走向未来的无限境遇。在这个层面上来说，任何"历史虚无主义"或"文化虚无主义"的悲观失望都是站不住脚的。中国水墨文化必然也必将以其独特的魅力不断地走向完善。

其实，哪怕仅仅是水墨文化的"现代化"这一属性本身，就足以成为中国水墨文化可持续发展的内在动力。不妨把研究的视线重新拉回艾恺关于"现代化"的解说，可以看到，"现代化"本身就是一个自我刷新的概念和过程。而1990年代以来中国水墨文化中包含的"一个范围及于社会、经济、政治的过程，其组织与制度的全体朝向以役使自然为目标的系统化的理智运用过程"便也就是在这样不断的自我刷新中"自我纠正"、"自我改写"，并呈现出动态的延续趋势。

赵绪成曾经谈到："在当今社会转型时期，人们的价值观和审美观都在发生嬗变，多种艺术创作理念和审美观共存一个空间。艺术多元化才能为最广泛的受众提供个性化服务，艺术的人文价值才能得以体现。多元必然激荡，多元必然既有对立又有互补，既有竞争又有融合，既有扬弃又有汲取。"[1] 除此之外，我们还应看到，中国水墨文化的发展，在多元和现代之间，尽管有着深度的发展空间和阔远的前景，但是同样也肩负着若干严肃的历史使命。正如皮道坚指出的那样："水墨这种传统媒介如何才能摆脱弱势、本土、民间这些非主流的限定词，重新回到当代文化创造的舞台上，是事关新世纪人类文化发展的一个值得认真思索的问题。"[2]

关于这些问题，还有赖于艺术家和理论家继续共同探讨。

---

[1] 《美术江苏，再造时代辉煌——赵绪成解读"傅抱石奖·南京水墨画传媒三年展"》，见载"首届傅抱石奖·南京水墨画传媒三年展"工作简报。

[2] 皮道坚《全球化背景下的水墨新纪元》，见载《中国艺术》2002年总第29期。

第四章　也看岭南

第四章 也看岭南

第一节 岭南画派"新国画"思想初探

[本节导读] 本节从文献考证的角度着手，发掘岭南画派"新国画"思想的来龙去脉及其主要内容，并探讨岭南画派"新国画"思想跟其艺术理想之间的关系。本节内容，成稿于2004年12月，见载《艺术探索——广西艺术学院学报》2005年第3期。

20世纪是中国绘画由传统形态向现代形态转型的重要阶段，不少画家和流派，从各自不同的角度，投入到这场绘画语言变革的潮流当中。岭南画派是主要活跃在南方地区的重要绘画流派，在其代表画家高剑父（1879—1951年）、高奇峰（1889—1933年）、陈树人（1885—1948年）的倡导下，提倡折衷、融会，追求创建"新国画"，他们的绘画思想和创作实践至今仍有宝贵的研究意义。

一、从岭南画派的不同称呼看"新国画"思想

岭南画派在历史上有过不同的称呼，比如"新派"、"折衷派"、"岭南派"等。尽管称呼不同，但它们在特定历史阶段的上下文关系中，所包含的对象是一致的，它们指的都是以高剑父、高奇峰、陈树人为核心的、由部分岭南画家组成的绘画群体。而且，不管跟这些称呼相关的史料多么复杂，有关论述总会或多或少地涉及到岭南画派的"新国画"思想。

历史上把岭南画派称呼为"新派"，笔者见到的最早的史料是高奇峰在1914年提出来的，其所撰写的《〈新画法〉序》中谈到"吾友陈君树人，髫龄从事六法，与家兄剑父受业于古泉居廉先生之门，蚤入室矣。复晋日本西京美术学校，研攻新派画。"[1] 高奇峰谈到的陈树人"晋日本西京美术学校"，时间是在1908年；而陈树人译述的《新画法》于1912年开始在《真相

画报》连载之后，于1914年出版单行本。由此判断，高奇峰在序文中谈到的"新派"的说法，可能出现于1908年之后，并最迟在1914年之前就已经出现。

而把岭南画派称呼为"新派"，在1926年至1927年发生在广东的"新旧国画之争"中，这一称呼被论战双方的文章多次使用。国画研究会的画家们，把高剑父一派呼为"新派"，黄般若在《剽窃新派与创作之区别》这篇不足一千字的文章中，有六处提到了"新派"和"新派画"这样的字眼。[2] 岭梅《什么是东洋画西洋画——再答方人定》等文章，也以"新派"直呼其名。[3] 这说明，"新派"并不是一个泛指的概念，而是明确的对岭南画派的一种称呼。事实上，这种称呼也被岭南画派所认可和接受，比如方人定在《艺术革命尚未成功：答岭梅君》一文中，明确地承认："鄙人与黄大哥连篇累牍，说来说去，论题总是中国的新派画旧派画而已。"[4] 1935年陆丹林《谈新派画》中，还以"新派"来称呼岭南画派。[5] 可见，直到1935年，"新派"仍然是岭南画派的代名词之一。

折衷派，是对岭南画派的另一种称呼，有关史料比较多。比如大华烈士《高剑父》一文谈到："他（高剑父）乃学西洋画于法人麦拉氏，复东渡留学毕业于东京美术院，为吾国旧派画家出洋留学之第一人。他的学画基础如此，乃能合国画、西洋画、东洋画三者一炉共冶，溶会贯通，而为吾国画学开新纪元，自起一派，此所谓折衷派是也。时人称其为革命画师，以其确为国画之革命者。"[6] 1934年，刘海粟在《中国画之特点及各派之源流》一文中谈到："折衷派阴阳变幻，显然逼真，更注意于写生。此派画家多产于广东，又称岭南派。陈树人、高奇峰、高剑父号称三杰。"[7] 类似的说法

---

[1]　黄小庚、吴瑾《广东现代画坛实录》，第2-3页，岭南美术出版社1990年10月出版。

[2]　同[1]，第15页。

[3]　同[1]，第44页。

[4]　同[1]，第41页。

[5]　同[1]，第123页。

[6]　同[1]，第325页。

[7]　周积寅、丁涛《海粟画语》，第77页，江苏美术出版社1986年9月出版。

也见于李健儿《隔山老人居廉》等文章。[1]

　　根据1941年李宝泉《由国画谈到新国画》的有关阐述，"新国画"是出现于"民国建立以来"的新事物，"由于西洋画的刺激，就想努力在原有的中国画上，一方面采取西洋画的种种特点，一方面再将中国画原有的特点保

图43　高剑父《东战场的烈焰》，纸本设色，
166×92cm，年代不详。

---

[1]　黄小庚、吴瑾《广东现代画坛实录》，第231页。

留着，最后，由两种特点混合而成的绘画作品，就成了一种新的表现，因其不单是想将原来有的国画作品，加以一种改造，所以这种新的绘画作品，也就被人名之为新国画，为了这种新国画作风而努力的画家，大家也就名之曰新国画画家了。"[1] 从李宝泉的描述来看，岭南画派所追求的"新国画"，并不是评论界从外部强加给岭南画派的某种东西，而是岭南画派绘画群体的主动和自觉的追求。李宝泉还谈到："一般人或以它有中国画的成分而又有西洋画的成分，于是就名之曰折衷派，或以它是用了一种新的姿态出现于国画之上，于是就名之曰新国画。"[2] 由此可见，不管是"新派"也罢，"折衷派"也罢，在关于岭南画派的早期称谓中，把岭南画派跟"旧画派"拉开距离的因素，不仅在于称谓的区别，更重要的是岭南画派绘画思想中所包含的"新国画"思想。

简又文在《濠江读画记》（1939年）和《广东绘画之史的窥测》（1941年）中，对"新国画"给予了辩护式的论述。在前篇文章中，简又文谈到："余读高氏诸画……能于古法中参用西洋技术及新创方法以改良中国传统的旧画学，以故所作气韵上、精神上、意境上饶有中国画的本色，非只是西洋写真画徒以形似胜而已。"[3] 在后篇文章中，简又文还对高剑父、高奇峰、陈树人倡导的"新国画运动"加以详细的分析阐述，反映了评论界在1940年代前后对岭南画派"新国画"思想的关注和认识。[4] 这些史料说明，岭南画派的"新国画"思想，是源于中国传统画学，并吸收西方绘画的某些特征而开拓中国画新局面的艺术追求。

"新国画"问题，在20世纪上半叶岭南画派的相关文献中被多次提到。比如1926年，方人定就是以《新国画与旧国画》一文，掀起了广东新旧国画之争的开端，而方人定在其后的论战文章如《国画革命问题答念珠》也谈过对"现在之新国画"等问题的有关见解。[5] 十年后，即1936年，蔡元培发

---

[1]　黄小庚、吴瑾《广东现代画坛实录》，第220-221页。

[2]　同[1]，第229页。

[3]　同[1]，第199-200页。

[4]　同[1]，第269-273页。

[5]　同[1]，第47-49页。

表《高剑父的正反合》，对岭南画派的"新国画"思想进行了更为深入的研究，其中谈到高剑父对"新国画"思想的探索过程："其后，（高剑父）揭橥折衷派的新国画，于国画中吸收西洋画之特色，而兼采埃及、印度及波斯之作风以佐之，融会贯通，自成一家。诚如简又文先生言，（高剑父）堪称为新国画之大宗师矣。"蔡元培对高剑父及其岭南画派的"新国画精神"给予了信心十足的评价，他认为："高（剑父）先生今与诸大弟子合开国画展览会于上海，其提倡新国画之精神，更将昭示于吾人之前矣。"[1] 这些表明，岭南画派的"新国画"思想，不仅是概念上的、创作追求上的，更有其特定的社会历史背景和多元文化相互参合的精神因素。这些因素，不仅通过对岭南画派的不同称呼及有关阐释表现出来，而且跟岭南画派绘画思想的自身发展紧密联系在一起。

二、岭南画派对"新国画"思想的阐述

周积寅先生主编、黄鸿仪著《岭南画派》一书中谈到，岭南画派是"中国画革新的先行者，新国画的开拓者"。"新国画"思想体现在岭南画派的创作实践中，比如1908年高剑父由日本留学回国后，在广州举办的融合中西绘画特色的新国画展览，"这是带有首创性的'新中国画'以成批整体性的第一次向社会'亮相'"，而1915年高剑父的绘画《天地两怪物》，则是第一次把飞机、坦克等现代题材纳入中国画的范畴。"高剑父以开创性的艺术实践与前所未见的视觉形象来兑现他改革中国画的想法和言论。"[2] 综观岭南画派在"新国画"思想方面的阐述，主要体现在以下三个方面：

（一）以"新国画"表现新的社会气象

正如李伟铭谈到的："生活在20世纪的中国艺术家，差不多都曾经以自己选择或被选择的方式介入他们身边发生的各种各样的政治运动，后者在不

---

[1]　黄小庚、吴瑾《广东现代画坛实录》，第128-129页。

[2]　黄鸿仪《岭南画派》，第199页，吉林美术出版社2003年1月出版。

同程度上，曾经影响了他们对艺术的价值形态和艺术的表现形态的理解与选择。"[1] 岭南画派的"新国画"思想，正是在这样的历史和文化背景中产生的。1941年，高剑父在《我的现代绘画观》中，坦率地谈到新国画思想的来源："兄弟追随总理作政治革命以后，就感觉到我国艺术实有革新之必要。这三十年来，吹其号角，摇旗呐喊起来，大声疾呼要艺术革命，欲创一种中华民国之现代绘画。"[2] 1947年，高剑父在另一篇文章中谈到："所以我提倡新国画，其构成系根据历史的遗传，与集合古今中外画学之大成，加以科学的意识，共冶一炉，真美合一，成为自己的画，更欲改进成为一种中华民国现代的新国画。"[3] 从高剑父的这些谈论中可以知道，岭南画派的"新国画"思想，在岭南画派看来，其实包含着三个来源，即"根据历史的遗传"、"集合古今中外画学之大成"、"加以科学的意识"；岭南画派认为"新国画"还包含着两个特征，即"真美合一"、"自己的画"。而岭南画派主张的实现其"新国画"思想的主要手段是"集合古今中外画学之大成"，他们主张的"新国画"，有着"共冶一炉"、"真美合一"的境界。这一境界，跟岭南画派一贯主张的"折衷"、"融会"相表里，并且成为一种超越于技术层面的、带着政治追求的艺术理想。这一理想，岭南画派把它概括为"现代的新国画"。

岭南画派主张的"新国画"，是要能够代表新的社会气象、跟社会和时代合拍的现代绘画。也就是陆丹林谈到的"新国画的抬头，是时代使然。"[4] 岭南画派把这种时代感和新的社会气象结合在一起，欲创建"进化的中国画"。高剑父曾经谈到："旧国画是长于精神之感觉；西洋画是长于形理的表现。新国画兼而又之，既有哲学之精神，又有科学之形理，真美合一，即诗哲泰戈尔谓此派为进化之中国画，又为进化之西画。"[5] 高剑父的意图，并不仅仅是要把岭南画派所主张的"新国画"从概念上跟"旧国画"和

---

[1]　《艺术史研究》（第1辑），第391页，中山大学艺术学研究中心编，中山大学出版社1999年9月出版。

[2]　李伟铭《高剑父诗文初编》，第221页，广东高等教育出版社1999年9月出版。

[3]　同[2]，第305页。

[4]　黄小庚、吴瑾《广东现代画坛实录》，第426页。

[5]　同[2]，第365页。

"西洋画"区别开来，更重要的是，其中强调了"新国画"的优势所在，并把"新国画"跟新的社会气象联系在一起。

1948年，高剑父的弟子方人定在《国画题材论》中谈到："我以为，我们写作不必顾忌一部分人是否看得顺眼，我们应具忠实的态度，灵敏的感觉，去认识现实……要表现民族精神和大众化。把现实经过熔炼然后以绘画表现出来，这才是今日国画应选择的正确路径。"[1] 方人定的阐述更进一步地阐明了岭南画派"新国画"思想跟新的社会气象之间的契合关系。

（二） 以"新国画"体现新的社会思潮

如果只能用一个词汇来描述20世纪中国社会的新思潮，那么最恰切的词汇就是"变革创新"。没有哪个时期像20世纪的中国发生了这样翻天覆地的变化——思想界的从资产阶级维新思想到马克思主义理论的接受与传播，文学界的白话文运动和新诗改革，科学界的新发明、新创造等，社会的变化给中国绘画也带来了一定的影响和冲击。

岭南画派主张创建"新国画"，正是20世纪中国社会新思潮的必然产物。高剑父曾经谈到"不可能的事，要做到可能；不可变之法，要做到可变。英雄是造时势的。我们在艺术上，决不必步趋前尘，落人巢臼！"[2]

1949年，广州出版的《市艺》创刊号刊登高剑父的另一段话："艺术是进化的、创作的，应一创再创，创之又创；一进再进，进之又进，以至于无穷。"[3] 类似这些像口号一样的慷慨陈词，岭南画派还提出过很多，比如："向世界艺术迎头赶上！"、"同志们，起来，冲上艺术革命的前线！"、"青年们须从（事）这新时代的新中国的新艺术运动！"、"绘画要代表时代，应随时代来进展，否则就会被时代淘汰了。"、"全力求建设中国现代新艺术"、"争取艺术自由，不应受几千年来封建思想所束

---

[1]   《方人定纪念集》，第97页，岭南美术出版社1991年6月出版。

[2]   李伟铭《高剑父诗文初编》，第342页。

[3]   黄小庚、吴瑾《广东现代画坛实录》，第418页。

缚"、"军事、政治、医药、工商，一切都急需变革，难独艺术就必要死守成法，几千年都不应改变一点吗？"、"艺术须打破传统，解放束缚，自我表现"、"建设新中国的新艺术，完成艺术建国使命"、"我们提倡艺术革命，是为艺术创造新生命。"[1] 这些口号，不管是话语方式还是思想内容，都完全可以看作是中国社会变革新思潮的"绘画版"，是中国社会思潮在绘画领域中的体现，它们从某个角度表达了岭南画派试图通过"新国画"来实现其变革创新的绘画思想的内核。

除此之外，高剑父对"新国画"的内涵等问题，还有更详尽的表述。他曾经谈到"现代国画是综合的，集众长的，真美合一的，理趣兼到的，有国画的精神、气韵，又有西画的科学技法。""条件具备外，还要有内容、有意义、有刺激性、能感动人、激励人、有望之使人悲、使人喜、使人静、使人愤、使人惊、使人生慈悲心，作出世想的"等，[2] 高剑父的这些观点更为具体地阐述了岭南画派"新国画"思想跟当时的社会新思潮的关系。 高奇峰也曾经谈到："我以为画学不是一件死物，而是一件有生命能变化的东西。每一时代自有一时代之精神的特值和经验，所以我常常劝学生说，学画不是徒博时誉的，也不是聊以自娱的，当要本天下有饥与溺若己之饥与溺的怀抱，具达己达人的观念，而努力于缮性利群的绘事，阐明时代的新精神。"[3] 高奇峰的观点，在"新国画"的问题上，跟高剑父的观点相互补充，共同表述了岭南画派所主张的"新国画"思想，其本质就是中国社会新思潮在绘画领域的折射和体现。

（三）在"新国画"中寄托着岭南画派的艺术理想

岭南画派的"新国画"思想，寄托着两个层面的艺术理想：第一个理想是基础的，是要在 "旧国画"的基础上推陈出新；第二个理想是高级的，

---

[1]　李伟铭《高剑父诗文初编》，第365—367页。

[2]　同[1]，第368—369页。

[3]　黄小庚、吴瑾《广东现代画坛实录》，第111页。

图44　陈树人《双栖永好》，纸本设色，
66×43.5cm，1948年作。

是要求中国绘画要在推陈出新的同时，以"新国画"的面貌引领世界艺术的潮流。

岭南画派主张在"旧国画"的基础上推陈出新，有关思想不仅体现在高剑父、高奇峰、陈树人等的早期的绘画创作实践中，还体现在岭南画派相关的文献史料中。比如1926年至1927年广东的新旧国画之争的有关文献，就较为集中地反映了岭南画派的"新国画"思想。方人定在后来回忆道："1926年，我奉命执笔写了一篇《新国画与旧国画》，内容自然引述高剑父、高奇峰、陈树人三大家。"[1] 可见，在这场争论中，尽管是以方人定为岭南画派的主要执笔者，但是争论期间所表述的思想，其实是"高剑父、高奇峰、陈树人三大家"为代表的岭南画派的共同思想。方人定在论辩中的另一篇文章《国画革命问题答念珠》，对岭南画派的"新国画"思想，进行过这样的表述："现在之新国画，其关于我国的国情，有无违反；关于种族性，有无表现；其物质，是否与旧国画完全脱离；判断新派是否日本画，就在于此（社会自能裁判），什么抄袭剽窃的抨击直绳墨之论而已。"[2] 从这段话来看，岭南画派主张的"新国画"，包含着这样四个内容：（1）新国画没有违反我国的国情；（2）新国画能够表现我们的种族性；（3）新国画在物质上没有完全脱离旧国画；（4）新国画还是国画，它跟"日本画"不能混为一谈。岭南画派对这四个方面内容的陈述，简而言之就是岭南画派用"新国画"的思想主张寄托其在传统中国画基础上推陈出新的艺术理想。岭南画派致力于中国绘画的创新，最根本的原因在于此，其目的地恐怕也于此。"新国画"思想中浓缩着岭南画派在基础层面上的艺术理想。1986年，关山月在一次讲话中对岭南画派的"新国画"理想评述道："它（岭南画派）的创始人高剑父、陈树人、高奇峰等前辈，于二三十年代提倡新国画运动，反对清末民初以来弥漫画坛的摹仿守旧之风，对中国画的革新和发展，起了深远影响。"[3] 关山月的阐述，是对岭南画派"新国画"理想的补充说明和

---

[1]　《方人定纪念集》，第103页。

[2]　黄小庚、吴瑾《广东现代画坛实录》，第48页。

[3]　《岭南画派研究》（第1辑），第30页，广州美术学院岭南画派研究室编，岭南美术出版社1987年1月出版。

印证。

其实，岭南画派主张的"新国画"，还有更高层面的理想和要求，这就是岭南画派所主张的要以"新国画"的面貌引领世界艺术的潮流。 1940年代，高剑父在《关于新国画问题的讲话》中谈到"鄙人近数年来个人感想与对艺术期望"，其中进行了三方面内容的阐述：（1）新国画必有前途；（2）时代精神之表现；（3）我们要领导世界艺坛。特别是在第三部分的文章中，高剑父以其历史责任感和艺术责任心，阐述了岭南画派"新国画"思想的更高层次的要求，高剑父谈到："这民族文化，是负着人类生存的最高目标仁爱和平，而导引全世界于快乐的祗乡……指示人类最互爱互助的合理精神，而到达美的极峰，也就是人类美的生活的极则。"[1] 岭南画派主张以"新国画"引领世界艺术的理想追求，在高剑父《复兴中国画的十年计划》中也有类似的表达，高剑父谈到："假如十年计划是按步完成……我们的艺术水准，也自然能向着世界艺术的最高潮迎头赶上。"[2] 这些表明，岭南画派主张的"新国画"，不仅仅是中国画自身的创新和发展，在更高层次上还要把中国绘画跟国际艺术接轨，并在世界艺术的大范围中开辟中国画的新天地，并以"新国画"的水平和面目，引领世界艺术的最高潮。站在今天的角度回顾岭南画派的"新国画"思想，我们犹有诸多的激励和启迪。

第二节　画者何为
——岭南画派绘画思想考察

[本节导读]　本节结合20世纪上半叶中国美术理论背景，梳理岭南画派有关画论和史料，阐述了岭南画派关于绘画功能的若干思想观点，以及这些思想对今天的意义和启迪。本节内容，成稿于2004年12月，见载《美术与设计——南京艺术学院学报》2006年第1期。

---

[1]　李伟铭《高剑父诗文初编》，第353-354页。
[2]　同[1]，第288页。

对岭南画派绘画思想的研究，学术界时有精论。比较有代表性的有：

1986年，关山月在香港中文大学当代中国绘画研讨会上发言，认为岭南画派的绘画思想"代表了先进的艺术思潮"。关山月把其"先进性"表述为新的科学观点、打破门户之见、紧跟时代步伐、追求大众化的雅俗共赏的美的艺术。[1]

1987年，黄志坚发表《"岭南派"浅议》，把岭南画派绘画思想概括为：（1）以倡导美术革新、建立现代国画为宗旨；（2）以折衷中西、融会古今为道路；（3）以形神兼备、雅俗共赏为理想；（4）以兼工带写、彩墨并重为特色。[2]

2003年，马鸿增发表《20世纪中国地方画派综论》，把岭南画派绘画思想概括为折衷中外以革新中国画、提倡艺术反映时代及面向现实生活等。[3]

2003年，周积寅先生主编、江苏省国画院黄鸿仪著《岭南画派》，将岭南画派绘画思想概括为五个方面：（1）呼唤着变革中国画的艺术革命；（2）追新求变、开拓创新；（3）主张现代绘画应是雅俗共赏的大众化的绘画；（4）主张现代绘画要表现现实生活；（5）主张折衷中西、融会古今。[4] 上述研究成果对于全面认识岭南画派绘画思想有着重要意义。在前人研究成果的基础上，笔者发现，尽管岭南画派绘画思想包含着多层面、多角度的精神内涵，但是，当研究的视野重新置入20世纪上半叶特定的历史文化情境的时候，有一个不能回避的事实就是，岭南画派关于创作、审美、品评等方面的艺术思想，其实受到其关于绘画功用的认知的影响。岭南画派对绘画功能的认识，不但决定着其艺术道路和艺术方式的选择，同时也是其绘画思想中最具代表性的内容之一。岭南画派对"画者何为"的有关阐述，直到今天仍有深刻的现实意义。

---

[1]　《岭南画派研究》（第1辑），第33页，广州美术学院岭南画派研究室编，岭南美术出版社1987年出版。

[2]　《黄志坚诗文集》，第95页，广东美术馆编，澳门出版社2002年4月出版。

[3]　马鸿增《20世纪中国地方画派综论》，见载《美术与设计——南京艺术学院学报》2003年第2期。

[4]　黄鸿仪《岭南画派》，吉林美术出版社2003年1月出版。

一. 岭南画派与20世纪初的"主用"思想

　　20世纪初，随着中国社会文化背景的变化以及源自中国绘画内部的语言变革，对绘画功用的认识也发生了重要的变化。特别是对绘画的社会功能的认识，表现出比以往更加明显、也更加深刻的内涵。徐悲鸿所感慨的"中国画尚为文人之末技，智者不深求焉"[1] 的现象，其实是当时有识之士的共同忧虑，由此自然形成了20世纪初在中国美术理论界的"主用"思想。绘画（美术）跟社会经济之间的关系，成为"主用"思想所关注和探讨的重点内容。

　　康有为在《物质救国论》（1905年）及《万木草堂藏中国画目》（1917年）中，把美术的功能跟"物质救国"联系在一起。康有为认为"一切工商之品、文明之具，皆赖画以发明之"、"工商之品，实利之用资也；文明之具，虚声之所动也。若画不精，则工品拙劣，难以销流，则理财无从治矣"[2] 康氏弟子蒋贵麟在《景印万木草堂藏中国画目序》中谈到："方今万国制器，通商惠工，各竞画美，有利于民生富源也。故绘画须偏及器物，则画笔正须委诸匠人，写形毕肖，以便通商开富源，岂可守旧不变乎？"[3]鲁迅在《拟播布美术意见书》（1913年）中，把美术的功能分为"主美"和"主用"两类，"主用者则以为美术必有利于世……颇合于今日国人之公意"；鲁迅认为绘画的社会功能包括"表见文化"、"辅翼道德"和"救援经济"等，提出"故徒言崇尚国货者末，而发挥美术，实其根本"的观点。[4] 康有为的"理财"、"物质救国"和鲁迅的"救援经济"等观点，在中国古代画论中都较少涉及，是20世纪初中国美术"主用"思想的新创见。1933年，颜文樑在《从生产教育推想到实用美术之必要(告本校实用美术科同学辞)》中，谈到"美术"和"生产"之间互相促进的辩证关系，提出

---

[1]　　《徐悲鸿艺术文集》，第12页，宁夏人民出版社1994年12月出版。

[2]　　李伟铭《康有为与陈独秀：20世纪中国美术史的一桩公案及其相关问题》，见载《美术研究》1997年第3期。

[3]　　惠蓝《对康有为、陈独秀的整体性文人画批判的再解读》见载《艺术当代》2005年第4期。

[4]　　鲁迅《拟播布美术意见书》，见载《教育部编纂处月刊（1—1）》，1913年出版。

"故在今日而言'生产教育'者，舍美术与实业互相合作外不为功。"[1]颜文樑的观点，其实是康有为、鲁迅等"主用"思想的发展和延续。

岭南画派不但是"主用"思想的热心鼓吹者，同时也是这一思想的积极实践者。1913年，高剑父在《真相画报》发表《论瓷》一文，专门谈到绘画（美术）跟实业的关系。该文开篇就说"余究心艺事，遍历各邦，思考古有益于证今，知实业必源于美术。"[2] 同年，高剑父还发表了《陶器图案叙》、《论古瓷源于陶器》等文章，提出"图案为制器之母"[3]、"亦足为工艺家之圭臬"[4] 等观点，将图案（绘画、美术）跟"实业"联系在一起，思考其中内在的和必然的联系。

在另一方面，岭南画派也积极投入有关的社会实践。1905年，高剑父参与创办《时事画报》期间，"率先在粤中美术界引进西方美术展览会制度……由于他在展览中纳入了大量由其制作的陶瓷美术工艺品以及出自缤华女艺院学员之手的刺绣制品，把美术展览与实业、销售结合起来，从而有效地变通了美术的价值功能，使美术在与社会的联系中，找到了新的契合点。"[5] 这一举动在当时成为引领时代、开风气之先的行为。民国初年，高剑父还通过政治途径发展陶瓷工业，他在孙中山的支持下，到江西饶州筹办中华瓷业公司；后来，他还担任过广东甲种工业学校校长，成为我国较早将美术与工商业的社会实践联系起来的先行者之一。20世纪初年，高剑父在广州河南设立的用于掩护革命的博物商会，其实就是以生产彩瓷为主的实业团体。这种把绘画（美术）跟实业相结合的实践，不但体现了20世纪上半叶兴起的新的美术"主用"思想，跟康有为、鲁迅的观点不谋而合；在另一方面，也促进了岭南画派的绘画跟社会的切入和融合。1940年代，高剑父在一次讲话中还谈到"以美育对于人生实不可须臾离，且艺术关于民生与现代都

---

[1]　颜文樑《从生产教育推想到实用美术之必要(告本校实用美术科同学辞)，见载《艺浪(9、10)》1933年出版。

[2]　李伟铭《高剑父诗文初编》，第54页，广东高等教育出版社1999年9月出版。

[3]　同[2]，第33页。

[4]　同[2]，第56页。

[5]　同[2]，第3页。

市建设有刻不容缓之势"、"我们实在注重美术工业，但工业方面需庞大的经费，然于民生有莫大的关系，亟须逐年开办"、"我注重美术工业，不止关系国计民生，尽可占据世界市场的一部分。"[1] 可见，岭南画派关于美术"主用"的思想，一直到高剑父晚年都还清醒地保持着。

二、"济己"和"济世"

岭南画派认为，绘画可以"济己"和"济世"。岭南画派并不回避绘画的"济己"行为，尽管高剑父等人并不像齐白石、张大千那样大张旗鼓地公开润格，但是高剑父卖画很早就已经开始了。高剑父在其《画虎笔记》中坦率地谈到他早年画虎"实开风气之先，其时囊金求画者踵相接"的情形，还引时人丘逢甲对他的称赞"画虎高于真虎价，千金一纸生风雷"[2]，高剑父对此引以为豪。1940年代，高剑父在一篇文章中回顾了他在南京、上海、澳门等地卖画和收益的情况。这些收益，主要用于两方面开支：一是用于"这三十几年的新国画的运动费"以及岭南画派的画展，"在外省及外国开画展一次，其费用少则数百元，多则千余元"；二是用于个人生活开支，"这几年为饥躯所迫，我也要扶疾来卖画了"[3] 高剑父早年引导高奇峰学画，办法之一是暗中托人向高奇峰买画，以此促进高奇峰的学画兴趣。高奇峰留学日本之前，在广州河南的一家玻璃店，以绘画灯罩谋生，也体现了岭南画派早年的绘画"济己"的思想和行为。

高剑父在骨子里还是坚持"以画为娱，则高；以画为业，则陋"[4] 的思想。综观他以绘画从事的商业活动，"济己"的成分并不重，更主要的是个人利益之外的更为深远的理想。高剑父在另一次讲话中，再次谈到"这三十几年的新国画的运动费"的细节及有关的忧虑：

---

[1]　李伟铭《高剑父诗文初编》，第324—325页。

[2]　同[1]，第161页。

[3]　同[1]，第274页。

[4]　同[1]，第274页。

三十年来，所有开会、舟车旅费、输运、宣传等费，皆我一人负之，未尝要同学出过分文。且有裱画、影片、电版、刊物等，亦时有代出的。开画展最少亦需数百元费用，京沪之展，连盘川等，动辄千元，亦不须同学出一文钱、一份力的……三十年来，连国内外参加之画展，尽有百余次之多。在从前年富力强，敢云胜任愉快。但近年以来，年事日高，精神日削，更是荷包日干，对新艺术运动前途，不无障碍。[1]

由此可见，固然岭南画派主张绘画可以改善画家的个人生活，但是并不主张惟利是图。1940年代，高剑父在《为什么学画》中谈到："有为国家民族而学画的；有为民生而学画；有为生活而学画……为生活而学画，思想至下乘，有确为环境所限制，那情有可原。"[2] 其中的"情有可原"四字，尽管包含着晚年高剑父的复杂心情，但是归根到底岭南画派还是主张"为国家民族而学画"、"为民生而学画"，在"济己"和"济世"的关系上，最终归结到"济世"的层面上来。

1908年，广东发生大水灾，高奇峰以卖画的方式参与了救灾赈灾活动。他捐献了一件作品《啸虎》，并在其题跋中记载了当时的情况："……广东之热忱君子组织一慈善会于羊城，卖物赈灾，以为被难同胞请命。余亦得追随其后，以美术而占一席之地，此不过略尽个人之天责耳。"[3] 1939年，春睡画院的师生在澳门商会举办赈灾画展。1944年3月，岭南画派主要画家参与澳门各界的赈灾活动，高剑父担任主席，筹集了包括岭南画派画家在内的600余幅书画作品义卖赈灾，"希冀实现艺术救世的本旨，以精神的食粮，来博取物质的食粮，以救济一般嗷嗷待哺的难童。"[4] 参照有关资料可知，从1939年到1944年前后，过从澳门参与或可能参与这些赈灾活动的岭

[1]　李伟铭《高剑父诗文初编》，第233页。
[2]　同[1]，第364页。
[3]　《岭南画派研究》（第1辑），第29页。
[4]　同[1]，第264页。

南画派画家及弟子，包括关山月、伍佩荣、李抚虹、方人定、郑淡然、罗竹坪、梁慧、尹廷禀、黄独峰、司徒奇、赵崇正、黄霞村、李非、陈菊萍、乐锦、乐鋆、汤卓元、黎蕙臣、胡肇春、梁麟生、竺摩、杨荫芳、何炳光、翁芝、叶永青、刘群兴、杨蔼生、潘再黎、游云珊、王婉卿、慧因、苏卧农等数十人。[1] 这种以高剑父为首的岭南画派画家的集体行动，已经远远超越

图45　高奇峰《猛虎图》，纸本设色，
112.5×57cm，1915年作。

---

[1]　李伟铭《高剑父诗文初编》，第275-276页。

了"为生活而学画"的"情有可原"的自我局限，真正体现了岭南画派所主张的"为国家民族而学画"、"为民生而学画"的济世思想。

在岭南画派看来，"济己"和"济世"并不矛盾。高剑父在《新国画与旧国画》中谈到："画得好，为天下最便宜的事业，既可自娱，又可为民众服务，又可得名，又可得利……不独扬名声、显父母，更可为祖国争光、人民谋幸福。"[1] 这一观点表明，岭南画派把"济己"和"济世"放在相得益彰的层面上考虑，把它们视作一个视野拓宽和境界提升的问题。

在岭南画派的绘画思想中，相关的观点还包括：（1）以艺术救国的思想。比如高剑父谈到："我们艺人应该抱定艺术救国的宗旨，在艺术革命的旗帜下努力迈进，为我国艺术争一口气，向世界艺术迎头赶上，增高我艺术的国际地位。"[2] "常存救国之心，做那样就那样。故本位救国，艺术当然不能例外。"[3] （2）以绘画（艺术）促进世界和平的思想。1933年高剑父发表的《对日本艺术界宣言并告世界》是这一思想的代表作，高剑父倡议："由艺术以联国际间之感情，借以促进世界和平运动，冀兵器销为日月之光，我艺人实应同负此重责。"[4] 这一倡议，体现了岭南画派的心胸和境界。

三、绘画要表现真善美、要体现时代精神

真善美和时代精神问题，是20世纪上半叶的中国绘画理论的焦点问题之一。1918年，陈独秀谈到："绘画虽然是纯艺术的作品，总也要有创作的天才和描写的技能，能表现一种艺术的美，才算是好。"[5] 同年，徐悲鸿谈到："凡美之所以感动人心者，决不能离乎人之意想。"[6] 1921年，陈衡

---

[1]　李伟铭《高剑父诗文初编》，第186页。

[2]　同[1]，第282页。

[3]　同[1]，第370页。

[4]　同[1]，第142页。

[5]　陈独秀《美术革命论》，见载《新青年（6—1）》1918年出版。

[6]　《徐悲鸿艺术文集》，第11页。

恪谈到："殊不知画之为物，是性灵者也。思想者也，活动者也，非器械者也，非单纯者也。"[1] 1922年，梁启超谈到："美术的功用，在把这种麻木状态恢复过来，令没趣变为有趣。"[2] 1932年，凌文渊谈到："研究国画，必须先要研究真美的精神所在，在形迹上可以看见的，不得谓之真美，真美的精神，是在形迹以外，可意会，不可言传。"[3] 这些观点大致体现了20世纪上半叶中国画论关于绘画真善美问题的共识。

跟上述诸家的不同在于，岭南画派主张：（1）"真善美"既是三个独立的范畴，又具有某种程度上的一致关系；（2）绘画的真善美和时代精神是一致的，两者互相解说、互相印证。

岭南画派强调绘画要表现真善美，认为"真"、"善"、"美"分别是科学家、宗教家、艺术家的最高境界。高剑父谈到：

> 宇宙之具有永久价值者，曰真善美。真以养知，此科学家之最高理想，乃万物一体，是为至真；美以养情，此艺术家之最高境界，乃溶小我于大我之中，是为至美；善以养意，此宗教家之最高境界，乃大慈大悲，大喜大舍，是为至善。[4]

岭南画派把"美"赋予了普遍存在的特性，认为"美"存在于一切的时间和空间，并且是艺术家和社会的灵魂。高剑父在一次演讲中谈到："瑰丽是美，残缺也是美。在艺人的心中，艺人的眼底，实在无事不美，无物不美，无时不美，无地不美；所以真善美就是艺人灵魂，也就是社会的生命。"[5] 高剑父在此强调"美"不以形式为局限、不以时空为局限、不以存在方式为局限；既是个人的，又是社会的。

---

[1]　陈衡恪《文人画之价值》，见载《绘学杂志(2)》1921年出版。

[2]　梁启超《美术与生活》，见载《梁任公文存(下)》，上海教育书店1936年出版。

[3]　凌文渊《国画在美术上的价值》，见载姚渔湘《中国画讨论集》，北平立达书局1932年出版。

[4]　李伟铭《高剑父诗文初编》，第126页。

[5]　同[4]，第360页。

岭南画派把"美"和"善"放在一致的地位，认为"我国向以真善美为行教化之基础"、"艺术之美，非徒为欢乐遣闷者也，盖其成就事业，固有伟大之造诣者在。"[1] 这些阐述表明了岭南画派对"美"的道德意义的态度——在岭南画派看来，美之所以能够成为"艺人的灵魂"、"社会的生命"，其内在的原因不在于它可以供人"欢乐遣闷"，而在于它还可以"成就事业"、可以成为"伟大之造诣"，也就是美与善的统一。高剑父还把"美"和"善"的这种统一性，归结为"东方固有精神"，他认为："新艺术的作风，似乎必须根据东方固有精神，而作最忠实的报道，指示人类最互爱互助的合理精神，而到达美的极峰，也就是人类美的生活的极则。"[2] 在此，真善美是一致的：对东方固有精神作最忠实的报道，此为真；指示人类互爱互助的合理精神，此为善；达到人类美的生活的极则，此为美。高剑父所主张的"新艺术的作风"，其实就是在"真"的前提下的"善"与"美"的结合和统一。

岭南画派不但强调绘画要表现真善美，而且强调绘画要表现时代的精神。1920年代中期，高奇峰在其著名的《画学不是一件死物》的演讲中谈到：

> 每一时代自有一时代之精神的特值和经验，所以我常常劝学生说，学画不是徒搏时誉的，也不是聊以自娱的，当要本天下有饥与溺若己之饥与溺的怀抱，具达己达人的观念，而努力于缮性利群的绘事，阐明时代的新精神。[3]

在这个演讲中，高奇峰还把时代精神描述为："后世观了现在所遗留的作品，便可以明白这时代的精神和美德及文化史事"，把时代精神作为"作画的本旨。"[4] 这是岭南画派关于这一思想的最重要的阐述。如果说，

---

[1]　李伟铭《高剑父诗文初编》，第142页。

[2]　李伟铭《高剑父诗文初编》，第353—354页。

[3]　黄小庚、吴瑾《广东现代画坛实录》，第111页，岭南美术出版社1990年10月出版。

[4]　同[3]，第111页。

这里所强调的"美德"属于"善"的范畴，那么对"文化史事"的反映以及对"美德"的表现，则包含着"真"的理念。换而言之，这里所说的时代精神，跟岭南画派主张的真善美，其实有着千丝万缕的内在联系。

高剑父的《写在庆祝美术节前》（1947年），从另外的角度阐述了岭南画派所说的时代精神，高剑父谈到：

> 艺术是代表时代，一时代有一时代的表现，一时代有一时代的精神…… 所以我提倡新国画，其构成系根据历史的遗传，与集合古今中外画学大成，加以科学的意识，共冶一炉，真美合一，成为自己的画，更欲改进成为一种中华民国现代的新国画。[1]

此处，高剑父谈到的"真美合一"，跟前面高奇峰谈到的"精神"、"美德"和"文化史事"等，有着异曲同工的含义。黄笃维对此曾经这样描述："岭南派……有鲜明的主张，就是时代变了，绘画不能墨守成规，也需要随着社会发展而改变，因为每一时代都是从文化艺术上反映出它的精神面貌，岭南派也是在这种客观力量的推动下发展起来的。"[2] 黄笃维所言，其实就是对高剑父和高奇峰的补充说明。

在岭南画派的纲领性文献《我的现代绘画观》中谈到："新国画是综合的、集众长的、真美合一的、理趣兼到的；有国画的精神气韵，又有西画之科学技法……在进化史上说，一时期有一时期的精神所在。绘画是要代表时代，应随时代而进展，否则就会被时代淘汰了。"[3] 这段话反映出，在岭南画派看来，绘画表现真善美跟表现时代精神，二者之间不仅是互相联系的，而且还是动态发展的。

---

[1] 李伟铭《高剑父诗文初编》，第304—305页。

[2] 黄笃维《试论岭南派》，见载《岭南画派研究》，第35页，广东中华民族文化促进会、广州岭南画派研究室、岭南画派纪念馆合编，广州出版社1996年5月出版。

[3] 同[1]，第232页。

四、以绘画促进社会教育

绘画的社会教育功能，是20世纪中国绘画理论中的又一热点话题。早在1905年，李叔同在其《图画修得法》中，就从"智育"、"德育"和"体育"等三个方面，分别阐述了绘画的社会教育功能。[1] 其后，徐悲鸿、刘海粟、林风眠等人，亦结合各自的经历发表看法。在这方面，岭南画派也有自己的不少论述，主要包括以下三个方面：

（一）绘画具有社会教育的普及性

高奇峰一向认为"画虽一艺，其中存有大道，具有万理"[2]，他引用张彦远"成教化，助人伦，与六籍同功，四时并运"的观点，认为绘画在"与六籍同功"的同时，还有着"不同功"即其在进行社会教育中的内在优势："传记足以叙其事，不能载其形；赋颂可以咏其美，不能备其象，惟图画之制可以兼之。"[3] 正是因为绘画在"载形"和"备象"方面的这些优势，决定了绘画成为"六籍"所不可取代的社会教育的重要手段。高剑父认为绘画教育可以"大发国人之感情，而补学校图画教材之不及。"[4] 其实也是这个道理。

岭南画派普及社会教育的方式之一是举办画展。高剑父曾经谈到："多开画展，使艺术界得到参考、观摩之益，使之认识这派的优的、系用新的艺术思想与作风，来刺激当地之艺术界，使他们知旧国画有改造、革命之必要。"[5] 此外，岭南画派还非常讲究在教学活动中的因材施教和重点培养。高剑父主张："我们为教员的，居心不是讲饭碗问题。要作为传道问

---

[1] 李叔同《图画修得法》，中国佛教图书文物馆《弘一法师》。

[2] 黄小庚、吴瑾《广东现代画坛实录》，第109页。

[3] 黄小庚、吴瑾《广东现代画坛实录》，第109页。

[4] 李伟铭《高剑父诗文初编》，第21页。

[5] 同[4]，第180页。

题。旧生须收容来教，现在学生如有可造就者，则带归特别教授。"[1] 岭南派画家积极从事社会教育活动，高剑父的春睡画院、高奇峰的天风楼、黄少强的民间画馆、赵少昂的岭南艺苑等教学机构，培养出来的有成就的艺术人才，为数众多。这些成就在某种程度上也体现着岭南画派把绘画的教育功能跟人生和社会相联系的思想。

（二）绘画有人格塑造和道德修养的功能

岭南画派重视绘画的人格塑造和道德修养的功能。高剑父在《我的现代绘画观》中认为，艺术修养应该超越于画家圈子，有其更广泛的社会人群，从理论上扩大了绘画的社会教育功能的受众范围，使绘画艺术跟社会最广泛的大众联系在一起，赋予绘画以更广阔的意义空间。高剑父谈到："不是要人人作艺术家、收藏家，但人们不可不有艺术的常识，不可不懂艺术的欣赏。即有常识而言，已一生受用不尽的了……倘借美的陶冶，来安慰人生，就好容易得到美的人生。"[2] 1940年代，高剑父在另一次讲话中谈到："我们受了艺术熏陶，长了艺术的意识，得到艺术的修养，不其然而然地人格高尚。"[3] 这些谈话体现了岭南画派关于绘画艺术对人格塑造和道德修养的作用的认识。

岭南画派认为，绘画不仅具有熏陶和潜移默化的作用，而且还具有人格纠正的作用。高奇峰曾经谈到绘画可以使"颓懦者与以立志，鄙倍者转为光明，暴戾者归乎博爱，高雅者益增峻洁。"[4] "使贪夫廉，懦夫立"[5]，充分肯定了绘画艺术在社会教育方面的意义。岭南画派的陈树人，一生自律，徐悲鸿称其"若艺术以人格为出发点而言之，则陈树人先生之成功，可谓为世楷模。"[6] 可见，岭南画派在这方面的思想，不仅是认识问

---

[1]　李伟铭《高剑父诗文初编》，第355页。

[2]　同[1]，第213页。

[3]　同[1]，第360页。

[4]　黄小庚、吴瑾《广东现代画坛实录》，第111页。

[5]　同[4]，第110页。

[6]　《徐悲鸿艺术文集》，第457页。

题，而且还把它上升为自我修养的实践。

（三）绘画有国民素质教育和社会综合教育的功能

岭南画派强调绘画跟国民素质教育和社会综合教育的关系。1905年，高剑父在《时事画报约章》中，谈到"仿东西各洋画报规则、办法，考物及记事，俱用图画，一以开通民智、振发精神为宗旨"。[1] 其后，高剑父对绘

图46　关山月《铁蹄下的孤寡》，纸本设色，
120×63cm，1944年作。

[1]　李伟铭《高剑父诗文初编》，第19页。

画的开通民智的功能作了具体阐述："欧美则以画报开民心；法国以画图励民耻；而东洋新国，则尤以美术为科学之大宗……然则画界之于个人与国家之关系，必有极重要者；不然，何以各国之注重若此哉？"[1]

类似的观点，高奇峰也曾经谈到："然而一人一时一地的美感，究属一人一时一地的事，倘欲与众兼善，则不能不记载此种美感，以期普利群生。"[2] 1933年，高剑父在阐述以艺术求世界和平的时候，也谈到采取"我东方精神之艺术教育"为手段，对"人欲横流"的世界加以"调和"的思想，[3] 岭南画派甚至还提出绘画艺术"尽可补助宗教和补助政治"。[4] 这些思想，也体现在岭南画派的绘画作品中，比如高剑父的《长城饮马》、《未亡人》等，倪贻德认为这些作品"只要是看见了的人，都要触动了他悲恸之心。"[5] 高剑父的《寒烟孤城图》（1928年）、《东战场的烈焰》；岭南画派弟子黄少强1930年代的战地写生作品、关山月的《铁蹄下的孤寡》（1944年）等作品，在当时对于以绘画促进社会教育、唤起民众的爱国热情起到了非常重要的作用。

就像樊波谈到的那样："真正的深刻的思想和伟大的艺术，与其所处的时代，既是一种应对关系，更是一种批判和超越关系。"[6] 历史地看待岭南画派的绘画思想，我们犹然可以从中读取不少极有现实意义的睿智。其中包含的关注社会、关注现实的人文关怀；从"济己"到"济世"的思想升华；发掘绘画（美术）与社会生产和社会经济之间的内在关系；绘画要表现真善美、表现时代精神的觉悟和追求；以绘画促进社会教育的精神动力，诸此等等，都超越于绘画的技术层面和时代局限，进入到必然和自由的思想境界。在半个世纪后的今天，对20世纪上半叶岭南画派绘画思想加以回顾和考

[1]　李伟铭《高剑父诗文初编》，第21页。

[2]　黄小庚、吴瑾《广东现代画坛实录》，第108页。

[3]　同[2]，第106页。

[4]　同[1]，第361页。

[5]　同[2]，第127页。

[6]　樊波《现代化进程中的中国画命运之考察：兼论现代化之社会学涵义》，见载《美术与设计——南京艺术学院学报》2005年第3期。

察，我们依然得益于岭南画派在这些睿智的阐述当中寄寓的种种"与历史的对应"和"对历史的超越"。岭南画派的不少观点，对今天的艺术家仍然有着现实的启迪。

第三节　岭南画派绘画思想的历史发展

[**本节导读**]　　本节考察了岭南画派绘画思想的历史发展，从萌芽期、发展期、总结期三个阶段对岭南画派绘画思想的有关情况加以描述。本节内容，成稿于2004年12月。

当前对岭南画派的研究，各有不同的分期标准。比如李伟铭《从折衷派到岭南画派》，分别以1920年代和1937年为界，把岭南画派的发展分成三个阶段（见载《岭南画派研究》第2辑）。也有一些研究者基于不同的研究角度作其他方式的划分。本文从岭南画派绘画思想的历史发展的角度，主张把对岭南画派的研究分成三个时期，即，萌芽期（1892—1921年）、发展期（1921—1941年）、总结期（1941—1951年）。岭南画派绘画思想在各时期的历史发展情况如下：

一、萌芽期（1892—1921年）

从1892年开始，岭南画派的代表画家高剑父、高奇峰和陈树人，在绘画道路上经历了共同或近似的学习过程：他们首先是从中国传统绘画吸收营养，继而赴日本求学并对日本画和西洋画展开研究。在这个过程中，他们都跟维新派思想家和同盟会等革命团体保持往来。他们从日本回国后，积极倡导折衷中西画法的新国画。岭南画派的绘画思想，正是在这个过程中由萌芽而成长、逐渐走向了体系化。我把这个过程称为萌芽期，从1892年开始，直到1921年。

在萌芽期，岭南画派绘画思想主要受到三种因素的影响：

（一）居廉绘画思想的影响

对岭南画派的研究，在某种程度上不可以回避对居廉的研究。尽管居廉的隔山画派，跟他的弟子开创的岭南画派之间，有着根本的不同。但是，作为岭南画派的启蒙老师，居廉的绘画思想对高剑父、高奇峰和陈树人产生了最早且积极的影响。高剑父和陈树人都直接接受了居廉的教诲，高奇峰尽管没有向居廉执弟子礼，但是他通过高剑父的转授，也间接地接受了居廉绘画思想的影响。如果从1892年高剑父投师居廉门下算起，到1904年6月18日居廉逝世为止，居廉对这三人的言传身教，前后累计长达12年。

高剑父曾经多次撰写文章缅怀老师并对居廉的艺术加以多方面的总结，比如高剑父在1913年撰写的《居古泉先生小传》和1941年撰写的《居古泉先生的画法》，以及1949年撰写的《居师古泉家传》等文章，就做过详细的介绍。其中涉及到居廉绘画思想的文章，以《居古泉先生的画法》介绍得最为详细。这篇文章发表在1941年出版的《广东文物》第8卷，从中可以见到居廉绘画思想的概貌。比如：

（1）以造化为师的创作精神，文章谈到"师（居廉）既得乃兄心法，暂乃离去，而专向大自然里找寻画材，以造化为师，更运用其独到的写生术，消化古法与自然，使成为自己的血肉，故能自成一家。"

（2）自我表现的创作态度，文章谈到："师（居廉）不喜临摹古画，不是不能仿古，但因为要求自我表现的满足故也。"、"吾师对艺术一生用心，是要解放古人束缚，回到自我表现的境界里，一空依傍，赤裸裸地现出我的真面目，在诗化的造型领域中自由发展。"

（3）真美合一的审美思想，文章谈到："其昆虫花卉之以理趣兼到、真美合一的整个的美，可算是吾师始发其蕴。"

（4）为艺术而艺术的绘画追求，文章谈到："吾师学画的成功，其志乃为艺术而艺术，不以此而问世，不以此求闻达。"

（5）把艺术当作灵魂之粮，文章谈到："他（居廉）的花卉，是得到花外之神，非于艺事有相当修养者，未易领之。观他所写的春花，使人联想到环境与气候，仿佛如在风和日丽、春光明媚的当中；观他所作的秋花，又觉秋到人间，金风淡荡的季节，使人感到清爽而轻快了。我们清晨于花田苑圃间，欣赏千红万紫的名花，亦未必能感到这种美妙。惟名画家涉笔点染，就具有这种魔力……所以名画——这好容易令人忽略的东西——可说是能调和精神、安慰人生的灵魂之粮，不单是供人玩赏和补壁而已。"

（6）敢于画前人所未画的题材，文章谈到："眼之所到，笔便能到，无物不写，无奇不写，前人不敢移入画面的东西，师尽能之；甚至月饼、角黍、火腿、腊鸭等等一般常见而不经意的东西，他一一施诸画面，涉笔成趣，极其自然，天衣无缝，可算打破过去传统思想的束缚了。"高剑父于1915年把飞机、坦克搬到画面上，名为《天地两怪物》，这种敢于画前人所未画的题材的精神，跟他的老师居廉的绘画思想显然如出一辙。[1] 高剑父在《居师古泉家传》中也谈到居廉的若干绘画思想，比如居廉对继承和创新的态度，文章谈到："（居廉）初由师伯梅生授南田法，参以孟丽堂、宋藕堂写生法，更自出机杼，构图设色，新气蓬勃，貌与古离，神与古合，故能于两粤独树居门一帜。"[2] 在继承中有创新，在创新中有继承，这种思想对高剑父等人的影响也是显然的。

此外，陈滢在《岭南花鸟画流变（1368—1949）》中也谈到："高剑父成名之后，对其早年的启蒙老师居廉大加褒扬。居廉的师法自然、精于写生、广泛选材，以至其撞水、撞粉技法，都被高剑父弘扬到一个空前的高度。居派的绘画传统，经过高剑父、高奇峰兄弟和陈树人的改造，成为岭南画派绘画的重要内容。"[3] 居廉绘画思想对高剑父等人的影响，也由此可见。

（二）二高一陈"日本之行"的影响

作为岭南画派的开创者，高剑父、高奇峰和陈树人在20世纪初期都有过"日本之行"。高剑父从1903年开始，多次前往日本求学。高奇峰第一次到日本的时间是1907年。陈树人则于1906年和1913年，先后两次赴日本求学。

---

[1]　这里引用的段落，均引自高剑父《居古泉先生的画法》，见载李伟铭《高剑父诗文初编》，广东高等教育出版社1999年9月出版。

[2]　高剑父《居师古泉家传》，见载李伟铭《高剑父诗文初编》，第395页。

[3]　陈滢《岭南花鸟画流变（1368——1949）》，第376页，上海古籍出版社2004年9月出版。

他们的"日本之行"对其绘画思想的形成，也有着重要的影响，这些影响大致包括以下两方面的因素：

首先是日本绘画状况及其绘画思想的影响。

高剑父在日本的主要活动的区域是关东地区，尽管关于他在日本是否接受正规的学历教育这一点始终存在着争议，但是在日本学习绘画的经历却是有大量的事实依据。高剑父在日本的主要活动是参观博物馆和图书馆，观摩和研究日本画。在这个基础上，他还在白马会和太平洋画会开办的研究所，接受过短期的西画基础训练，并且在后来又进入日本美术院研究所，接受了日本画的基础训练。这些经历，在李伟铭的《高剑父"留学"日本考》等文章中有详实的考证。高奇峰在日本主要师事和绘派画家田中赖章，后来又受到竹内栖凤和桥本关雪的作品的影响。陈树人在日本，先后就读于京都市立美术工艺学校和日本立教大学，学习绘画和文学。在绘画上，"二高早年于日画靠近竹内栖凤，陈氏则深受山元春举、望月金凤的启发。"[1] 他们对日本画的研究并从中吸收有效成分，为后来提出的"折衷"思想奠定了基础。

1908年高剑父、高奇峰从日本回国，在广州长堤德昌公司三楼举办画展，这是岭南画派画家举办展览的最早记录。展出作品由于受到日本绘画的影响，在当时引起了争论。吴子复《二十五年来广州绘画印象》对展览的基本情况这样描述道："以老虎、狮子、猿猴、孔雀、马等为题材，杂以西洋方法的比较形似的这种绘画……总是something"。吴子复认为展览"给以观众一点新的感觉，但同时也给予观众以一点对于绘画的误解……以为绘画者一定是对自然物体的标本般的摹写，而不会欣赏到中国绘画的笔与墨构成的意境。"从这些陈述中判断，当年包括吴子复在内的美术界人士，对于高剑父和高奇峰的"新"绘画作品，还是持有保留意见。这种情况也告诉我们另外一个事实便是，这次展览，毕竟使尚在萌芽中的岭南画派绘画思想在社会上得到宣传。争议也罢，狐疑也罢，毕竟开始有人对于高剑父和高奇峰的绘画作品尾随而至，竞相模仿。"原来之以中国画生徒的尚美美术研究社的

[1]　李伟铭《现实关怀与语言变革：20世纪前半期广东绘画一斑》，见载《现实关怀与语言变革》作品集，第12页，广东美术馆策划，辽宁美术出版社1997年9月出版。

创办人程竹韵，也加入了这些折衷派，尚美里面也挂起了大老虎来了。高剑父和潘冷残主办的缤华女子美术学校，自然就是折衷派的大本营。"[1]

除此之外，在日本活动的中国维新派思想家和同盟会等革命家，对高剑父、高奇峰和陈树人也产生了一定的影响。

日本之行，对二高一陈在绘画思想方面产生意义的不仅是绘画本身的若干因素，更为重要的是在此期间，由于旅居日本的中国维新派思想家和同盟会革命家之间的往来，在思想上受到他们的社会变革思想的影响。这种影响，与其说是蔓延到绘画创作领域，不如说是通过对二高一陈的人生观和社会观的潜移默化而推动着其绘画思想的变革。在二高一陈当中，以高剑父受到的影响最为突出，高剑父跟维新派和同盟会同时保持着往来。在李伟铭的《高剑父及其新国画理论》中这样谈到："东渡日本求学，是高剑父人生道路中一个具有决定意义的重大事件。他一贯乐于被称为艺术革命家和政治革命家。恰恰是在日本，他获得了如何变革中国画的灵感，并于1906年，在日本加入了中国同盟会，由此开始了他作为一个'革命家'的人生历程。"[2] 在20世纪早期的特定历史阶段，我们看到艺术家的人格精神力量，以及人品和画品之间的关系，表现得尤其强烈。高剑父跟革命家的往来，从表面而深入，甚至于他在1917年7月当孙中山在日本创建中华革命党的时候，高剑父首批参加入党仪式，成为革命党人中的一员。也正是"日本之行"，高剑父接受了梁启超的决定性的影响。以至于在数十年后，高剑父还深有感喟地回忆道：

五十年前，梁启超在日本神户办《新民丛报》，大倡新学说，以变法维新

为宗旨。他有"中学为体，西学为用"的文章，适我也在神户，时时领教他，

（把）他的学说，差不多当为"金科玉律"，认为是我改造新国画的新途径。

于是我把中西画法折衷起来，一路地行了二十年。[3]

---

[1] 吴子复《二十五年来广州绘画印象》，见载黄小庚、吴瑾《广东现代画坛实录》，第143-144页，岭南美术出版社1990年10月出版。

[2] 李伟铭《高剑父及其新国画理论》，见载李伟铭《高剑父诗文初编》，第2页。

[3] 高剑父1947年4月21日《创法：南中美术院周会演讲词》，见载李伟铭《高剑父诗文初编》，第317页。

梁启超在《欧游心影录》中曾经谈到："社会革命恐怕是20世纪史唯一的特色，没有一国能免，不过争早晚罢了。" 类似这样的社会改革思想言论，对高剑父的绘画变革思想产生了积极的影响。高剑父在回忆文章中专门谈到：

> 梁任公有关于培根及笛卡儿二人之合论云：培根、笛氏之学派虽残，至其所以有大功于世界者，则惟一而已。曰：破学界之奴性也。学者之大患，莫甚于不自有其身，而以古人之耳目为耳目；不自有其心思，而以古人之心思为心思。[1]

除了梁启超的社会变革思想，康有为在绘画方面的若干见解对高剑父也产生了影响，比如高剑父曾经谈到：

> 有志之士感到国画的衰微，西洋画流行，而努力于合的工作。康有为曾感慨地谓："墨井寡传，郎世宁乃出西法，他日当有合中西而成大家者，日本已力为之，当以郎世宁为太祖矣。如仍守旧不变，则中国画学应遂绝灭，国人岂无英绝之士，应运而生，合中西而为画学新纪元者，其在今乎？吾其望之。"吾虽不敏，但穷毕生之精力，致力于此耳。[2]

这些资料表明，以高剑父等人为代表的岭南画派，在其绘画思想的萌芽阶段，确实受到了在日本活动的中国维新派思想家和同盟会等革命家的影响。其实，陈树人在日本期间，也跟同盟会保持着密切的关系。陈树人在1905年6月就加入了同盟会，他第二次留学日本的时候，还经常至孙中山寓所，并参加了中华革命党的有关工作。

---

[1]　高剑父《札记短语》，见载李伟铭《高剑父诗文初编》，第371页。

[2]　高剑父《国画的辨证》，原载《前锋日报》1948年2月26日，见载李伟铭《高剑父诗文初编》，第320页。

（三）民初政治与社会文化的影响

岭南画派的"新国画运动"从民国建元开始正式拉开帷幕。高剑父、高奇峰和陈树人为代表的岭南画派走上了与传统画家完全不同的发展道路。如果说1905年9月高剑父、陈树人在广州参与创办《时事画报》的时候，他们还只是"俱用图画，一以开通民智、振发精神为宗旨"。那么，1912年，高剑父、高奇峰连同其兄弟高冠天、高剑僧到上海创办《真相画报》和审美书馆，则体现了二高在政治理想前提下的艺术追求。高奇峰在《真相画报》创刊号封二的《真相画报出世之缘起》中谈到："战事告终，南北统一，民

图47　高奇峰《老松新月图》，绢本墨笔，
64.6×31.6cm，1919年作。

国成立，共和伊始。吾华之父老昆弟，拭目以观自由平权之郅治者，棋其时矣……本报有鉴于此，特集合躬亲患难、组织民国之知己，相与讨论民国之真相，缅述既往、洞观现在、默测将来，以美术文学之精神，为中华民国之先导。"[1] 同样在《真相画报》创刊号上，署名为"怀霜"撰写的《真相画报序》中也表达了同样的观点。陈树人在《真相画报》连续刊载《新画法》，输进新知，提倡美育，追求"美术文学之精神"，其实正是受到民初政治与社会文化影响的必然结果。

在思想萌芽阶段，岭南画派绘画思想的发展除了受到来自上述几方面的主要影响之外，跟画家的刻苦学习和探索也有着密切的关系。高剑父在学习绘画的过程中经历了艰苦的摸索，比如他在研习"撞水"技法的时候，"日夜苦思，屡经试验，尚难体会"。后来，因为夜雨屋漏，淋湿了他的帐席，他从帐顶上的一块块水渍中得到启发，看那"好似王洽云山万叠的泼墨画"而"顿然悟到撞水画法"[2] 高剑父在后来的教学活动中，多次向学生介绍其早年的艰苦摸索，并把刻苦求索的精神，作为培养学生素质的一项重要内容。

在岭南画派的绘画思想中，还有一点值得注意的是，尽管岭南画派提倡"新"国画，但是他们对于"旧"国画所使用着的"临、摹、仿、抚"等技术手段和思维程式并不拒绝。比如，高剑父在1914年创作的《荒崖悬蠹图》就有着明显的巨然风格，画面追求巨然的那种"于尺幅中雷轰电激，其势从半空掷笔而下，无迹可寻"的境界。高剑父在是作的题跋中并不掩饰自己的"写生中尚不失古人风格"的得意之情。高剑父在1919年创作的《梅竹画眉图》也是一件"拟新罗山人法"的作品。由此可见，岭南画派在提倡创新的过程中，并没有割裂与传统的血脉联系。岭南画派的创新是多方面和多层面的，比如高剑父在1915年的《天地两怪物》中所画的飞机和坦克，追求的正是"素无人写也。有之，则自高剑父始"的绘画精神。[3]

---

[1]　高奇峰《真相画报出世之缘起》，见载《真相画报》创刊号。

[2]　高剑父《居古泉先生的画法》，见载李伟铭《高剑父诗文初编》，第208页。

[3]　这段文字是高剑父1914年作《荒崖悬蠹图轴》的题画文字。

在萌芽阶段，岭南画派的绘画思想还主要是高剑父、高奇峰和陈树人的绘画思想。这是岭南画派的基础阶段，追随者和后继者的力量还非常弱。但是，后继者的队伍毕竟已经开始成长。1919年，黄少强、何漆园、赵少昂等进入美学馆，向高奇峰学习绘画。1920年，张坤仪拜高奇峰为师，学习绘画。这些情况都表明，岭南画派及其绘画思想的发展，只是一个时间的问题。

二、发展期（1921—1941年）

在发展期，岭南画派绘画思想的主要特点体现在三个方面：（1）在论辩、批判和反思中不断总结；（2）在结社和各种展览中讨论并传播；（3）在美术教育活动中得到发展和持续。我们注意到岭南画派的自身发展对岭南画派绘画思想带来的新的影响，比如在这个阶段，高剑父的印度之行为岭南画派绘画思想注入了新的思想内容；而岭南画派的后继者在绘画思想方面的反思和成熟，扩大并丰富了岭南画派绘画思想的总体内容。还有最为重要的因素在于，1941年，高剑父发表的《我的现代绘画观》的演讲，成为岭南画派绘画思想的纲领性文献。岭南画派逐步走向鼎盛和壮大，从而使岭南画派绘画思想进入最为活跃的历史发展时期。

（一）在论辩、批判和反思中不断总结

岭南画派绘画思想发展期开始的标志是1921年冬举办的广东省第一次美术展览会，这次展览会是岭南画派整体实力的展示。它之所以能够成为岭南画派绘画思想新阶段的开始，倒不因为高剑父以筹备处处长、副会长的身份在筹备工作中起着导向的作用，而是因为由此引起的"新派"和"旧派"的冲突。这一点，也正如陈滢谈到的那样，"从1921年起，高剑父彻底离开政治斗争的旋涡，将全部精力转移到艺术上，专心做一个艺术家。"[1]

---

[1] 陈滢《岭南花鸟画流变（1368——1949）》，第488页，上海古籍出版社2004年9月出版。

发展到1926年，这种冲突最终以持续到次年的"新旧国画论战"而爆发出来。论战的细节，在林木《现代中国画史上的岭南画派及广东画坛》、黄大德《民国时期广东新旧画派之论争》等文章中有比较深入的分析。[1] 林木在文章中认为，"如果当时论争双方在论争中不仅仅停留在真伪是否的水准上，而在这种如果不计其来源而事实上却非常成功的艺术的启示中去思考中国传统的转化，或许对双方都有裨益。"而关于这场论争的产生原因，林木没有提到。黄大德有提到，认为是高剑父"授意方人定撰文，向旧派发难，这便发生了方黄之争。"类似的说法也见于方人定的自叙文字，他在其1962年撰写的《略谈岭南画派》中强调了高剑父在这场论争中的指挥地位和核心作用，他说："1926年，我奉命执笔写了一篇《新国画与旧国画》，内容自然引述高剑父、高奇峰、陈树人三大家。"[2] 方人定的说法，跟黄大德的分析约略近似，尽管论争一方的执笔者是方人定，但是作为岭南画派这方，在论争中坚持的是以高剑父等人为代表的岭南画派绘画思想的整体主张。值得注意的是，在高剑父的相关资料中，并没有类似的文字。比如，1946年前后，在一篇以高剑父对春睡画院学生的讲话为内容的文字中，高剑父并不认为自己是这场论争的主角，他说："我向来极不主张和人家笔战，从前人家骂我，本院那帮青年都和人家拼个你死我活，我时时都不以为然而加以劝止他们。后来我出了几个月的门，方君就发难起来，与他们大战。直至我返到广东来，才劝止他们息了兵。"[3] 黄大德、方人定是一说，高剑父自己是另外一说，除此之外，还有第三种说法，是1939年前后一篇署名为"恩仇"的文章《方黄释怨记》，其中谈到："（新旧画派）为文战于粤之《国民新闻》，壁垒森严，两不相下。新派主将为方人定，而旧派画家则为黄般若……相与问文辩论，凡四五月始寝。自此，岭南画界，顿划鸿沟，旧派画人，群集国画研究会旗帜之下，而新派画则以春睡画院为大本营。"

---

[1]   这两篇文章，都见载《朵云》（第59辑）即《岭南画派研究》专集，上海书画出版社2003年12月出版。

[2]   方人定《略谈岭南画派》，原载1962年11月25日香港《大公报》，引自《方人定纪念集》，岭南美术出版社1991年6月出版。

[3]   高剑父《艺人应有的修养：对春睡同学的谈话》，见载李伟铭《高剑父诗文初编》，第373页。

[1] 恩仇的文章，没有提到高剑父有否介入这场论争。事实上，不管高剑父介入与否，方人定在这场笔战中所阐述的观点"内容自然引述高剑父、高奇峰、陈树人三大家"是确凿无疑的。我们可以把这场论争中的左方视为岭南画派绘画思想的阐述，而在笔战中所发表的方人定的系列文章，如《新国画和旧国画》（1926年）、《文人画与俗人画》（1927年）、《艺术革命尚未成功：答岭梅君》（1927年）、《国画革命问题答念珠》（1927年）、《驳什么是东洋画西洋画》（1927年）等，确实也为我们研究这个时期岭南画派绘画思想提供了重要的依据。

在发展期，跟岭南画派绘画思想有关的论争还有一次，发生在1930年11月至12月之间。这场论争的原因是春睡画院举办的一个展览，引发了吴子复和春睡画院的司徒奇之间的文战，前后历时40多天。根据黄大德的说法，尽管在这场论证中，司徒奇的文章没有保存下来。但是，我们从保存至今的吴子复的文章中，还是能够找到关于这场论争的焦点所在，这些文章如《春睡画院展览会给我的感想》、《所谓新兴艺术的尽忠者》、《艺术之宫里发出来的啾啾的声响》、《关于新兴艺术》、《新兴你的'新兴艺术'去吧》等，均见与《吴子复艺谭》一书。这些反方的论述，也是研究岭南画派绘画思想的重要资料。

（二）在结社和展览活动中讨论并传播

在1921年之前，岭南画派还没有明确的结社意识。直到1921年之后，情况才发生了明显的转化。1921年，高剑父创办"画学研究会"，从理论上倡导新国画，而在此后的20年间，岭南画派不但在其核心阵地"春睡画院"得

---

[1]　恩仇《方黄释怨记》，见载《广东现代画坛实录》第204页，又见载《黄般若美术文集》，人民美术出版社1997年6月出版。两处都没有注明《方黄释怨记》的发表时间。笔者根据《方黄释怨记》提到"方人定既于去夏在港举办抗战画展"，而根据《黄般若美术文集》中的另一篇文章《杨荫芳女士答问录》介绍，方人定在香港举办个人抗战画展的准确时间是1938年，且两文介绍方人定与黄般若的会晤情形接近，由此推断《方黄释怨记》应发表于会晤的次年，即1939年。

到壮大；而且，二高乃至他们的学生，都积极参与组建各种艺术团体，盛为一时。

根据有关资料显示，在这个时期由岭南画派骨干成员先后组建的艺术社团有：1926年的美学社（由美学馆同人在广州成立）；1931年的美学苑（包括高奇峰、何漆园、周一峰、赵少昂、叶少秉、张坤仪、黄少强等）；1932年的广州艺术会（包括高剑父、陈树人、丁衍镛、李金发、司徒奇等）；1934年的六人画会（包括黄少强、何漆园、赵少昂、叶少秉、容漱石、周一峰等）；1935年的威尼斯美术研究社（包括司徒奇等）；1936年的民间画会（包括黄少强等）；1939年的岁寒社（包括黄少强等）；1940年的洁社（包括司徒奇、郑春霆等）；1941年的再造社（包括方人定、李抚虹、司徒奇、伍佩荣、黄独峰等）；1941年的协社（包括高剑父、冯康侯、杨善深等）这些艺术团体的相关史料中，尽管我们没有见到形式上的"岭南画派"的旗号，但是因为这些团体是由高剑父、高奇峰及其弟子们分别组建，所以这些艺术团体所倡导和体现的绘画思想，理应看作是岭南画派绘画思想的有机组成部分。比如，民间画会提出的"到民间去，百折不回"的思想，其实就是岭南画派绘画思想的一个重要内容。而岭南画派的绘画思想，也正是通过春睡画院和上述这些团体的主张体现出来的。

1921年至1941年期间，也是岭南画派频频举办展览的时期。有记载的展览数不胜数，比如 黄少强第一次绘画展（1926年）、黄少强第二次绘画展（1928年）、春睡画展（1929年）、司徒奇画展（1929年）、美学苑第一次画展（1931年）、美学苑第二次画展（1934年）、六人绘画展览会（1934年）、黄少强民间绘画展览会（1934年）、黄少强赵少昂近作展（1934年）、春睡画院欢迎方人定苏卧农杨荫芳黄浪萍归国展（1935年）、民间画会第一至第六次展览（1937年）、黄少强抗战画展（1938年）、方人定抗战画展（1938年）、杨善深画展（1938年）、岁寒社第一次绘画展、第二次绘画展（1939年）、民间画会第七至十次展览（1940年）、民间画会第十一至十二次展览（1941年）等。这些展览主要体现出三个特点：一是二高的学生辈在展览中逐步壮大起来；二是展览的数量随着岭南画派骨干力量的壮大而逐年增多；三是高剑父在这些活动中继续发生着决定性的影响力。在这些展览活动中，岭南画派作为群体的最重要的艺术活动是1935年9月15日在广州举办的"春睡画院欢迎方苏杨黄归国展"及1936年5月29日在南京举办的

"春睡画院展览"等。

岭南画派的相关展览活动在当时受到社会的关注，比如1939年在澳门举办的一次展览，"一连五天，入场观画者逾万人"，[1] 成为澳门的一次空前盛会，其所产生的社会影响也是可想而知的。参加这次展览的岭南画派画家有高剑父及其弟子方人定、苏卧农、黄独峰、李抚虹、伍佩荣、郑淡然、周叔雅、黄浪萍、王豪、黎葛民、赵崇正、关山月、司徒奇、黄霞村、尹廷廉、何磊等，场面之大，也是显然的。在这样的活动中，高剑父以老师和尊长的身份，保持着在岭南画派中的核心地位。而岭南画派也正是在他以及他的诸多弟子的各种活动中，走向了自身的发展壮大。

（三）在美术教育活动中得到发展和持续

高剑父从事美术教育活动的时间比较长，他在16岁即1905年就已经开始在广东公学、述善小学、时敏学堂、广州河南洁芳女校等新式学堂担任图画教员。黄花岗起义失败后，高剑父在香港创办香港实验女校。民国初年，他在上海创办《真相画报》的同时，也协助其妻子宋铭黄开办了上海女子图画刺绣院。在这些活动中，对岭南画派有着最重要影响的活动是他开创的春睡画院，岭南画派的不少重要弟子，都是从这里起步的。

春睡画院的历史，最早可以上溯到1911年，最初的名称是春瑞草堂，位于广州市文明路定安里，原为高剑父、高奇峰同住作画的寝所和画室，取诸葛亮"春睡草堂足，竹影日迟迟"的诗意。后来，由于从学者众多，改名为春睡画院。作为高剑父的重要的教学场所，春睡画院在实质上成为岭南画派的人才培养基地。因为各种原因，春睡画院后来曾经迁移到广州东郊花园，1923年迁移到广州朱紫街山庄。1945年，春睡画院改名为南中美术院。在春睡画院存在的三十余年间，高剑父"合国画、西洋画、东洋画三者一炉共冶，溶会贯通……自起一派"，[2] 1939年高剑父在澳门举办春睡画院展览

---

[1]　简又文《濠江读画记》，见载黄小庚、吴瑾《广东现代画坛实录》，第192页。

[2]　大华烈士《高剑父》，摘自1947年晨光出版公司出版《文人画像》，见载黄小庚、吴瑾《广东现代画坛实录》，第325页。

的时候，"曾在该院训练出来的新派画家已有八十多人。"[1]

春睡画院的教学活动是一个有意味的话题，它体现了岭南画派在传道授业方面的独特之处。在陈振国等撰写的《高剑父与中国画学科岭南学派》一文中，特别强调其教学活动的三个方面内容：一是采取了区别于旧式教育的新模式，"（春睡画院）总体上虽是私立的师徒教学方式，但其教学思想与教学内容、方法，已经完全有别于旧式的私塾教育，有新颖、生动、丰富的教学内容。"二是注重人品和艺品相结合的教学方向，"（高剑父）以一位现代教育家的胸怀，在学生的思想情怀、做人、学风、基础、传统技法等等学习上，有一套完整的整体构想及具体做法和要求。"三是强调在艺术基本功训练之外，要求学生加强多方面的文化素养，走进生活，开阔视野，并邀请校外专家前来讲学，经常举办油画、国画、日本画等专题的展览会、欣赏会，提高学生的多方面的素质。[2] 从这个角度来看，岭南画派绘画思想不仅是如何从事绘画创作的问题，更有艺术家如何做人、处世、审美、读书等更为广泛的内容。

高剑父一生从事美术教育的活动中，还有两个高峰是他分别于1933年受聘为中山大学教授、1935年受聘为中央大学教授。这两件事对高剑父乃至岭南画派而言，其意义也超越了教学活动本身的范畴，特别是高剑父前往南京，随着工作地点的转移，他把春睡画院的画展也带到了南京和上海，以至于时评认为以春睡画院为代表的岭南的新画风，通过高剑父所策划的巡回展览活动，从珠江流域扩大到长江流域。1935年，傅抱石在《民国以来国画之史的观察》中谈到：

> 剑父年来将滋长于岭南的画风，由珠江流域展到了长江。这种运动，不是偶然，也不是毫无意义，是有其时代性的。高氏主持的春睡画院画展，去年在

---

[1]　黄小庚、吴瑾《广东现代画坛实录》，第194页。

[2]　陈振国、方楚雄、李劲坤《高剑父与中国画学科岭南学派》，见载《岭南画派研究》，广东中华民族文化促进会、广州美术学院岭南画派研究室、岭南画派纪念馆合编，广州出版社1996年5月出版。

南京、上海举行，虽然只几天短短的期间，却也掀动起预期的效果……据个人的管见，似乎可以把文化的高下，随时代看成一个反比例。即是文化发达愈早的地方，现在愈不行，愈倒霉。反之文化后起的地方，愈前进愈厉害……在中国，珠江流域是后起的，黄河流域的西北最古，但也最苦。假如这种推想有点像，那么，中国画的革新或者要希望珠江流域了。[1]

1937年，陆丹林在《广东美术概况》一文中也这样谈到：

新派画就由高剑父、高奇峰、陈树人等从事研究绘制而且努力倡导，它的发源是在珠江流域，最近两年流到长江流域来。尚美美术研究社、缤华女子美术学校、美学馆、春睡画院、岭南画苑等，都是公开招生教授新派画，主事的异常努力，常常集合同志们举行画展，在吾国艺术界已经造成一种新的努力。现在中山大学、中央大学的艺术科及最近的广州市美等，都有一部分的学生从事研究习作了。[2]

这些事实说明，岭南画派的教育活动，在推动岭南画派绘画思想的发展和传播方面，起到了积极而有效的作用。

在美术教育活动中，高奇峰也是一支重要的力量，早在1919年至1920年期间，黄少强、何漆园、赵少昂、张坤仪等就已经先后拜师到高奇峰门下，成为岭南画派的骨干和中坚。高奇峰的绘画思想在他的绘画教学活动中加以推广，比如他在1920年代中期发表的《画学不是一件死物》的演讲中谈到：

每一时代自有一时代之精神的特值和经验，所以我常常劝学生说，学画

---

[1] 傅抱石《民国以来国画之史的观察》，原载1937年7月《文史半月刊》《逸经》第34期，引自《傅抱石美术文集》，第178至180页，叶宗镐选编，江苏文艺出版社1986年3月出版。

[2] 陆丹林《广东美术概况》，见载黄小庚、吴瑾《广东现代画坛实录》，第177-178页。

图48　高剑父《梅竹画眉图》，纸本设色，
　　　92.4×44cm，1919年作。

不是徒搏时誉的，也不是聊以自娱的，当要本天下有饥与溺若己之饥与溺的怀
抱，具达己达人的观念，而努力于缮性利群的绘事，阐明时代的新精神。[1]

类似这样的思想，不仅是对岭南画派绘画思想的补充和强调，更是对他
的学生的启发和教益。高奇峰、高奇峰的弟子，以及高奇峰的弟子的弟子，
在艺术创作和各种社会活动中，对岭南画派绘画思想的传播和发扬也有着重
要的作用。顺便一提的是，陈树人在美术教育方面罕有涉及，他的一贯思想
是"但开风气不为师"，这是后话。

（四）高剑父的印度之行对岭南画派绘画思想的发展

1930年10月，高剑父到印度举办个人画展并考察写生。在这期间，高剑
父会见了印度学者泰戈尔，并出席了亚洲教育会议。此后，高剑父逗留在印
度、尼泊尔、缅甸等地，观摩古代壁画，直到1932年春回国，前后历时一年
半左右。1932年春，广州各文化艺术团体在番禺中学举行"欢迎高剑父先生
归国展览会"，李金发担任展览会主席。此时的高剑父，不管是在艺术创作
还是在艺术思想方面，都获得了新的发展。

扩大了视野，这是高剑父最直接的收获。高剑父在1948年撰写的《七十
自述》一文中这样写道：

余又鉴于世界文化之襁褓原在埃及、波斯、印度一带，欲穷源探本，非亲
历其地，痛下一番工夫不可。卒如愿以偿，于十九年只身赴印，遍历印度、缅
甸、锡兰、锡金、不丹、尼泊尔、波斯、埃及等地。凡美术院、博物院、梵宫
古刹，莫不参观临摹；并于喜马拉雅山探求佛迹，及描写其冰山云海，与采取
自然科以归；又临摹阿真达诸大山洞二千年前壁画。夙愿获偿，亦余生平一大
快意事也。[2]

---

[1]　高奇峰《画学不是有一件死物》，原载1934年南京出版《高奇峰先生荣哀录》，见载黄小
　　　庚、吴瑾《广东现代画坛实录》，第111页。
[2]　高剑父《七十自述》，见载李伟铭《高剑父诗文初编》，第346页。

随着视野的扩大，高剑父对"混血"文化的思考也较前更为深入。在高剑父的一篇文章中谈到：

> 我于民国二十年在印度阿真达石窟临摹二千年前之壁画，其线条、赋彩诸法，与吴道子、李龙眠都无少异。可见唐宋时的释道人物画，当然受了印度画风的影响，实无疑义。而后则互受影响，故现代世界各国注重文化沟通者以此，有斥我为'混血文化者'亦以此。此不独国画为然，世界文化之成功亦无不然。[1]

由此可见，印度之行不但坚定了高剑父在游学日本期间已经形成的"折衷"、"融合"的绘画思想，提供了更多的美术史发展依据，与此同时，更是为高剑父所主张的"折衷"、"融合"增添了新的视觉内容。所以，研究岭南画派绘画思想所主张的"折衷"、"融合"，不仅是日本绘画和西洋绘画，还包括了印度绘画。蔡元培把高剑父的印度之行纳入对其作画历史的"正反合"的分析，蔡元培认为："（高剑父）二十岁以前，精习国画，正也；其后，游日本，研究西洋画学，反也；其后，揭橥折衷派的新国画，于国画中吸收西洋画之特色，而兼采埃及、印度、波斯之作风以佐之，融会贯通，自成一家。"[2] 从蔡元培的分析中也可以见到，印度之行对高氏乃至岭南画派绘画思想的发展，都有着重要的历史意义。

高剑父把对印度绘画的研究和思考，也纳入到他在后来的教学活动中。高剑父向学生介绍印度绘画的概况以及印度的绘画教学状况，在教学观赏会上，还经常"拿些印度画和印度画集来给各位同学观赏。"[3] 这一点，在岭南画派绘画思想的相关研究中要特别注意到。对高剑父个人来说，印度

---

[1]   高剑父《日本画即中国画》，见载李伟铭《高剑父诗文初编》，第338至339页。

[2]   蔡元培《高剑父的正反合》，原载1936年6月25日上海《艺术建设》创刊号，引自李伟铭《高剑父诗文初编》，第321页。

[3]   高剑父1947年4月14日《纪念周演说词》，见载李伟铭《高剑父诗文初编》，第309页。

之行以后他的"学问技术愈随见识而长进，而对于新国画之创造愈有把握，抑愈为努力矣。"[1] 李伟铭在研究中也断言"印度之行无疑有效地提高了他（高剑父）在画坛的声誉"，[2] 笔者认为此说不虚。只是需要说明的是，如果单就岭南画派绘画思想而言，岭南画派从珠江流域到长江流域的扩大并非从这个时候开始，因为早在1912年高氏四兄弟受到广东省政府资助到上海创办《真相画报》和审美书馆，以及高剑父协助其夫人宋铭黄在上海创办上海女子图画刺绣院的时候，岭南画派绘画思想在长江流域产生影响就已经开始了。

（五）后继者对岭南画派绘画思想的反思和推动

跟二高一陈有着惊人相似的情况是，岭南画派的第二代画家在出国留学的时候，也是选择了去日本。1929年秋，方人定到达日本东京，考入日本美术学校研究部，并先后在川端画学校和骏河台洋画研究所兼习西洋画，以攻人物画为主。方人定在《我的写画经过及其转变》中谈到留学日本对于其绘画思想的多种影响：

> 十八年夏，漫游江南。随即东渡，初入川端洋画学校，再入日本美术校，后入二科会主办的骏河台洋学校，所学的，通通是西法及人体写生，这样的生活，在彼邦住了四年多。归国后，仍在歧路徘徊中，关于自己写画的前程，有时悲观，有时乐观，'要怎样写呢'？这五个字，行一步坐一刻，都时时记着。甚至拥抱着美人的时候，也不会忘却。[3]

留学回来之后，方人定确定了三个方面的绘画主导思想：一是作品以人物为主体；二是题材以现代生活新姿态为对象；三是画法重新折衷中西。方

---

[1] 简又文《濠江读画记》，见载黄小庚、吴瑾《广东现代画坛实录》，第193页。

[2] 李伟铭《高剑父及其新国画理论》，见载李伟铭《高剑父诗文初编》，第6页。

[3] 方人定《我的写画经过及其转变》，见载黄小庚、吴瑾《广东现代画坛实录》，第210页。

人定的这种想法，尤其是前两个方面的打算，其实就是高剑父的绘画思想的继承。关于方人定的想法之三，也即所谓的"重新折衷中西"，值得研究者特别留意。因为其中也许包含着一些微妙的话外音。我们不妨回顾一下方人定的留学生活，1930年，方人定在日本与广东同乡杨荫芳女士结婚（杨女士1925年即留学日本，毕业于东京女子美术学校刺绣科，并于1929年又入日本美术学院西画科学习）；1931年，方人定因"九·一八"事变而回到中国；1933年，方人定再次东渡日本学习绘画；1935年6月，方人定学成归国，同时归来的还有毕业于日本东京美术学校研究部的苏卧农。1935年7月，方人定在上海《艺风》发表《中国画的反时代性》，主张多写现代生活。这是对岭南画派绘画思想的又一次发掘和总结。1935年9月，春睡画院在广州举办了"欢迎方人定、苏卧农、杨荫芳、黄浪萍归国画展"。1936年，方人定被聘为第二次全国美展广东出品审查委员，并在上海举办个展。方人定谈到的"要怎样写呢"的困惑与思考，就发生在这段时期。在这个时候，方人定提出"重新折衷中西"的想法，固然也许出于个人艺术创作过程中产生的困惑，但是其中未必就不包含着他意欲对岭南画派绘画思想加以新突破的念头。方人定曾经这样感慨："居东邻时，彼邦人氏，说我的画为南画，南画者，中国画也。今国人有谓我的画为非纯国画，若以质诸欧美人，则当然否认为西洋画，既非西洋画、日本画，又非纯国画，是什么画呢？非人定自己之画乎？中国画、西洋画、日本画，以至埃及印度画，何必要争论它，我只知道纯粹绘画。"[1] 方人定的这种感慨，既是个人感受的体现，又是岭南画派一贯主张"折衷中西"的绘画思想的新的思考。

在岭南画派留学者的队伍中，除了方人定，留学日本的还有1935年归来的黎雄才、1938年归来的杨善深等。尽管由于七七事变的原因，"新派画家对日本文化的好感更迅速转化为一种尖锐的民族对立情绪。"[2] 但是，至少在1937年之前，岭南画派的有关画家在研究和接受日本绘画方面，持的是积极的态度。他们在日本学习绘画，是一种研究性的吸收，这种吸收的过程是他们主张"折衷"、"融合"的内容之一，但是并不是全部的内容。

---

[1]　方人定《我的写画经过及其转变》，见载黄小庚、吴瑾《广东现代画坛实录》，第210页。

[2]　李伟铭《从折衷派到岭南画派》，见载《岭南画派研究》（第2辑），第94页。

所以，在抗战开始后，岭南画派的年轻一辈的画家转向于"纷纷走出象牙之塔，他们的画笔在深入生活和表现沉重的时代主题的艰难探索中，得到了前所未有的磨练。黄少强、方人定、关山月、黎雄才、赵少昂，其人其画，令人刮目相看。"[1]

在发展期的顶峰，是岭南画派绘画思想的纲领性文献《我的现代绘画观》，这份文献是1941年1月15日高剑父在"中国文化协进会"主办的文化讲座上主讲"现代国画"时的讲话内容，因为一些原因这份文献还有过《我的现代国画观》等多种不同版本，于风认为："《我的现代绘画观》是高剑父回顾并阐述自己倡导新国画运动的总结性文章……在这篇洋洋洒洒的巨著中，它不但充分发挥了自己的艺术理想，而且其中包含了许多经验之谈。"[2] 谢文勇在对照了《我的现代绘画观》和《我的现代国画观》这两个版本的异同之后，认为它们是："高剑父推行艺术革命的理论纲领"[3]，黄鸿仪在研究中也指出："高剑父于抗日期间撰写的《我的现代绘画观》，是一篇立论鲜明、成一家之言的中国画理论文章。全文闪烁着文艺革命精神的光辉，堪称为岭南画派艺术思想纲领性的文献。"[4] 这份文献的出现，可以说是岭南画派绘画思想发展成熟的标志。

三、总结期（1941—1951年）

以1941年为界，把1941年至1951年的十年作为岭南画派绘画思想的"总结期"，仅仅是为了研究的需要。因为这个阶段跟在1921年至1941年的阶段之间，并不存在明显的转折性事件。高剑父在1941年发表《我的现代绘画

---

[1]　李伟铭《从折衷派到岭南画派》，见载《岭南画派研究》（第2辑），第94页。

[2]　于风《读〈我的现代绘画观〉断想》，见载《岭南画派研究》（第1辑），广州美术学院岭南画派研究室编，岭南美术出版社1987年1月出版。

[3]　谢文勇《读高剑父〈我的现代绘画观〉》，见载《岭南画派研究》，广东中华民族文化促进会、广州美术学院岭南画派研究室、岭南画派纪念馆合编，广州出版社1996年5月出版。

[4]　黄鸿仪《岭南画派》，吉林美术出版社2003年1月出版。

图49　黄少强《残歌载道泪飘潇》，纸本设色，133×313cm，1936年作。

观》的讲话，既是发展期的结束，又是总结期的开始。在总结期，岭南画派内部经历了种种变故，1942年9月黄少强逝世、1948年10月陈树人逝世直到1951年6月高剑父逝世，此后由二高一陈开创的岭南画派，逐渐错过了其鼎盛的上升时代。在总结期，岭南画派绘画思想的主要特征如下：

（一）频繁的展览继续体现岭南画派的绘画思想

举办各种各样的作品展，是岭南画派传播绘画思想的重要方式。在1941年至1951年之间，岭南画派画家举办的展览数量之多，锐气不减当年。这些展览主要表现为两个特点：

（1）高剑父、陈树人的展览仍然是岭南画派中最重要、最有影响力的展览。这种情况的主要原因来自两个方面，一方面因为高剑父、陈树人在多年间积累起来的社会资源以及他们的声望地位；另一方面，社会舆论也总是把他们的作品当作岭南画派的经典形象，比如，1944年在澳门举办的"春睡画院十人展"和1947年在广东省立体育馆举办的"高剑父陈树人赵少昂黎葛民杨善深关山月六人画展"等都是这一时期的重要展览，在这些展览中，高剑父和陈树人显然处在核心关注的位置。再如1945年9月，陈树人在重庆举办的个人作品展，郭沫若、沈雁冰、徐悲鸿、傅抱石、陈之佛等名流都亲临观摩，徐悲鸿还专门撰写了《陈树人画展》一文发表在《中央日报》。1946年12月，陈树人在南京举办的个人作品展，主办单位包括中美文化协会、世界社、中华全国美术会、中法比瑞文化协会、稚晖大学、中苏文化协会、中英文化协会、世界文化合作中国协会等多家文化机构，其社会影响之大、关注之众均为同时期展览活动的翘楚。1947年10月，陈树人在上海大新公司画廊举办的个人作品展，宋庆龄、宋美龄、傅抱石等前来参观并举办雅集活动，社会影响之大，是不言而喻的。

（2）岭南画派的后继者以联展和独立个展的方式，把绘画思想和创作技巧推向成熟。根据有关研究资料显示，在这个阶段，岭南画派的后继者几乎每年都有人举办至少一次个展或有作品参加大型联展。其中比较活跃的包括黄少强、方人定、苏卧农、黎雄才、黄浪萍、杨荫芳、司徒奇、杨善深、赵少昂、关山月、张坤仪、黎葛民、赵崇正、李抚虹、伍佩荣、黄独峰、黄霞川、罗竹坪等人。这些展览的共同特点是体现了画品和人品的内在一致，同时也折射着岭南画派画家们的艺术活动和生活迁移的镜子。比如，方人定先后在澳门（1944年）、广州（1946年、1948年）、中山（1947年）等地举办展览，赵少昂先后在广州（1941年）、广西柳州桂林、广东曲江、贵州贵阳（1942年）、重庆（1943年、1944年）、成都（1944年）、澳门香港（1946年）等地举办展览，他们所到之处就在居住地举办的这些展览，跟二高一陈当年随着个人生活地点的变迁而把展览带到上海、南京等地有着一致之处，通过展览，岭南画派的绘画思想也在他们的居住地得到了推广和传播。关山月、黎雄才、司徒奇等，也分别在不同城市举办各种展览，如果说1935年在南京举办的春睡画院的展览使岭南画派从珠江流域传播到长江流域，那么此时关山月、黎雄才在西南西北各地举办的写生展，则是使岭南画派绘画思想的影响，从珠江流域传播到大江南北了。

（二）结社的淡化和教育活动的转型，预示了岭南画派绘画思想的尾声

这一时期跟岭南画派画家有关的社团，已经不像1941年之前那么鼎盛。新成立的比较有影响的社团只有1941年由方人定在香港发起组织的"再造社"等，在数量和社会影响方面，都不如1941年之前的轰动。"再造社"的主要成员方人定、李抚虹、司徒奇、伍佩荣、黄独峰等，都是高剑父的学生。尽管再造社的成立缘起于"因不满高剑父的家长制，组织起来反对他"，并且这个社团后来又因香港沦陷而解散，存在的时间不长。但是，再

造社提出来的思想观点，比如"我们本着中华的国民性，站在时代艺术前线上，再辟国画的新路为宗旨"等。[1] 实际上反映了岭南画派后继者希望把岭南画派的绘画思想推向新的局面的尝试。1941年2月，再造社举办第一次画展，展出方人定、李抚虹、司徒奇、伍佩荣、黄独峰、黄霞川、赵崇正、黎葛民、苏卧农等人的作品，正是再造社成员"再辟国画新路"的思想实践。

这一时期继续存在的岭南画派成员建立的社团，情况也比较复杂。其中，既有岭南画派成员内部交流的各种艺术团体，也有岭南画派成员跟其他画家联合发起或参与的、跟岭南画派没有直接关系的社团。前一种情况的社团，比如1944年高剑父在香港创办的今社；1945年高剑父、赵少昂、关山月、杨善深、黎葛民等在广州成立的今社画会；1948年，赵少昂在香港成立的岭南艺苑等。后一种情况的社团，比如1946年关山月担任中国全国美术会理事；1948年赵少昂在香港参与发起"中国近代书画会"；1949年何磊在香港发起成立红黄蓝画社（该画社的成员主要是香港人间画会的部分中国画家）、1949年关山月在香港参加人间画会的有关活动等。在后一种情况底下，我们看到一方面它们也是岭南画派成员的社会活动记录；另一方面，由于这些活动逐渐偏离了岭南画派的向心力，它也预兆了1951年岭南画派的核心人物高剑父过世后，岭南画派必然逐渐走向解体的趋势。

这一时期岭南画派画家从事教育活动仍然比较频繁，但是在总体趋势上已经逐渐从培养岭南画派的后进人才，转变成为在新中国教育机构从事人才培养工作。在这个时期，1942年黄少强在佛山"止庐画塾"开班授徒，已经是岭南画派开班授徒的尾声。其后，1945年，高剑父在春睡画院旧址创办私立南中美术院，1946年创办南中美专，并聘其学生赵崇正为校务主任兼导师。由于社会环境的变化，这个时候包括高剑父本人所从事的美术教育活动，跟从前的情形也已经大不一样。比如，1947年，高剑父应聘为广州市立艺术专科学校校长，在教育活动中他已经偏离了原先坚持的师徒式的教育轨道。尽管广州市立艺术专科学校中不乏岭南画派的骨干，如1946年关山月在

---

[1]　方人定《关于再造社》，见载黄小庚、吴瑾《广东现代画坛实录》，第214页。

此担任国画系主任、教授；1947年苏卧农在此担任国画系主任、教授；1948年黎雄才在此担任教授；1949年方人定在此担任国画系主任、教授，但是，这里已经不再是春睡画院，不再是岭南画派的人才基地和摇篮。这一时期岭南画派骨干成员的其他教育活动，如1943年黎雄才担任国立重庆艺专副教授；1948年赵少昂被聘为广州大学美术科教授；1950年方人定、黎雄才、关山月在华南文学艺术学院担任教授等，他们从事的教育活动也都不再是过去的岭南画派的师承模式。

（三）从理论上对岭南画派的创业史和绘画思想加以总结

这一时期，高剑父有多篇《纪念周演讲词》以及比较多的对学生的讲话稿。除此之外，高剑父也有不少重要文章，比如《创法：南中美术院纪念周演讲词》（1947年）、《国画的辨证》（1948年）、《日本画即中国画》（1948年）、《七十自述》（1948年）、《关于新国画问题的演讲》等。这些文章往往谈及岭南画派的创业史和岭南画派绘画思想的来龙去脉，有着明显的回顾和总结自身发展历史的特征。这期间，高剑父还撰写了《十五年计划》和《复兴中国画的十年计划》等，对于中国画的发展，提出建设性的思想纲要。

在从理论上总结岭南画派绘画思想方面，岭南画派的后继者们也不逊色。有关文献比如1941年出版的《再造社第一次画展特辑》，其中收入方人定《我的写画经过及其转变》、伍佩荣《国画应有的改变》、李抚虹《中国画的复活说到开拓》、司徒奇《我绘画趣味的养成和由写西画转写国画》、黄独峰《中国绘画与现代西洋画的倾向》、黄霞川《绘画应以划分时代再造下去》、赵崇正《国画解放问题》、黎葛民《绘画与个性》、罗竹坪《宋之绘画与时代》等文章。这个阶段还有一些重要资料，比如方人定的《中国绘画之前途》（1942年）、《国画题材论》（1945年）和《论三绝》（1945年），黄少强的《自传》（1942年）等，同样是研究岭南画派绘画思想研究的重要史料。而这个阶段岭南画派有关画家的艺术活动，比如1943年关山月到敦煌临摹壁画、1944年黎雄才开始其在西北三年的写生生涯、1947年关山月在南洋的半年的写生活动等，则是从实践的角度体现了岭南画派绘画思想的精神。

插图索引

插 图 索 引

主要参考文献

主 要 参 考 文 献

1. 《中国画论辑要》，周积寅编著，江苏美术出版社 1985 年 8 月出版。

2. 《傅抱石美术文集》，江苏文艺出版社 1986 年 3 月出版。

3. 《海粟画语》，周积寅、丁涛编著，江苏美术出版社 1986 年 9 月出版。

4. 《岭南画派研究》（第 1 辑），广州美术学院岭南画派研究室编，岭南美术出版社 1987 年 1 月出版。

5. 《岭南画派研究》（第 2 辑），广州美术学院岭南画派研究室编，岭南美术出版社 1990 年 10 月出版。

6. 《广东现代画坛实录》，黄小庚、吴瑾编，岭南美术出版社 1990 年 10 月出版。

7. 《方人定纪念集》，岭南美术出版社 1991 年 6 月出版。

8. 《中国当代美术史（1985—1986）》，高名潞等著，上海人民出版社 1991 年 10 月出版。

9. 《中国新文艺大系（1949—1966）美术集》，中国文联出版公司 1993 年 1 月出版。

10. 《20 世纪末中国现代水墨艺术走势》（第 1 辑），天津杨柳青画社 1993 年 11 月出版。

11. 《徐悲鸿艺术文集》，宁夏人民出版社 1994 年 12 月出版。

12. 《岭南画派研究》，广东中华民族文化促进会、广州美术学院岭南画派研究室、岭南画派纪念馆合编，广州出版社 1996 年 5 月出版。

13. 《九十年代中国美术（1990—1992）》，张晴主编，新疆美术摄影出版社 1996 年 6 月出版。

14. 《20 世纪末中国现代水墨艺术走势》（第 3 辑），黑龙江美术出版社 1997 年 1 月出版。

15. 《中国现代美术全集》，天津人民美术出版社1997年9月出版。

16. 《现实关怀与语言变革——20世纪前半叶广东美术专题展》作品集，广东美术馆
    策划，辽宁美术出版社1997年9月出版。

17. 《主流的召唤——新时期广东美术专题展（1976—1996）》作品集，广东美术馆编，
    辽宁美术出版社1997年9月出版。

18. 《近现代中国画大师谈艺录》，周积寅、史金城编著，吉林美术出版社1998年4月
    出版。

19. 《第一届深圳国际水墨双年展文集》，广西美术出版社1998年11月出版。

20. 《观念艺术——解构与重建的诗学》，张晓凌著，吉林美术出版社1999年5月出版。

21. 《新古典画风——世纪末的回声》，余丁著，吉林美术出版社1999年5月出版。

22. 《现代水墨艺术——焦虑与突围》，徐恩存著，吉林美术出版社1999年5月出版。

23. 《进入都市 · 当代水墨实验专题集》，广东美术馆、深圳美术馆合编，广西美术出
    版社1999年9月出版。

24. 《高剑父诗文初编》，李伟铭辑录，广东高等教育出版社1999年9月出版。

25. 《杨之光——生活与创作》画集，广东美术馆编，2000年1月出版。

26. 《艺术中的个人与社会——中国十一位青年艺术家作品展作品集》，广东美术馆编，
    2000年7月出版。

27. 《新中国美术图史（1949—1966）》，陈履生著，中国青年出版社2000年10月出版。

28. 《新中国美术图史（1966—1976）》，王明贤、严善錞著，中国青年出版社 2000 年 10 月出版。

29. 《中国绘画通史》，王伯敏著，生活·读书·新知三联书店 2000 年 12 月出版。

30. 《虚拟未来——中国当代艺术展图录》，广东美术馆策划，2001 年 3 月出版。

31. 《中国水墨实验 20 年（1980—2001）》，广东美术馆编，黑龙江美术出版社 2001 年 8 月出版。

32. 《守护与拓进——20 世纪中国画谈丛》，郎绍君著，中国美术学院出版社 2001 年 8 月出版。

33. 《现代水墨 20 年（1979—1999）》，鲁虹著，湖南美术出版社 2002 年 1 月出版。

34. 《演进与运动——中国美术的现代化（1875—1976）》，郑工著，广西美术出版社 2002 年 5 月出版。

35. 《新都市主义》作品集，广东美术馆主编，澳门出版社 2002 年 7 月出版。

36. 《中国新人类·卡通一代》，黄一瀚著，湖南美术出版社 2002 年 8 月出版。

37. 《中国当代艺术访谈录》，艾未未著，Timezone 8 Ltd. 2002 年 11 月出版。

38. 《新中国美术史（1949—2000）》，邹跃进著，湖南美术出版社 2002 年 11 月出版。

39. 《重新解读——中国实验艺术十年（1990—2000）》，广东美术馆编，澳门出版社 2002 年 11 月出版。

40. 《中国近代画派画集·岭南画派》，天津人民美术出版社 2002 年 12 月出版。

41. 《岭南画派》，周积寅主编、黄鸿仪著，吉林美术出版社 2003 年 1 月出版。

42. 《古道西风——高剑父、刘奎龄、陶冷月》，广西美术出版社 2003 年 1 月出版。

43. 《艺术人生新潮——与 41 位中国当代艺术家对话》，刘淳著，云南人民出版社 2003 年 1 月出版。

44. 《岭南画派研究》，上海书画出版社 2003 年 12 月出版。

45. 《地点与模式——当代艺术展览的反思与创新》，广东美术馆编，广西师范大学出版社 2004 年 1 月出版。

46. 《中国实验水墨（1993—2003）》，黑龙江美术出版社 2004 年 4 月出版。

47. 《中国近现代美术史》，潘耀昌著，百家出版社 2004 年 8 月出版。

48. 《岭南花鸟画流变（1368—1949）》，陈滢著，上海古籍出版社 2004 年 9 月出版。

49. 《公共艺术在中国》，孙振华、鲁虹主编，香港心源美术出版社 2004 年 10 月出版。

50. 《"70 后"艺术》图录，2005 年 5 月出版。

51. 《中国近现代美术史》，阮荣春、胡光华著，天津人民美术出版社 2005 年 6 月出版。

52. 《毛泽东时代美术（1942—1976）》，邹跃进著，湖南美术出版社 2005 年 10 月出版。

53. 《越界——中国先锋艺术(1979—2004)》，鲁虹著，河北美术出版社 2006 年 1 月出版。

图书在版编目（ＣＩＰ）数据

视野中的时代：20世纪中国美术史考察／王嘉著. —哈尔滨：黑龙江美术出版社，2007.3
ISBN 978-7-5318-1804-5

Ⅰ. 视⋯ Ⅱ. 王⋯ Ⅲ. 美术史－研究－中国－20世纪
Ⅳ. j120.9

中国版本图书馆CIP数据核字（2007）第031698号

责任编辑：金横林
审 读：陆文源
装帧设计：陈艺丹
整体设计：广州鲁逸

视野中的时代——20世纪中国美术史考察　　　　王嘉／著

出版发行：黑龙江美术出版社
制 版：广州鲁逸在线输出印刷机构
印 刷：广州市新怡印务有限公司
开 本：889×1194mm　　1/32
印 张：8.75
字 数：250千字
印 数：2000册
版 次：2007年3月第1版
印 次：2007年3月第1次印刷

ISBN 978-7-5318-1804-5　　定价：38.00元